»Wir wollen uns, aber ...«

BOOKS on DEMAND

Christina Stöger

»Wir wollen uns, aber ...«

Bibliografische Information der Deutschen Nationalbibliothek:
Die Deutsche Nationalbibliothek verzeichnet diese Publikation
in der Deutschen Nationalbibliografie; detaillierte
bibliografische Daten sind im Internet über http://dnb.dnb.de
abrufbar.

Coverdesign: **MysticArtDesign** (*www.mysticartdesign.de-
viantart.com, bei facebook:* Mystic-Morbido)
Testleser: **Sandra P., Cornelia R., Ute J., Claudia R.**

Herstellung und Verlag: BoD – Books on Demand,
Norderstedt

ISBN: **978-3-7528-6248-5**

Inhaltsverzeichnis

1 - Traumreise?   Seite 7
2 - Bayerische Gemütlichkeit   Seite 16
3 - Schwiegermutter oder -monster?   Seite 34
4 - Reise in die Vergangenheit   Seite 45
5 - Am See   Seite 65
6 - Sorry, Baby   Seite 80
7 - Ein Schlag kommt selten allein   Seite 87
8 - Umzug zu Rosa   Seite 99
9 - Und das Schicksal lacht   Seite 104
10 - Die Vergangenheit kehrt zurück   Seite 109
11 - Ein Traum zerplatzt   Seite 115
12 - Bei Oma Hanni   Seite 120
13 - Wünsche, Träume, Sehnsüchte   Seite 128
14 - Halloween   Seite 148
15 - Gruselige Überraschung   Seite 155
16 - Abschied   Seite 168
17 - Ode an die Freude   Seite 175
18 - Auf dem Weihnachtsmarkt   Seite 180
19 - Und manchmal ist es anders, als es scheint Seite 193
20 - Ende gut, alles gut   Seite 199
21 - Du bist mein Leuchtturm   Seite 204
     Danksagung   Seite 212

1 – Traumreise?

»Du willst wohin?« Ich starre Markus an, doch er grinst nur. München? Das ist jetzt nicht sein Ernst! Ich hatte mit einem entfernteren Ziel gerechnet. Gut, es muss nicht Ägypten sein – da befinden sich zur Zeit Alex und Emma auf Hochzeitsreise – aber doch zumindest irgendwas am Meer, wo es warm ist. Wozu habe ich sonst meine ganzen Sommerkleider eingepackt?

»Lass dich doch einfach überraschen, mein Schatz. Deinen Bikini wirst du schon ausführen können. Ich sag nur: Wellness. Massagen, Whirlpool, Sauna und ganz viel ... na, du weißt schon.« Markus grinst noch eine Spur breiter und nun kann auch ich mir ein breites Lächeln nicht verkneifen. Unsere Beziehung läuft nun schon knapp drei Monate und wenn wir zusammen sind, dann verbringen wir viel Zeit im Bett. Früher habe ich meine Freundinnen immer ausgelacht, wenn sie mir erzählten, dass man tagelang im Bett liegen könnte. Damals kannte ich aber auch nur Flo, meinen Exfreund, der mich einfach sitzen ließ. Danach gab es Alex. Ja, mit ihm hätte ich mir das vorstellen können, doch er war, oder besser gesagt ist, vergeben und wir hatten nur eine heimliche Affäre. Na ja, so heimlich war die auch wieder nicht, denn offenbar hatte Emma alles gewusst und es sogar toleriert. Bei diesem Gedanken läuft mir noch immer eine Gänsehaut über den Rücken. Doch zum Glück ist auch Alex Geschichte. Jetzt habe ich den besten Mann an meiner Seite, den ich mir vorstellen kann. Markus ist zärtlich und doch stark, liebt mich und meine Macken und behandelt mich wie eine Königin. Meistens. Wenn er mich nicht gerade wieder ärgert. Aber genau das liebe ich so an ihm.

Noch immer grinsend ziehe ich meinen Koffer hinter mir her. Dieser Mann ist einfach immer für eine Überraschung gut. Auf einmal freue ich mich auf unsere gemeinsamen Tage in München. Malediven? Ägypten? Pah! Wer braucht das schon? Okay … ich. Aber was nicht ist, das kann ja noch werden. Schließlich haben wir unser ganzes Leben noch vor uns. Markus und ich – gemeinsam.

»Wie kommst du eigentlich auf diese Idee?«, frage ich dann doch, nachdem wir nebeneinander händchenhaltend im Flieger sitzen und auf den Start warten.

»Ich möchte dir gerne zeigen, wo ich aufgewachsen bin. Meer haben wir zu Hause wirklich genug. Jetzt geht es Richtung Berge. Glaube mir, dort gibt es auch wunderschöne Ecken. Und … es ist unser erster, gemeinsamer Urlaub. Wenn ich dich sofort auf eine einsame Insel verschleppe, dann habe ich ja keine Steigerungsmöglichkeiten mehr. Stimmt's?« Es liegt so viel Wärme in seiner Stimme und seine Augen strahlen mich so liebevoll an, dass ich nur zurückstrahlen und ebenfalls nicken kann. Außerdem hat er ja recht. Seiner bestechenden Logik habe ich nichts entgegenzusetzen.

»Weißt du wie das Wetter dort sein wird?«, frage ich, in Gedanken an meine Sommerkleidchen. Natürlich trage ich seit Neuestem auch Hosen, habe ich mir schließlich vorgenommen, doch ganz habe ich die luftige Kleidung noch nicht verbannt. Zumindest jetzt im Sommer.

»Durchwachsen, vermute ich. Aber wenn du alles eingepackt hast, worum ich dich bat, dann müsste es passen. Und außerdem«, er führt meine Hand zu seinen Lippen und haucht einen zarten Kuss darauf, »gibt es auch dort Läden, in denen man etwas kaufen kann. Meine Süße wird schon nicht erfrieren.« Ich sehe das schelmische Funkeln in seinen Augen und muss unwillkürlich lachen.

»Meinst du? Du weißt, wie schnell ich eine Gänsehaut bekomme.«

»Oh ja, das weiß ich«, erwidert Markus und beugt sich ganz zu mir herüber. Dann beginnt er vorsichtig an meinem Hals zu knabbern und meine Härchen im

Nacken richten sich auf. Und nicht nur die. Auch meine Brustwarzen recken sich ihm erwartungsvoll entgegen.

»Du bist so unfair«, nuschle ich und seufze wohlig auf. Wenn wir doch bloß schon im Hotelzimmer wären.

»Ich weiß. Und ich liebe es«, raunt er mir zu, an meinem Ohrläppchen knabbernd.

»Wenn du nicht gleich aufhörst, dann zerre ich dich noch vor dem Start in die Toilette und falle über dich her«, flüstere ich ihm zu und meine es genau so. Dieser Kerl ist unersättlich. Und ich auch, wie ich zugeben muss. So viele verschiedene Stellungen wie in den letzten zweieinhalb Monaten habe ich noch nie ausprobiert. Und ich liebe jede einzelne davon. An Fantasie mangelt es uns beiden nicht. Nur ein Quickie im Flugzeug war noch nicht dabei. NOCH nicht.

»Und? Was wäre daran so verkehrt? Ich würde dich auch hier auf dem Sitz ...«, lacht Markus und zieht sich zurück. »Aber ich glaube, dann würden sie uns umgehend aus der Maschine ›entfernen‹«. Beim letzten Wort malt er imaginäre Anführungszeichen in die Luft und ich muss kichern. Sofort springt mein Kopfkino an und ich sehe uns bereits halbnackt über das Rollfeld flüchtend. Hinter uns eine Truppe Polizisten, die schreiend mit ihren Knüppeln wedeln.

»Ja, reiß dich zusammen. Wir müssen seriös wirken«, presse ich bemüht ernst heraus, bevor wir beide in schallendes Gelächter ausbrechen. Die Blicke der anderen Fluggäste interessieren mich nicht im Geringsten. Ich liebe mein Leben, diesen Mann an meiner Seite. Ich fühle mich einfach nur wohl. Mit Markus würde ich bis ans Ende der Welt gehen. Und wenn das Ende der Welt in diesem Fall München sein soll, dann ist es eben so. Er hat schon ganz recht. Warum müssen es immer die weit entfernten Orte sein, die einen begeistern? Warum nicht Deutschland? Es gibt hier so viele wundervolle Ecken und der Flug ist auch nicht so weit. Eine gute Stunde, glaube ich.

Diese Auszeit haben wir uns wirklich verdient. Ich arbeite jetzt bereits seit einem guten, halben Jahr bei der Immobilienfirma und bei der Anzahl meiner Überstunden hätte ich einen ganzen Monat verreisen können. Oder noch länger. Doch ich bin froh, dass mir mein Chef diese Woche so einfach genehmigt hat. Fast ohne zu murren.

»Wir müssen reden, wenn Sie wieder im Lande sind«, hatte Herr Meier gesagt, als ich mich gestern, am Freitagabend, verabschiedet habe.

»Klar Chef. Aber nur über positive Dinge«, scherzte ich und er sah mich mit hochgezogenen Augenbrauen an. »Ob es für Sie gut oder schlecht ist, kann ich noch nicht sagen. Das müssen Sie entscheiden, wenn es soweit ist. Aber jetzt wünsche ich Ihnen erst einmal eine wundervolle, entspannte und harmonische Zeit mit ihrem Liebsten.« Ich wunderte mich so über seine Worte, dass ich nicht imstande war, ihm mit mehr als nur einem Nicken zu antworten, während er mich aus der Bürotür schob. »Kommen Sie nur gesund und heil zurück«, rief er mir noch nach, bevor die Tür ins Schloss fiel.

In diesem Augenblick startet die Maschine und ich drücke Markus` Hand noch ein wenig fester. Ich bin noch nie geflogen und habe schon etwas Angst. Ein kleines bisschen.

»Geht's dir gut?«, fragt Markus besorgt und ich nicke.

»Ja, warum?«

»Weil du gerade meine Hand zerquetschst.«

»Ups, sorry.« Ich will mich gerade von ihm lösen, als er sie nun seinerseits fester umschließt.

»Du musst keine Angst haben. Ich bin bei dir und halte dich.«

»Danke.« Genau wegen dieser Gesten liebe ich Markus. Nicht nur deswegen, aber auch. Er ist der Fels in meiner Brandung, mein Leuchtturm im Alltag des Lebens, mein Zuhause.

Kitschig! Das klingt so rosarot und himmelblau. Anja, du kennst doch den Kerl erst seit knapp drei Monaten. Ich hasse sie! Meine innere Stimme meldet sich immer dann zu Wort, wenn ich sie nicht brauchen kann. Fibi, meine liebe Freundin und Arbeitskollegin, erklärte mir neulich, dass diese Stimme mein Bauchgefühl ist, auf das ich hören sollte. Sie hat leicht reden. Ihre innere Stimme ist ein sexy Kerl. Meine eine ›Anstandsdame‹. Also so, wie man sich eine Frau mit Lockenwicklern im Haar und Nudelholz in der Hand so vorstellt. Natürlich ist sie nicht echt. Ich bin schließlich nicht schizophren. Und doch raubt sie mir oft den letzten Nerv. *Halt die Klappe*, schnauze ich meine innere Stimme an. *Ich will Spaß haben, mich in den Laken wälzen und das Leben genießen, verdammt. Ich will nicht an morgen denken oder wie lange mein Glück dauert. Das weiß nämlich niemand. Markus soll der Mann meines Lebens sein, weil ich das so will.* Ha! Nun habe ich es ihr aber gegeben. Zumindest ist die Stimme jetzt ruhig. Wir haben die Flughöhe erreicht und ich beginne mich langsam zu entspannen. Markus hält noch immer meine Hand und streichelt sanft über die Innenfläche, während er die Augen geschlossen hat. Da er schon öfter geflogen ist, macht ihm das alles offenbar nichts aus. Meine Gedanken treiben zu Fibi und ich weiß genau, was sie sagen würde, wenn sie mich so sehen könnte. Doch ich will jetzt nicht an meine Freundin denken, die in der Firma arbeiten muss, während ich mich vergnügen darf. Seine Vergangenheit soll ich kennenlernen? Wow. Und das schon nach zweieinhalb Monaten? Ob das nicht ein bisschen schnell geht? Gut … meine Vergangenheit kennt er schließlich auch und hat sie akzeptiert. Altbekannte Zweifel machen sich in meinen Gedanken breit, doch ich verscheuche sie vehement. Nicht zweifeln! Leben! Ich kuschle mich näher an Markus, lege meine freie Hand auf seinen Oberschenkel.

»Ich freu mich auf die Zeit mit dir«, hauche ich in sein Ohr und er öffnet die Augen.

»Ich mich auch. Und wie.« Er richtet sich auf und strahlt mich an. »Du wirst sehen, wie schön es dort ist. Schließlich bezeichnet man München auch als ›Weltstadt mit Herz‹. Ich habe meine ganze Kindheit dort verbracht und auch das Studium, wie du weißt.

Allerdings war das Stellenangebot im Norden wirklich grandios und meine ›liebe‹ Exfrau war zu dem Zeitpunkt bereits schwanger. Wir bekamen dort eine große Wohnung für uns drei, die ich mir in München nie hätte leisten können. Aber ich vermisse den Süden schon ab und zu«, plappert er und ich merke, wie nervös er ist.»Meine Mutter freut sich schon darauf, dich kennenzulernen.« Ähm ... bitte was? Wie meint er das? Seine Mutter? Meine Eltern kennt Markus noch nicht. Auch nicht Rosa, meine Schwester, und ihre Familie. Und ich soll jetzt seine Mutter treffen? Uff. Geht das nicht etwas schnell? Ich richte mich ein Stückchen in meinem Sitz auf und fahre mit der Hand, die eben noch auf seinem Oberschenkel ruhte, durch meine Haare. Mittlerweile sind sie nicht mehr so kurz wie noch vor einem Jahr. Ich hätte schon längst zum Frisör gehen sollen, doch irgendwie liebe ich diese Länge. Ich kann zumindest bereits einen kleinen Pferdeschwanz machen. Schwänzchen, zugegeben. Aber immerhin sind sie noch blond. Obwohl ich mir vorgenommen hatte, sie mir färben zu lassen – nach der Misere mit Alex. Ich wollte mich wieder einmal verändern. Na, vielleicht komme ich ja in München zu einem guten Friseur. »Anja? Was ist?« Markus reißt mich aus meinen Gedanken und ich merke, dass meine Hand noch immer auf meinem Kopf liegt. Blöder Anblick. »Ich ... ähm ... nichts«, stottere ich und werde rot. Gut, kein unbekannter Anblick für Markus, da ich in seiner Gegenwart ständig erröte, aber dennoch unangenehm. »Du überlegst wegen meiner Mutter, stimmt's?« Erwischt. Ich nicke also und er zwinkert mir zu.»Du musst keine Angst haben, Liebling. Meine Mum ist eine ganz tolle Frau. Locker, lustig und manchmal etwas verpeilt.« Er grinst und ich entspanne mich ein wenig.»Sie lebt allein am Rande von München und wir werden sie mal besuchen. Das ist alles. Du musst also keine Angst haben, dass wir bei ihr wohnen, oder so.« Stand mir diese Frage irgendwo auf der Stirn? Ich werde noch etwas dunkler im Gesicht. Ab und an ist mir dieser Mensch wirklich unheimlich. Er kann meine Gedanken erraten oder lesen oder sonst irgendwie in meinen Kopf schauen. Oder woher weiß er sonst, dass ich genau davor Panik hatte? In meiner wilden Fantasie malte ich mir bereits aus, dass wir mit Markus` Mutter zusammen sitzen und sie mich komplett in Beschlag nimmt, wir bei ihr wohnen und ich mich nach ihr richten muss. Dabei kenne ich die Frau noch nicht einmal. Nicht mal ihren Namen. »Wie heißt deine Mutter eigentlich?«, schießt die Frage aus mir heraus. »Ich kann sie ja nicht mit ›Mum‹ anreden, so wie du.« Markus lacht. »Da hast du allerdings recht. Sie heißt Christine. Wobei ...«, Markus dreht sich zu mir herum und ich blicke in seine wundervollen, wasserblauen Augen. »Wenn wir verheiratet sind, dann ist sie ja auch deine Mum. Zumindest deine ›Schwiegermum‹«. Ich muss schlucken und meine Augen werden groß. Verheiratet? Habe ich das eben richtig verstanden? Heiraten? Ich? Um Himmelswillen! Mein Kopfkino springt erneut an und ich sehe mich bereits mit einem weißen Kleid vor der Kirche. Meine innere Stimme lacht hell auf. Typisch. Ich könnte kotzen. Doch irgendwie ... also das Gesicht der Braut ist nicht meines, sondern das von Emma. Damals, als ich auf ihrer Hochzeit war, wünschte ich mir so sehr, dass ich ihren Platz einnehmen könnte. Und nun? Jetzt habe ich den Mann meiner Träume neben mir sitzen und schiebe diesen Gedanken so weit weg, wie es nur geht. Erneutes Lachen der Stimme. Ganz toll. *Du weißt auch nicht, was du willst.* Ich hasse sie. Sie hat viel zu oft recht. Irgendwie haben alle immer recht – nur ich nie. Ich seufze innerlich auf, lehne meinen Kopf an Markus` Schulter und schließe die Augen. Vielleicht war die Idee mit der Toilette doch nicht so schlecht. Danach wäre ich zumindest entspannt. Doch uns bleibt nicht mehr viel Zeit. In knapp fünfzehn Minuten sollen wir bereits in München landen. »Lust auf etwas Entspannung?«, raunt mir Markus zu und ich muss lachen. Was macht er immer in meinem

13

Kopf?

»Du kannst echt Gedanken lesen«, raune ich mit tiefer Stimme zurück, zwinkere ihm verschwörerisch zu und erhebe mich von meinem Sitz.

»Ich komme gleich«, höre ich ihn noch sagen und meine Schmetterlinge flattern vorfreudig in meinem Bauch. Oh ja, davon gehe ich aus. Wie gut, dass ich mir heute morgen einen kurzen Rock angezogen habe.

»Komm schnell. Die S-Bahn fährt in fünf Minuten. Soll ich dir wirklich nicht helfen, Anja? Ich könnte ...«

»Nein, ich schaff das schon. Bin doch ein starkes Mädchen«, schnaufe ich und Markus verdreht gespielt genervt die Augen, während er wartend an der Rolltreppe steht.

»Nun gib schon her, Anja. Schließlich bin ich der Mann und sollte einer schwachen Frau helfen.«

»Hey. Packst du jetzt den Macho aus, oder was?« Ich kann das Lachen nur mühsam unterdrücken. In dem Moment stelle ich mir einen Steinzeitmenschen vor, der sein Mammut über die rechte Schulter wirft und seine Braut über die linke. Dass er sich nicht mit beiden Fäusten auf die Brust trommelt, fehlt gerade noch.

»Ich Tarzan, du Jane«, brummt Markus, als ich zu ihm auf die Rolltreppe springe, und zieht mich an seine Brust.

»Schleppst du mich jetzt in deine Höhle, du Steinzeitrocker?«

»Eher dringe ich in deine feuchte Höhle ein und ...« Sein Mund verschließt meinen und seine Hand wandert an dem Rand meines Shirts entlang. Ich seufze wohlig auf. Hoffentlich sind wir bald da.

Gerade noch rechtzeitig erreichen wir den Bahnsteig, sausen durch die geöffneten Türen der Bahn und lassen uns auf einem der vier Sitze, die sich gegenüberliegen, fallen. Geschafft. Und ich auch. Ich bin froh, dass ich nun hier sitze. Markus strahlt über das ganze Gesicht und ich merke, wie er aufblüht.

»Heimat«, nuschelt er, als ich ihn fragend anblicke.

»Hier habe ich so viele Jahre meines Lebens verbracht ...«

»In diesem Zug?« Ich muss kichern.

»Quatsch. Ich meine in dieser Stadt.« Markus knufft mich in die Seite und legt dann einen Arm um meine Schultern. »Du wirst sehen, es wird dir hier auch gefallen. Ganz bestimmt.«

»Mit dir an meiner Seite gefällt es mir überall«, seufze ich und genau so ist es auch. Vielleicht sollte ich in einer stillen Minute doch über die geplante Hochzeit nachdenken ... nicht, dass ich nicht weiß, was ich sagen soll, sollte er mir irgendwann einen Antrag machen. Meine innere Stimme nickt zustimmend - ich kann es fühlen – und die Anspannung fällt nahezu komplett von mir ab. Auf ins Abenteuer München.

2 - Bayerische Gemütlichkeit

Einige Zeit später öffne ich die Tür zu unserem Hotelzimmer. Das wunderhübsche Bauernhaus liegt wenige Kilometer außerhalb der großen Weltmetropole und ist mit der S-Bahn gut zu erreichen. Markus will allerdings einen Wagen mieten für die Zeit, in der wir hier verweilen. Ich bin froh darüber. Die öffentlichen Verkehrsmittel sind ja ganz okay ... aber gegen eigene vier Räder, auch wenn sie nur geliehen sind, habe ich trotzdem nichts einzuwenden. Ich ziehe meinen Koffer in das Zimmer und blicke mich um. Schön ist es hier. Exakt so, wie man sich ein Hotelzimmer in Bayern vorstellt. Zumindest ich stelle es mir so vor. Frau ist schließlich gebildet – diverse Heimatfilme machen es möglich. Rustikale Eichenmöbel, dicke Vorhänge und einfach liebevoll bis ins Detail gestaltet. Fibi hätte es ›altbacken‹ genannt, doch ich muss gestehen, dass ich auch ehrlich enttäuscht gewesen wäre, hätte das Zimmer anders ausgesehen. Schließlich will man – oder zumindest ich – ja auch etwas von dem Flair genießen. Das kann ich hier. Ich lasse mich auf das hölzerne Bett mit den weißen Laken fallen und sinke sofort ein. Oh wie herrlich. Mein müder Körper reagiert auf die duftende Blümchenbettwäsche und ich gähne herzhaft. Es ist zwar erst kurz nach Mittag, dennoch steckt mir der Flug und die gesamte Aufregung in den Gliedern. Bis Markus mit dem Auto hier ist, könnte ich also beruhigt noch etwas verschnaufen. Der Mietwagenverleih ist zwar nicht weit entfernt, also genauer gesagt nur die Straße runter und dann links, aber er hat gemeint, dass er mir etwas Zeit zum Ankommen geben will. Was auch immer das heißen mag. Vielleicht genau das hier? Das Einfühlen in die bayerische Lebensart? Ich muss ihn unbedingt fragen, wenn er wieder da ist. Doch erst einmal erhebe ich mich mühsam, packe die Kleidung aus dem Koffer in den alten Bauernschrank und gehe ins Badezimmer. Das Wetter ist fantastisch – sogar wesentlich wärmer als im Norden – und ich bin komplett verschwitzt. Plötzlich bin ich froh, dass ich nicht in Italien, Spanien oder gar Ägypten bin. Was soll ich da? Meer und Strand habe ich auch vor der Haustür – mehr oder weniger. Ich will Markus` Vergangenheit sehen und mit ihm gedanklich zurückreisen. Vielleicht ist das auch etwas früh, nach zweieinhalb Monaten, doch ich habe irgendwie das Gefühl, dass ich ihn bereits ein Leben lang kenne. Ist das normal? Ich weiß es nicht. Komischerweise habe ich ab und zu sogar Angst davor. Es fühlt sich an, als wäre er der Mann, der meine Zukunft mit mir gestaltet, meine fehlende zweite Hälfte, ein Teil meiner Seele. Ich habe neulich mal irgendwo gelesen, dass es die Theorie gibt, dass Seelen – Engel? - sich im Himmel kennen lernen und dann zur Erde geschickt werden, um hier eine Aufgabe zu erfüllen. Und dass sie ihren Seelenpartner finden müssen. Also genau die Hälfte, die im Himmel zurückgeblieben ist. Oder so ähnlich. Bei der Vorstellung muss ich grinsen. Ich schüttle den Gedanken ab. Für so viel Esoterik bin ich einfach zu müde. Es langt, wenn wir uns lieben, uns gut verstehen und die Zeit genießen, die wir zusammen sind. Ganz egal, wie lange das dauert. Vielleicht ist in einem Jahr schon wieder alles vorbei? Wenn ich so zurückdenke, dann kann ich nicht fassen, was in den letzten Monaten alles passiert ist. Ich habe Florian versucht aus meinem Leben zu streichen, Alex kennengelernt, Flo wiedergetroffen und ihn endgültig aus meinem Herzen entfernt. Mit Alex wundervollen Sex genossen und ihn schlussendlich auch wieder aus meinem Leben verbannt. Und nun, nun habe ich Markus. Der Mann, der mich wirklich liebt und den ich begehre. Ein Ziehen rollt durch meinen Unterleib. Ich freue mich schon darauf, endlich das bayerische Bett auszuprobieren. Hoffentlich quietscht es nicht, wenn wir ›unseren Sport‹ betreiben. Ein Lachen dringt über meine Lippen und kichernd stelle ich mich unter die heiße Dusche. Das Bad ist, im Gegensatz zum Rest, ziemlich modern. Die Regenwalddusche, die nun das

Wasser auf mich niederprasseln lässt, ist himmlisch. So eine brauche ich auch! Unbedingt. In Gedanken notiere ich es mir auf meiner imaginären ›Muss-ich-dringend-machen-Liste‹. Da steht schon so einiges drauf. Mal sehen, wann ich es endlich in die Tat umsetze. Da wäre zum Beispiel eine Fahrt mit einem Heißluftballon, eine Kreuzfahrt und der Urlaub in Italien. Alles Aktionen, die nicht schwer realisierbar sind und doch bisher keinen Platz in meinem Leben hatten. Vielleicht werde ich sie mit Markus erfüllen können. Bevor wir heiraten und Kinder bekommen. Meine innere Stimme lacht höhnisch auf. Sie ist der Meinung, dass das mein größter Wunsch ist, doch ich widerspreche ihr regelmäßig. Würde ich nie zugeben. Dazu bin ich mit meinen neunundzwanzig Jahren einfach noch zu jung. Oder nicht? Mittlerweile wohne ich bereits mehr als ein halbes Jahr im ehemaligen Haus meiner Oma Hanni und habe doch noch nichts verändert. Bis auf die Bibliothek, die ich mir im Wohnzimmer einrichtete inklusive des gemütlichen Sessels aus Leder und der stylischen Stehlampe, ist alles so, wie sie es mir hinterlassen hat, als sie im Februar diesen Jahres ins Altersheim umzog. Umgezogen wurde. Oma Hanni kann sich nicht mehr alleine versorgen und lebt mittlerweile in ihrer eigenen Welt. Sie ist nicht dement oder so. Sie will nur schlichtweg niemanden mehr um sich herum haben, der sie nervt. So war zumindest ihre Aussage beim letzten Mal, als ich sie sah. Anfänglich sah ich sie noch fast jede Woche, doch mit der Zeit wurde es immer weniger, bis ich die Besuche gänzlich einstellte. Natürlich habe ich ein schlechtes Gewissen. Sobald ich zurück bin, werde ich das ändern. Zusammen mit Rosa, meiner Schwester. Das hatten wir uns schon lange vorgenommen. Noch ein Punkt für meine Liste. Ist schon erschreckend, wie sich Menschen im Alter ändern können. Aus der lebenslustigen, fröhlichen Oma Hanni ist eine stille Heimbewohnerin geworden, die niemanden mehr an sich heranlässt. Ausschließlich mein Neffe Noah kann sie noch zum Lachen bringen. Oder zum Lächeln, besser gesagt.

Würde Opa noch leben, ginge es ihr bestimmt besser. Er würde sich um sie kümmern, sie pflegen und lieben. Doch Opa ist bereits vor zwei Jahren gestorben, kurz nach meiner Trennung von Flo. »Vorgegangen«, wie Oma Hanni betont. »Er wartet auf mich und ich freue mich darauf, bald wieder bei ihm zu sein«, waren ihre Worte. Ich seufze schwer, schüttle den Kopf und schiebe die dunklen Gedanken beiseite. Sie machen mich traurig. Und traurig will ich jetzt nicht sein.

Ich shampooniere mein kinnlanges, blondes Haar und seife mich ein. Wie herrlich wäre es jetzt, wäre Markus hier und würde das für mich übernehmen. Ich schließe die Augen und gebe mich meinem Tagtraum hin. Er würde mit seinen kräftigen Händen ganz sanft über meine Rundungen streifen, jede Stelle meines Körpers – und ich meine wirklich jede – berühren und sich dicht an mich pressen. Ich würde seine harte Männlichkeit an meinem Po spüren und seinen Atem auf meiner Haut. Synchron zu meinen Gedanken streichle ich über meine pochende Perle zwischen meinen Beinen und seufze auf.

»Was machst du denn da?«, höre ich plötzlich eine mir sehr bekannte, tiefe Stimme und zucke etwas zusammen. Erwischt. Röte schießt in meine Wangen und ich grinse Markus dümmlich an. »Ich Tarzan, du Jane«, raunt er mir ins Ohr, nachdem er die Plexiglastüren der Dusche wieder geschlossen hat und nun hinter mir steht. Wie in meiner Vorstellung drückt er sich an mich und lässt seine Hände über meinen Körper wandern.

Den Rest des Nachmittags verbringen wir im Bett. Markus ist ein wundervoller Liebhaber. Mal Macho wie vorhin, mal zärtlich, einfühlsam und hingebungsvoll. Bereits einige Male haben wir Neues ausprobiert. Er weiß, wie er bei mir mit einem Dildo umzugehen hat und auch, wie sehr ich darauf stehe, von ihm gefesselt zu werden. Gut, ohne Handschellen oder Manschetten, aber mit einem Schal, oder auch zwei oder vier. Je nachdem. Vielleicht lese ich zur Zeit aber auch zu viele erotische Romane, wie zum Beispiel ›Black Star Club von Veronika Engler‹, den ich neulich regelrecht verschlungen habe, denn mir kommen immer neue Idee, die er nur zu gerne mit mir umsetzt. Das Vertrauen zwischen uns ist gewachsen und es könnte nicht schöner sein. Ich bin echt froh, dass ich ihm, unserer Liebe, eine Chance gebe.

»Gehen wir nachher etwas essen? Ich sterbe vor Hunger«, frage ich meinen Helden, als ich glücklich in seinen Armen liege und den Ventilator betrachte, der seit Stunden nahezu geräuschlos an der Decke seiner Bestimmung nachgeht. Ohne diesen wäre es im Zimmer kaum auszuhalten. Unsere Körper glänzen vor Schweiß.

»Sollen wir uns was aufs Zimmer bringen lassen? Oder möchtest du Essen gehen?« Er dreht sich zu mir herum und streicht genüsslich über meinen Bauch. »Du hast mich echt ausgesaugt, Baby. Da brauche ich viel neue Energie. Proteine, du weißt schon.«

»Schon klar, mein Held.« Flink winde ich mich aus seinen Armen, bevor wir in die vierte Runde starten. Markus könnte wirklich immer und überall. Ich auch, aber jetzt habe ich wirklich Hunger. »Lass uns doch einfach das Restaurant hier im Haus testen. Hast du nicht gesagt, dass sie so gut kochen? Und vielleicht nehmen wir dann später einfach noch eine Flasche Wein mit. Dann haben wir es nachher nicht mehr so weit zurück ins Bett.«

»Wow, bist du schnell«, brummt Markus und ich muss lachen.

»Sicher, sonst lässt du mich nie gehen und wir verhungern im Bett. Dann muss ich dich auffressen. Willst du das?«

»Oh ja, friss mich.« Er will erneut nach meiner Hand greifen, doch ich bin schneller. Leichtfüßig tänzle ich Richtung Badezimmer. Seine tiefe, erotische Stimme lässt die Schmetterlinge zwar erneut in meinem Magen tanzen und beinahe bin ich versucht zu ihm zurückzukehren, doch da meldet sich laut brummelnd mein Magen. Ob Schmetterlinge auch knurren können?

Seit ich Markus kenne und liebe, habe ich Muskelgruppen an meinem Körper entdeckt, die mir zuvor noch nie aufgefallen sind. Diese werden beim Sport im Fitnesscenter jedenfalls nicht gefördert. Ja, ich habe mich tatsächlich wieder in einem angemeldet, nachdem ich beschlossen habe, dass Golfspielen nicht zu meinen bevorzugten Leidenschaften zählt. Vor knapp drei Monaten hatte ich einen Schnupperkurs gewonnen und ihn mit Markus besucht. Natürlich habe ich keinen Ball getroffen. Kein Wunder, wenn der Mann meiner Träume hinter oder neben mir steht und sich fast schieflacht, wenn ich mal wieder schwungvoll daneben schlage. Er war allerdings auch nicht besser, denn ich ließ es mir nicht nehmen, ihn unfairerweise abzulenken, so gut es ging. Mal pustete ich ihm ins Ohr, mal nieste ich übertrieben laut oder lenkte anders seine Aufmerksamkeit auf mich. Der Trainer gab nach der ersten Stunde genervt auf und wir waren froh, gemeinsam verschwinden zu können. Anderer Sport ist uns beiden wirklich lieber.

»Bin fertig, kannst rein«, fordere ich Markus auf, der noch immer im Bett liegt und bereits wieder eingeschlafen zu sein scheint. Schlafmütze.

»Hmm, ist gut«, vernehme ich seine Stimme zwischen den Kissen, doch er bewegt sich nicht. Na warte! Langsam schleiche ich auf das Bettende zu und ziehe mit einem Ruck die Decke weg. Dann springe ich zu ihm auf die Matratze und versuche ihn zu kitzeln. Doch es läuft eindeutig anders als geplant, denn Markus ist nur empfindlich, wenn ihm danach ist. Im Gegensatz zu mir. Schnell dreht er mich auf den Bauch, streckt sich über mir aus und ich winde mich unter seinen Fingern.

»Gewonnen. Aufhören«, japse ich und hätte die weiße Fahne geschwenkt, hätte ich eine gehabt.

»Bist du wieder lieb?«, raunt er mir ins Ohr und presst seinen Körper auf mich, sodass ich seine bereits wieder steife Männlichkeit auf meinen Pobacken fühle.

»Ja, ja, ja,«, ereiferte ich mich und er küsst mich auf meinen Hinterkopf.

21

»Dann will ich mal Gnade vor Recht ergehen lassen«, witzelt er. »Deiner gerechten Strafe entkommst du aber nicht, Lady. Die werde ich nachher vollstrecken, wenn wir uns gestärkt haben.« Er lässt von mir ab und ich drehe mich lachend auf den Rücken. Manchmal hat er wirklich eine komische Ausdrucksweise. Doch genau dafür liebe ich ihn.

»Wie Ihr befehlt, Meister«, gluckse ich und rapple mich auf, um mir endlich etwas Vernünftiges anzuziehen, während der knackigste Arsch, den ich kenne, an mir vorbei wackelt. Und das ist meiner. Meiner, ganz allein.

Ich krame meine Klamotten heraus, ein Top und eine kurze Hose müssten passen, und lasse meine Gedanken schweifen. Knapp drei Monate sind wir nun ein Paar. Fibi, meine beste Freundin und Arbeitskollegin, sagte mal zu mir, dass es eine klare Regel gibt, nach der Beziehungen ablaufen. Die ersten drei Monate ist alles rosarot und man übersieht die Fehler des anderen. Nach dieser Frist verblassen die pinkfarbenen Wattewolken und der Alltag zieht ein. Nach und nach werden die Fehler sichtbar und man sollte sich entscheiden, ob man sie erträgt oder eben nicht. Bisher habe ich noch keine Fehler entdeckt – aber die Frist ist auch noch nicht abgelaufen. Eine winzige Hoffnung habe ich, dass ich bei Markus keinen Fehler entdecke. Bisher scheint er mir wirklich perfekt.

Fibi. Au weia, die habe ich ja völlig vergessen. Flink ziehe ich mein Smartphone aus der Tasche, schalte es ein, lasse mich aufs Bett fallen und checke die Nachrichten. Zehn unbeantwortete Anrufe! Bereits kurz vor dem Abflug hatte sie versucht mich zu erreichen und ich untreue Tomate habe es vollkommen verdrängt. Sie weiß zwar, dass ich mit Markus im Urlaub bin und daher eher selten meine ›Kommunikationszentrale‹ in die Hand nehmen werde, doch wenn sie so oft anruft, dann muss etwas passiert sein. Noch immer höre ich das Rauschen der Dusche und entschließe mich daher, meine liebste Freundin anzurufen. Es klingelt nur kurz, bevor sie abnimmt.

»Anja! Endlich! Ich muss dir unbedingt etwas erzählen. Das glaubst du mir nie! Dieses kleine, blöde Arschloch. Wenn der mir noch einmal über den Weg läuft, dann hau ich den um. Ganz sicher. Und wenn er fragt ›Warum‹, dann gleich noch mal. Das kann der nicht mit mir machen. Was denkt der sich eigentlich? Nichts, so wie ich ihn seit gestern einschätze. Uahhh … ich bin so geladen, dass ich mir bereits eine Flasche Wein geöffnet habe. Ist fast leer. Muss aber auch sein. Und wenn ich dann kotze, dann ist er schuld. Er ganz allein.« Sie holt Luft und ich nutze meine Chance, um sie zu unterbrechen.

»Fibi. Mach langsam. Was ist genau passiert?« Dass es ein echtes Drama ist, davon gehe ich aus. Umsonst ist meine ausgeglichene, herzensgute Freundin nicht so sauer.

»Was passiert ist? Das kann ich dir sagen. Gestern Abend bin ich früher aus dem Büro gegangen, weil ich ihn überraschen wollte. Man, was war ich dämlich. Meier hat gemault und ich musste ihm versprechen, dass ich die verlorenen Stunden nachhole. Als ob ich nicht schon genug Überstunden hätte. Du kennst das ja.«

»Jepp, kenn ich.«

»Na jedenfalls habe ich mir gedacht: überrasche deinen Freund mit einem romantischen Abendessen bei Kerzenschein. Wie Frau halt nun mal so ist, bin ich in diverse Läden gerannt, habe Unmengen Geld ausgegeben und nur das Beste gekauft. Ich wollte ihm sagen, dass ich Ende des Monats nun endgültig meine Wohnung kündigen werde und bei ihm einziehe.«

»Echt? Du? Wow, dich hat`s wirklich erwischt, Fibi«, werfe ich in einer erneuten Atempause dazwischen. Noch bis vor einer Woche hatte sie das zwar in Erwägung gezogen, wollte es aber frühestens nach einem halben Jahr durchziehen.

»Ja, echt. Und, was war? Ich bin wieder einmal auf die Schnauze gefallen. So typisch!« Sie schnieft hörbar. »DU kannst dich noch an meine ›Drei-Monats-Regel‹

erinnern, Anja?« Ich nicke und brumme dann zustimmend. Nicken sieht sie schließlich nicht.

»Hmm. Darüber habe ich vorhin auch nachgedacht und ...«

»Ja und gestern waren diese drei Monate um. Ich habe bisher keinen Fehler an ihm entdeckt und ... und dann sehe ich ihn, wie er mit einer Tussi vor dem Kino steht! Echt! Kein Scheiß.«

»Was?«, schreie ich in den Hörer. »Bist du sicher?«

»Aber sowas von. Die Ziege war höchstens Achtzehn. Lange, blondierte Haare, kurzes Röckchen und ... was das Beste ist: einen dicken Bauch!« Sie stöhnt theatralisch auf.

»Wie meinst du das?«, hake ich nach, da ich es nicht ganz verstehe.

»Die Alte ist schwanger, Anja! Bestimmt sechster Monat oder so. Er hielt sie in seinen Armen und sie haben sich geküsst!«

»Mitten vor dem Kino?!?«

»Nein, natürlich nicht. In einer Seitengasse. Ich habe sie verfolgt. Mit meinen schweren Tüten in der Hand.« Ich muss mir ein Grinsen wirklich verkneifen. Natürlich weiß ich, dass es echt unpassend ist, wenn ich jetzt lache, doch ich kann nichts dafür, dass mein Kopfkino anspringt. Ich sehe Fibi praktisch vor mir, wie sie in ›James-Bond-Marnier‹ hinter dem Pärchen herläuft, sich hinter Autos verschanzt und die passende Musik läuft durch meine Gedanken. Verfluchtes Kopfkino.

»Und? Hast du sie gestellt?«

»Bist du wahnsinnig, Anja? Natürlich nicht. Ich schätze, das war eine seiner Schülerinnen, die er geschwängert hat. Mich hat er nur als Alibi gebraucht. Da bin ich mir mittlerweile sicher. Zum Angeben bei seinen Kollegen. Boah! Ich hasse die Männer!« Das Lachen ist mir nun auch vergangen und ich fahre mir nervös durch meine Haare. Stephan, der Lehrer, war doch so eine gute Partie ... zumindest hatte es den Anschein gemacht. Fibi und er hatten sich in unserer Mittagspause in einer Bäckerei kennengelernt und sich nahezu Hals-über-Kopf verliebt. Die Anziehung zwischen den beiden war fast magisch gewesen. Jedenfalls war das mein Eindruck – bis vor fünf Minuten.

»Ach Fibi, was soll ich sagen«, seufze ich und wechsle das Telefon von der rechten in die linke Hand. »Was hast du nun vor?«

»Nichts.«

»Wie meinst du das?«

»Nichts habe ich vor. Ich bin dann gestern Abend nach Hause gegangen, habe mir mein Essen gekocht – die Steaks waren wirklich fantastisch. Selber Schuld, wenn er darauf verzichtet – und habe mir danach eine Flasche Wein geöffnet. Ende.« So wie ich Fibi kenne, kommt sie schnell darüber hinweg. Zumindest äußerlich. Sie hat schon so viel Scheiße mit Männern erlebt, dass sie eher wütend als traurig ist. Ich wäre am Boden zerstört. Fibi nicht.

»Redest du nicht mit ihm darüber?«

»Nö. Warum sollte ich? Er würde doch ohnehin alles abstreiten, ich würde heulen und ihn anflehen sie zu verlassen und zu mir zu kommen und danach, wenn er es ablehnt, eine weitere Flasche öffnen. Schnaps, keinen Wein. Das muss ich mir nicht antun.«

»Hmm. Und wie soll es dann weiter gehen?«

»Wenn er sich das nächste Mal meldet, dann werde ich ihn zuerst zappeln lassen. Er muss sich was Gutes einfallen lassen, bevor ich überhaupt mit ihm rede. Und wenn es soweit ist, in ein oder zwei Wochen, dann werde ich ihm sagen, dass er sich verpissen kann. Ganz einfach.« Na klar, ganz einfach. Ich wette auf viel, dass es nicht so laufen wird, doch das sage ich Fibi in diesem Moment nicht. Ich höre, wie sie sich einen Schluck genehmigt, vermutlich direkt aus der Flasche und einen Schluchzer unterdrückt.

»Lass dich mal drücken«, seufze ich in den Hörer und hätte sie jetzt wirklich gerne in meine Arme gezogen. Doch ich bin gute achthundert Kilometer entfernt.

»Danke, Herzi. Schon gut. Ich werde es überleben. Genieße du jetzt deinen Urlaub. Ich besaufe mich noch etwas und gehe dann ins Bett. Und am Montag sieht die Welt schon wieder anders aus. Ganz bestimmt.«

»Okay.« Für einen kurzen Moment überlege ich tatsächlich, ob ich den Urlaub nicht abbrechen soll, um für sie da zu sein.

»Und dass du mir nicht auf die Idee kommst und hier erscheinst, Anja. Ich kenne dich«, schnieft Fibi. Hat sie doch geweint. Dabei tut sie immer so stark. »Ich will, dass du mit deinem Doktor den Spaß hast, den ich nicht haben kann, verstanden?« Sie kennt mich wirklich.

»Ja, verstanden. Aber wenn du mich brauchst, dann bin ich da.«

»Ja. Weiß ich doch, Liebes. Ich komme schon klar. Und nun hör auf, dir Gedanken über mich zu machen.« Wenn das nur so einfach wäre. Doch Fibi will und muss da alleine durch. So ist sie eben.

Das gemütliche, kleine Restaurant, das dem Hotel angegliedert ist, liegt in einem Nebengebäude. Die Einrichtung ist typisch bayerisch. Ungefähr zwanzig lange Holztische, die mit weiß-blauen Tischdecken und kleinen Schalen, in denen sich bunte Teelichter befinden, dekoriert sind, stehen für die Gäste bereit. Die ebenfalls hölzernen Bänke haben eine Rückenlehne und auf den abgenutzten Sitzflächen liegen flache, karierte Sitzkissen.

»Die haben hier auch einen wundervollen Biergarten. Wollen wir nicht lieber raus gehen?«

»Au ja. Dort ist es bestimmt angenehmer und nicht ganz so stickig.« Markus nickt Richtung Ausgang, tritt vor mir ins Freie und hält mir galant die Tür auf. Erst jetzt bemerke ich, wie dunkel es in der Gaststätte war.

»Was meinst du? Wollen wir uns dort hinten niederlassen? Da haben wir Schatten.« Er zeigt auf einen grünen Gartentisch. Als ich nicke, steuert er darauf zu und zieht einen Stuhl zurück, damit ich mich setzen kann. Sehr aufmerksam. Noch ein Punkt, den ich an ihm liebe. Er hat perfekte Manieren und achtet sehr auf mich. Das fängt beim Aufhalten der Autotür an und endet nicht zuletzt beim Zurückschieben des Stuhls. Alte Schule eben. Ich steh drauf.

Entspannt lehne ich mich zurück und blicke mich um. Es ist zauberhaft hier. Die Sonne blinzelt durch die grünen Blätter der Kastanienbäume und ein laues Lüftchen streichelt meine Haut. Es könnte nicht schöner sein. Ab und zu kann ich einen Vogel hören, der sein Lied für uns singt. Gerade, als ich in eine sehr romantische Stimmung verfallen will, stupst mich Markus an.

»Hörst du die Vögel?«

»Sicher. Sind ja laut genug.«

»Soll ich dem Kellner sagen, dass er sie leiser drehen soll?« Hä? Wie? Verstehe ich nicht. Wie kann man denn Tiere leiser drehen? Mein Gesicht muss ein einziges Fragezeichen sein, denn er beugt sich zu mir herüber und flüstert: »Nun erzähl das aber keinem, was ich dir jetzt anvertraue, okay?« Seine Stimme klingt geheimnisvoll.

»Nein, natürlich nicht. Was meinst du?«

»Ich weiß aus sicherer Quelle, dass man in Bayern Lautsprecher in den Bäumen aufhängt und den ganzen Tag ein Band mit Vogelstimmen abspielt. Das erwarten die Gäste so. Auch im Winter.« Echt jetzt? Der verschaukelt mich doch, oder? Ich kann nicht anders und blicke mich verstohlen nach den kleinen Geräten um, aus denen die Stimmen dringen könnten. Und tatsächlich ... direkt über mir hängt so ein Lautsprecher. Markus folgt meinem Blick. Dann lehnt er sich zurück und lacht schallend auf.

»Ach Baby. Du bist so süß, wenn du mir das glaubst. Ich wollte dich nur auf den Arm nehmen.« Er prustet so laut, dass ich mal wieder rot anlaufe. Klar habe ich ihm das geglaubt. Hätte doch sein können, oder? ODER? Nein, hätte es nicht. Manchmal bin ich echt naiv. Ein bisschen zumindest.

»So so, du nimmst mich also auf den Arm, ja? Na warte.« Ich beuge mich soweit zu ihm herüber, dass nur er mich verstehen kann und meine Augen funkeln ihn an. »Wenn ich das nächste Mal deinen Schwanz genüßlich bearbeite und dich dann einfach liegen lasse, werde ich auch sagen: Och Baby, du bist so süß, wenn du bettelst.« Bei seinem verdutzten Gesichtsausdruck fange jetzt ich schallend an zu Lachen. Gut, dass wir nahezu die einzigen Gäste sind. »Touché, meine Süße. Ich gelobe Besserung.« Auch seine Augen funkeln nun und die Fältchen, sowie die süßen Grübchen auf seinen Wangen, lassen mich dahinschmelzen. Ich kann ihm einfach nicht böse sein. Jedenfalls nicht lange.

»Was möchtest du trinken, mein Herz? Ich lade dich natürlich ein.« Als ich vehement den Kopf schüttle und protestieren will, fügt er schnell hinzu: »Nicht widersprechen, Anja. Ich weiß, dass du eine eigenständige Person bist und dir alles leisten kannst, was du willst. Doch ich habe dich hierher geschleppt und möchte dich gerne verwöhnen. Bitte mach mir diese Freude und sag ›Ja‹.« Was soll ich darauf antworten? Ein Lächeln huscht über sein Gesicht, als er merkt, dass ich schweige. »Wunderbar. Das werte ich jetzt als Zustimmung. Dann überlege dir schon mal, was du bestellen willst. Wie wäre es mit einem Bier? Schließlich sind wir in Bayern. Und ein Schnitzel.« Ich nicke und beschließe diesen Urlaub in seine Hände zu legen. Einfach mal loszulassen. Wenn er mich unbedingt verwöhnen will, dann soll er es tun. Vielleicht ist es ja ganz schön, mal nicht die Starke sein zu müssen und jeden Schritt zu planen. Wenn es mir zu viel wird, kann ich immer noch mein Veto einlegen.

Eine Kellnerin, natürlich im Dirndl, tritt an unseren Tisch. »Derf i eich scho wos bringa?«, fragt sie in breitem, bayerischem Dialekt und ich kann mir ein Grinsen nur schwer verkneifen. So süß. Und so herzlich. Markus gibt unsere Bestellung auf, nachdem sich die beiden einige Minuten unterhalten haben. Soweit ich richtig verstanden habe, ging es um biologische Tierhaltung, selbstgemachte Pommes und Preußen – also Menschen wie ich, die im Norden leben.

»Ja wissns, i mog an Nordn scho aa«, wendet sie sich an mich und versucht, soweit es geht, Hochdeutsch zu sprechen. Noch immer kann ich mir ein Grinsen nicht verkneifen. Es klingt aber auch lustig. Wobei ich nicht wissen will, wie es klingen würde, müsste ich bayerisch sprechen. »Ich hab scho mal Urlaub auf Rügen gemacht. Wissts scho, a Bayerin auf Rügen«, sie lacht bei der Anspielung auf eine Fernsehserie aus den 90igern, die ich als Kind mit meinen Eltern gern angeschaut habe. Brav nicke ich.

»Wir kommen aber nicht von Rügen«, werfe ich dazwischen, doch sie fährt unbeirrt fort. »Mei Mo und i san da gern hiegfahrn. Aba des is ned schlimm, miassts wissn. Mia san hoid a nimma die Jingern.« Verständnisvolles Nicken von Markus und mir.

»Ich bin das erste Mal im Süden und bisher gefällt es mir wirklich gut«, versuche ich mein Glück erneut.

»Des gfreit mi. Vielleicht fahrts amoi an Starnberger See oder ind Berg. As Wedda is perfekt zum Wandern.«

»Ja, mal sehen, was wir machen werden. Am Montag steht erst einmal Sightseeing auf dem Programm«, klärt Markus sie auf.

»Wunderbar«, sagt die rundliche Bedienung und nickt. »Jo, Minga is a supa Stodt. Vui Spaß winsch i eich. Aba jetzt bring i eich erst amoi a Holbe und a Schnitzl.« Dankbares Nicken meinerseits. Ich habe so einen Hunger, dass ich gefühlt ein ganzes Schwein verdrücken könnte.

»Nett, gell?«, zwinkert mir Markus zu, als die ältere Dame über den Kies verschwunden ist und ich lächle zurück.

»Ja. Auch wenn ich nicht alles so genau verstanden habe. Hoffe, das Essen dauert nicht zu lange. Ich bin am Verhungern.« Und in diesem Fall meine ich nicht das Schnitzel, sondern eher den Nachtisch. Später. Auf dem Zimmer.

»Uff! Ich kann nicht mehr.« Nach einer knappen

Stunde lege ich mein Besteck zur Seite. Das Schnitzel, das ›in Butterschmalz rausbron war‹, wie uns die Kellnerin erklärte, war riesig und super lecker. Ebenso wie der Berg Pommes, den ich fast komplett verdrückt habe. Genüsslich streiche ich mir über meinen Bauch und nehme den letzten Schluck meines Bieres aus dem Glaskrug.

»So lässt es sich leben, was?« Markus grinst breit. »Was hältst du davon, wenn wir nachher noch ein bisschen spazieren gehen, um das Essen zu verdauen? Ich glaube, ich habe vorhin, als ich das Auto geholt habe, eine Eisdiele entdeckt. Nachtisch gefällig?«

»Soll ich platzen?«, frage ich gespielt leidend, finde die Idee aber super.

»Ach Schmarrn. In den Eismagen passt immer noch was rein. Und vorher spazieren wir ja dorthin. Also alles im grünen Bereich.«

»Vorher? Und danach?« Ich ahne, was er sagen wird und meine Schmetterlinge beginnen prompt zu flattern. Wie die das noch schaffen, ist mir ein Rätsel.

»Da trainieren wir es wieder ab.« Er zwinkert mir zu und mein Körper reagiert sofort.

»Nur zu gerne, mein Held. Ich freu mich drauf.« Ein leichter Wind weht durch die Blätter der Kastanienbäume über uns und die Sonne wärmt meine nackte Haut. Das ist Urlaub.

Nach einem ausgiebigen Spaziergang, Hand in Hand durch das Dorf, landen wir in einem kleinen, aber sehr gemütlichen Café, das um kurz vor zwanzig Uhr noch immer geöffnet hat. Die Tische sind gut besetzt und zwei vermutlich italienische Kellner, flitzen durch die Reihen der Gäste.

»Fast wie im Süden«, bemerke ich, als ich mich an einen der kleinen, runden Tische fallen lasse und die Eiskarte zur Hand nehme.

»Aber auch nur fast, Baby. Warst du schon mal in Italien?«

»Nein. Bisher war ich nie weiter als Hamburg«, gebe ich zu.

»Nie im Ausland?« Markus ist sichtlich schockiert.

»Nö. Oder doch. Ich war mal in Holland. Und mit dem Finger auf der Landkarte oder gedanklich, als ich das Buch von ›Biggi Berchtold – My Summer Love‹ gelesen habe. Zählt das auch?« Er grinst.

»Gerade so. Aber das sollten wir ändern, Baby. Ehrlich. Vielleicht ... lass mich mal überlegen ... im nächsten Frühjahr oder so? Ich kenne da einige nette Ecken. Damals, als ich noch mit Natascha verheiratet war und Biggi ein Kleinkind, waren wir oft dort. Ich liebe den Süden.«

»Kunststück. Du kommst ja auch aus Bayern«, treffe ich den Nagel auf den Kopf. Ich will keine Geschichte von seiner Exfrau hören. Ich kenne sie nicht einmal. Hoffentlich bleibt das auch so. Wobei ich sehr neugierig auf Biggi bin. Seine vierzehnjährige Tochter habe ich auch noch nie gesehen. In den Sommerferien war sie mit ihren Freundinnen in irgendeinem Ferienlager und hatte daher keine Zeit für ihren Papa. Doch schon nächsten Monat, an irgendeinem Wochenende, ist ein Treffen geplant. Hoffentlich mag sie mich. Doch darüber will ich jetzt nicht nachdenken, schüttle innerlich den Kopf und vertiefe mich wieder in die Eiskarte. Erstaunlicherweise habe ich trotz des fantastischen Abendessens wieder Lust. Auf was Süßes. Markus hatte recht. Der Eismagen ist getrennt vom Hauptmagen und liegt direkt daneben. Da passt immer was rein. Selbst, wenn ich kurz vorm Platzen bin.

»Schau mal, die haben ›Heiße Liebe‹. Wie geil ist das denn? Habe ich ja schon ewig nicht mehr gegessen.« Ich zeige Markus das Bild in der Karte. Ich liebe Vanilleeis mit heißen Himbeeren und natürlich werde ich mir das bestellen.

»Heiße Liebe? Die kannst du auch von mir bekommen. Und die ist noch viel süßer als das Eis.«

»Du bist wirklich unersättlich.«

»Oh ja. Von dir kann ich nie genug bekommen. Von deinen Küssen, deinem Körper, deiner heißen Pu ...«

»Schatziiii!«, quieke ich, da ich bereits wieder rot

anlaufe. Hier sind mehr Gäste als im Restaurant und ich fühle mich beobachtet.

»Was denn? Stimmt doch.« Sein Grinsen beweist mir, dass er es mal wieder darauf angelegt hat, meine Wangen zu verfärben.

»Komm, lass uns ein Foto machen«, versuche ich abzulenken, während wir auf unser Eis warten. Ich bin sehr froh, dass ich meine Kamera vorhin noch schnell aus dem Zimmer geholt habe und jetzt einige Bilder schießen kann. Natürlich ginge das auch mit dem Smartphone, doch eine Kamera ist mir lieber. Schon lange bin ich meinem ehemals liebstem Hobby nicht mehr nachgegangen. Doch seit ich mit Markus zusammen bin, versuche ich mich wieder daran. Vor Kurzem hat er mir eine neue Kamera geschenkt. In pink. Einfach so.

»Deine alte ist so ›retro‹, dass darin noch kleine Japaner die Bilder malen«, war seine Aussage gewesen, als er mir das Päckchen eines Sonntagvormittags überreicht hatte. »Neuer Mann, neue Kamera. Und die ist richtig gut. Schau mal, was die alles kann.«

»So wie du«, hatte ich geantwortet und er hatte mir bewiesen, wie gut er war und was er alles konnte. Das erste Bild hatten wir nach dem darauffolgenden heißen Sex gemacht und ich sah aus, wie frisch durchgevögelt. Okay, war ich schließlich auch. Mit zerzausten Haaren, wunden Lippen und glänzenden Augen. Einfach glücklich. Bisher war das mein Lieblingsbild, denn auch Markus hatte glänzende Augen gehabt und man konnte die Liebe auf dem Bild beinahe greifen.

Ich mag es sehr, Momente festzuhalten. Nicht nur in meinem Kopf, sondern auch auf Papier. Ich will die schönsten nämlich ausdrucken und in einem Schuhkarton oder Fotoalbum sammeln. Habe ich mir so vorgestellt. Besser, als nur auf der Festplatte. Vielleicht lasse ich auch einige Vergrößerungen machen und hänge sie über mein Bett. Mal sehen.

»Na, dann komm mal her, mein Engel.« Markus streckt mir seine Hand entgegen. Sofort springe ich hoch und setze mich auf seinen Schoß. Seine Hände wandern prompt unter mein Shirt und legen sich auf meinen Bauch. Ich lehne mich zurück und glücklich grinsen wir in die Linse. Perfektes Bild. Perfekter Moment.

3 - Schwiegermutter oder -monster?

Ich befinde mich in einem Schwimmbad. So ein Wellenbad, mit einem Außenbecken und einem Wasserstrudel. Ich war noch nie hier. Das weiß ich genau. Doch ich weiß auch, dass ich mich nicht real hier befinde. Das ist ein Traum. Ich träume oft. Doch dieser hier ist anders. Ich frage mich ganz bewusst, was dieser Traum mir sagen will und lasse los. Ist irgendwie sehr spannend. Ich sehe mich selber, wie ich in diesem Strudel entlangtreibe. Überall um mich herum sind Menschen. Sie stehen am Beckenrand und es wird immer enger. Plötzlich greift eine Hand nach mir und hält mich fest. Panisch blicke ich mich um. Das Gesicht kann ich nicht erkennen. Es ist ganz verschwommen. Nur die zuckenden Leiber um mich herum. Ich will hier weg! Aber ganz schnell! Zum Glück kann ich mich losreißen und treibe auf das Ende des Strudels zu. Dort steht ein Mann in Badehose. Wer ist das? Markus? Auch sein Gesicht ist verwischt. Wie ein unscharfes Bild. Irgendetwas zieht mich zu ihm. Ich will dort hin! Wie wahnsinnig kämpfe ich gegen die Arme und Beine an, die nun wie abgetrennte Puppengliedmaßen nach mir greifen und mich unter Wasser ziehen wollen. Ich schmecke bereits das Chlor auf meinen Lippen und fühle das Nass auf meinen Wangen. Hilfe! Ich will schreien, doch ich kann nicht …
Plötzlich ändert sich die Situation und ich befinde mich, in ein Handtuch gehüllt, in einer Kirche. Wie zum Teufel komme ich denn da hin? Auf einer Bank, direkt beim Pfarrer sitzend, kann ich die Gemeinde sehen, die mich anstarrt. Auch meine Haare sind nass und in ein Handtuch gehüllt. Sie starren mich alle an! Wo ist Markus? Mein Held! Warum ist er nicht hier? Hilft mir! Und auf einmal halte ich ein Messer in der Hand. Ich will die Menschen töten, die mich so feindselig anblicken. Ich will ihnen die Kehlen durchschneiden und sie zum Schweigen bringen. Alles in mir schreit danach. Doch ich kann mich nicht bewegen. Sitze nur mit dieser Klinge in meiner rechten Hand auf der hölzernen Bank. Plötzlich ist da ein Licht. Es zwingt mich

dazu, die Klinge an meine eigene Kehle zu setzen. Ich kann mich nicht wehren. Langsam hebe ich den Arm. Die Menschen verschwimmen vor meinen Augen. Es wird immer heller. Das Licht kommt näher. Tausend Augen starren mich an. Tausend Münder lachen mich aus und ich setze die Klinge an meine Kehle, um … doch kurz bevor ich den finalen Schnitt machen kann, hüllt mich das Licht komplett ein und trägt mich davon. Wie auf Flügeln gleite ich über die gaffende Masse dahin. Sie erinnert mich irgendwie an Zombies. Blutige Hände greifen nach mir, doch ich erhebe mich immer höher und höher. Dem Licht entgegen. Es wird heller und heller, droht mich zu verbrennen …

Mit einem Stöhnen wache ich auf. Meine Lider halte ich geschlossen, spüre den kräftigen Herzschlag in meiner Brust. Was war das? Was soll dieser Traum bedeuten? Was will mir mein Unterbewusstsein damit sagen? Stimme? Hallo? Doch das typische Kichern bleibt aus. Rasend schnell zieht sich der dunkle Traum in meine Gehirnwindungen zurück und ich kann ihn nicht aufhalten. Doch eine unbekannte Leere bleibt in mir. Und das Licht. Warum ist es so verdammt hell? Nicht so schlimm wie in meinem Traum, dennoch unangenehm. Ich bin doch gerade erst eingeschlafen. Oder nicht? Jedenfalls fühlt es sich so an. Doch noch bevor ich mich über irgendetwas wundern kann, verschwindet das Licht, mein Herzschlag normalisiert sich und ich tauche zurück ins Meer meiner Träume.
Erneut stiehlt sich ein Licht durch meine Lider. Kein neuerlicher Traum. Ich spüre das Laken unter mir und höre Markus` Atem. Alles ist gut. Aber … ist es bereits so spät, dass die Sonne mich mit ihren Strahlen kitzelt? Müde reibe ich mir die Augen, öffne sie einen Spalt und sehe Markus, wie er eifrig auf seinem Smartphone tippt. Von wegen Sonne. Pff.
»Guten Morgen, Baby. Hoffe, du hast gut geschlafen«, höre ich seine tiefe Stimme und rolle mich gänzlich zu ihm herum.
»Moin, Babe. Ja, passt schon. Was machst du da? Wie

spät ist es?«

»Ich musste nur kurz ... wegen der Klinik. Wollte wissen, ob alles gut ist.« Sein Erklärungsversuch fällt recht spartanisch aus. Aha.

»Die werden doch auch mal eine Woche ohne dich auskommen, oder?« Ich bin vollkommen unterkoffeiniert und will mich gerade wieder herumdrehen, als er den zweiten Teil meiner Frage mit »Sechs Uhr ist es«, beantwortet. Uff. Eindeutig zu früh zum Aufstehen. Jetzt habe ich zwei Möglichkeiten. Entweder ich bin weiter sauer, verderbe uns den Tag und kann mich selber nicht mehr leiden, oder ich nutze die frühe Stunde für ein Liebesspiel. Muss ich nicht lange überlegen.

»Dann hör auf mit deinem Smarti zu spielen. Spiel lieber mit mir«, fordere ich ihn nuschelnd auf und strecke ihm meinen Hintern entgegen. Normalerweise lässt er sich das nicht zweimal sagen, doch heute ist er irgendwie komisch. Meine Gedanken machen sich selbstständig und ich frage mich, ob er etwas zu verheimlichen hat. Ist doch nicht normal, dass jemand zu so früher Stunde in sein Telefon starrt, um etwas an seinem Arbeitsplatz zu erfragen. Noch dazu an einem Sonntag, im Urlaub. Sollte ich mir Sorgen machen? Hat er vielleicht eine Arbeitskollegin, die ihm so wichtig ist, dass er ... Nein! Rufe ich mich selbst zur Räson. Markus nicht. Jeder, aber nicht er. Beinahe habe ich ein schlechtes Gewissen, dass ich ihm so etwas unterstelle. Verdammter Traum!

»Bin gleich bei dir«, flüstert mir Markus ins Ohr, küsst meinen Hinterkopf und steht auf. Ich höre, wie er ins Bad tappt und kurz darauf die Spülung drückt. Sekunden später krabbelt er hinter mich, zieht mich dicht an sich und drückt seinen Schwanz an meinen Hintern.

»Wie war das? Ich soll mit dir spielen?« Er lässt seine Hände zu meiner rechten Brust wandern und beginnt sie mit seinen Fingerspitzen zu streicheln.

»Ja, mein Held. So ist es schon besser.« Ich biege meinen Kopf nach hinten und meine Lippen finden die seinen. Unsere Zungenspitzen berühren sich zärtlich. Ich spiele mit ihr, locke sie, um mich dann wieder ein Stück zurückzuziehen.

»Du Biest«, raunt er an meinen Lippen und ich grinse.

»Was denn? Ich mache doch gar nichts.« Mein Traum ist verschwunden, hat die komischen Gedanken mit sich genommen. In diesem Augenblick zählen nur Markus` Hände auf meinen Brüsten und sein steifer Schwanz an meinem Hintern. Ich greife nach hinten, umklammere sein bestes Stück und beginne ihn dann langsam und mit sanftem Druck zu massieren.

»Das nennst du nichts? Dann mach weiter mit diesem Nichts!« Seine Hand wandert in kreisenden Bewegungen über meinen Bauch und findet spielend den Eingang zu meiner Höhle. Nun ist es an mir, wohlig aufzustöhnen.

»Du bist so feucht, so geil. Ich liebe es. Liebe dich«, höre ich seine Worte an und in meinem Ohr. Markus knabbert an meinem Nacken und meine Bewegungen an seinem Schwanz werden immer fester und schneller. Zeitgleich drückt er meine Schenkel auseinander und versenkt seine Finger in mir. Oh Gott. Wie geil! Diese Position ist zwar etwas unbequem, doch ich will mich jetzt nicht umdrehen, drücke meinen Po noch dichter an ihn heran. Mittlerweile liege ich fast auf dem Bauch, meine Hand noch immer an seinem Penis, der jetzt so hart ist, dass ich fast wahnsinnig werde.

»Nimm mich!«, flehe ich ihn an und recke meinen Po noch ein wenig höher. Ich will, dass er sich ganz in mir versenkt, mich komplett ausfüllt und wir gemeinsam den Höhepunkt erleben, der nicht mehr lange auf sich warten lässt.

»Nur zu gerne, Baby.« Markus zieht seine Finger aus mir zurück, drückt meine Schenkel noch weiter auseinander, findet den Eingang meiner feuchten Höhle und versenkt sich darin. Ein Stromstoß geht durch meinen Körper und ich kralle meine Hände in das Kopfkissen. Gott, ist dieser Mann gut! Seine Hände liegen auf meinen Hüften, führen mich. Unsere Körper finden den gemeinsamen Rhythmus, verschmelzen zu einem.

»Lass los! Ich komme«, presse ich noch heraus, bevor wir in perfekter Harmonie unsere Lust herausbrüllen. Dass uns jemand hören könnte, ist mir vollkommen egal. Ich liebe ihn! Oh ja!

Als ich das nächste Mal wach werde, ist es tatsächlich die Sonne, die durch das Fenster scheint und mich weckt. Ein Blick auf meine Armbanduhr, die neben mir auf dem Nachttisch liegt, verrät, dass es bereits kurz vor zehn Uhr ist. Wenn wir noch ein Frühstück haben wollen, müssen wir uns beeilen. Genau das sage ich auch Markus, der gerade blinzelnd die Augen öffnet.

»Oh, wunderbar. Ich habe einen Bärenhunger.« Gut gelaunt schwingt er seine Beine aus dem Bett. Wie kann ein Mensch nur morgens schon so unfassbar munter sein? Ich werde es wohl nie verstehen. Doch mein Freund ist genau dieser Typ Mensch. Das habe ich bereits einige Male erleben dürfen. Oder müssen. Das kann man sehen, wie man will. Ich bin ohne meinen morgendlichen Koffeinschub fast nicht zu ertragen. Und das weiß er genau. »Ich geh dann mal ins Bad«, erklärt er das Offensichtliche und ich muss schmunzeln, als er hinternwackelnd den Gang entlang stolziert. Was sonst noch alles wackelt – oder auch nicht – würde mich gerade jetzt brennend interessieren. Plötzlich auch recht munter folge ich ihm und einige Zeit später dringt erneutes Stöhnen durchs Badezimmer. Okay, das ist noch besser als Kaffee.

»Guten Morgen, Herr Doktor Helfsberg, Frau Leger. Der Kaffee steht schon bereit. Dort vorne ist ihr Tisch. Wenn Sie mir bitte folgen würden.« Eine jüngere Ausgabe der Kellnerin von gestern begrüßt uns freundlich, als wir den Raum betreten. Ob die verwandt sind? Eine gewisse Ähnlichkeit ist ihnen jedenfalls nicht abzusprechen. Familienunternehmen. Wie nett.

In der Nähe unseres Tisches ist ein einladendes Buffet

aufgebaut, dessen Angebot wir uns schmecken lassen. Erstaunlicherweise habe ich erneut großen Hunger. Ob das nun am ›Frühsport‹ liegt? Egal. Der Kaffee ist jedenfalls ausgezeichnet und weckt meine Lebensgeister.

»So in zwei Stunden werden wir zu meiner Mutter fahren.« Auch meiner besseren Hälfte schmeckt`s. Er hat bereits den dritten Teller mit Köstlichkeiten verputzt und sieht sehr zufrieden aus.

»Alles klar.« Ich lehne mich bewusst entspannt zurück. Ein bisschen Angst habe ich schon. Oder zumindest bin ich aufgeregt. »Ach ... Sollen wir eigentlich etwas mitbringen?« Ich blicke Markus erschrocken an. Daran habe ich ja nun überhaupt nicht gedacht.

»Hmm«, nuschelt er, herzhaft in sein Brötchen – oder, wie man hier sagt: Semmel - beißend. »Können nachher noch einen Blumenstrauß besorgen«, schiebt er hinterher, als sein Mund wieder frei ist.

»Aber nicht an der Tankstelle«, gebe ich zu bedenken und er schüttelt den Kopf.

»Nee. Hier ist doch eine Großstadt. Wird schon irgendeine Gärtnerei oder ein Blumenladen geöffnet haben. Vielleicht weiß die nette Bedienung etwas. Ich frag sie nachher mal.« Ah ja. Nette Bedienung also. Gefällt ihm wohl, was? Gerade, als ich überlege eifersüchtig zu sein, ergreift er meine Hand und streicht sanft mit dem Zeigefinger über meine Innenfläche.

»Süß, wenn du eifersüchtig bist.« Er hat es bemerkt und ich werde rot. Verdammt.

»Bin ich gar nicht«, maule ich leise und fühle mich ertappt. Kann er Gedanken lesen?

»Doch, bist du, Baby. Das sehe ich an dem Funkeln in deinen Augen und dem tödlichen Blick ihr gegenüber. Keine Sorge, ich habe nur Augen für die schönste Frau der Welt. Wenn ich sie mal sehe, dann zeige ich sie dir.« Der Tritt gegen sein Schienbein unterm Tisch musste einfach sein.

»So so. Wenn du sie siehst, ja?«, keife ich gespielt beleidigt und er lacht schallend. »Du sollst mich nicht immer ärgern, menno.« Aber auch ich kann mir ein Schmunzeln nicht verkneifen, als er meine Hand zu seinem Mund führt.

»Ich liebe nur dich, kleine, bezaubernde ›Katastro-Fee‹. Wäre ich sonst mit dir in diesem Urlaub? Würde ich dir sonst einen Orgasmus nach dem anderen bescheren?« Den letzten Satz hat er so leise gesagt, dass nur ich ihn verstanden habe und prompt knallrot anlaufe. Er hat`s echt drauf.

»Okay, gewonnen«, gebe ich zu und küsse nun meinerseits seine Hand.

»Magst du noch Kaffee oder soll ich dir noch einmal klar machen, wie sehr ich dich liebe?« Wer braucht schon Kaffee?!?

»Da vorne ist es.« Markus klingt aufgeregt und ich merke ihm seine Freude regelrecht an. Ich bin extrem nervös. Bin ich richtig angezogen? Lange, weiße Hose und eine seriöse Bluse, die ich mir extra für besondere Anlässe eingepackt habe, sowie meine Feen Kette, die ich ohnehin nie ablege. Dezentes Make-up vervollständigt mein Äußeres.

»Du siehst wunderhübsch aus, mein Liebling«, bestätigt mir Markus zum wiederholten Male und ich grinse schief. »So seriös. Wenn wir da jetzt nicht rein müssten, dann würde ich dich glatt noch mal vernaschen. Ich würde dir ganz langsam deine Bluse aufknöpfen und ...«

»Markus! Verdammt. Hör auf. Oder willst du wirklich, dass ich mit feuchtem Höschen da rein muss?«

»Was`n? Bisschen Entspannung.« Er grinst mich so herausfordernd an, dass ich lachen muss. Okay, ich bin entspannt.

»Wir gehen zu deiner Mutter, Babe. Da müssen wir seriös wirken«, versuche ich mein Glück und räuspere mich übertrieben, als mein Held den Wagen in die einzige, freie Lücke vor einem zweistöckigen Wohnhaus parkt und den Motor abstellt.

»Na gut«, sagt er gedehnt. »Hast ja recht. Aber nachher lasse ich dich nicht entkommen.«

»War klar«, lache ich und er drückt mir ein schnelles Küsschen auf die Wange. Trotz dem kurzen Geplänkel sind meine Hände feucht, als ich mich aus dem Auto schiebe. Markus hat ein Cabriolet geliehen, das seinem, das er daheim fährt, sehr ähnlich ist. Nur älteres Baujahr, wie er mir erklärte. Die Sonne scheint von einem fast wolkenlosen, blauen Himmel und die Temperaturen sind angenehm. Fast schon ein wenig zu warm. Oder schwitze ich nur vor Aufregung? Hoffentlich sieht man keine Flecken unter den Achseln.

»Da oben ist ihr Balkon.« Markus deutet nach vorne und ich folge seinem ausgestreckten Arm.

»Wow! Der ist ja riesig.« Der Balkon erstreckt sich über die Hälfte der rechten Häuserfront im zweiten Stockwerk.

»Ja, der geht sogar noch ein Stück um die Ecke. Aber nun komm. Sie wartet bestimmt schon auf uns.« In meinen High Heels stöckle ich an seinem Arm den Fußweg entlang und halte den Blumenstrauß, den wir tatsächlich noch gekauft haben, krampfhaft fest. Er ist wunderschön. In der Mitte prangt eine leuchtend gelbe Sonnenblume, die mit anderen Herbstblumen zu einem eindrucksvollen Strauß gebunden ist. Würde mir auch gefallen. Zumindest muss man sich damit nicht schämen. An der Haustür angekommen, drückt Markus die Klingel und wir steigen nach dem Öffnen die lange Marmortreppe nach oben. Ganz am Ende des Gangs steht eine ältere Dame, blickt zu uns herunter und ihre Augen strahlen.

»Markus«, ruft sie begeistert. »Da seid ihr ja endlich.« Überschwänglich nimmt sie ihren Sohn in die Arme, der seine Mutter links und rechts auf die Wange küsst, bevor sie sich an mich wendet.

»Und du musst die Anja sein. Sag einfach Christl zu mir. Sonst komme ich mir so alt vor«, sagt Frau Helfsberg und ich bin wirklich froh, dass sie keinen bayerischen Dialekt hat.

»Hallo, Frau Helfsberg. Christl.« Schüchtern reiche ich ihr zuerst meine Hand, die sie kraftvoll drückt und danach den Strauß.

41

»Oh! Hast du den ausgesucht? Der ist ja wunderschön.« Ich nicke. »Habe ich mir fast gedacht, Anja. Man merkt, du hast einen guten Geschmack. Trotz deiner Männerwahl.« Sie zwinkert mir zu. Wie wundervoll, dass sie so unkompliziert ist und mich sofort duzt. Meine Anspannung fällt nahezu gänzlich von mir ab. Ob Markus ihr den Tipp gegeben hat? Er weiß, wie unwohl ich mich fühle, wenn ich privat gesiezt werde. Im Job ist das etwas anderes. Als Sternzeichen Zwilling hat man scheinbar wirklich zwei Seiten. Ich zumindest.

»Mama! Sag doch sowas nicht«, echauffiert sich mein Held lachend und folgt uns in die Wohnung. Ich fühle mich wirklich heimisch. Und ich staune nicht schlecht, als ich die Eingangshalle durchquere. Anders kann man diesen verhältnismäßig großen Raum, der direkt hinter der Tür liegt und von dem die diversen Zimmer abzweigen, nicht nennen. In die Mitte des Parketts ist ein großer, sechszackiger Stern eingelassen und an der Decke, direkt darüber, erhellen sieben kleine Lichter den Raum.

»Toll, was? Hat mein verstorbener Mann noch alles machen lassen«, erklärt mir Christl, als sie meine großen Augen bemerkt. »Aber kommt doch rein. Wir gehen ins Wohnzimmer.« Zwischen einem gemütlich aussehenden Fernsehsessel und einem zweisitzigen Ledersofa, beides in braun, steht ein Glastisch, der für uns gedeckt ist. Es gibt Kaffee und Kuchen.

»Setzt euch doch bitte«, fordert Christl uns auf und wir nehmen nebeneinander auf dem Sofa Platz. »Kaffee? Kuchen? Ich hoffe, ihr hattet noch kein Mittagessen«.

»Nö, aber ein reichhaltiges Frühstück, das wir aber bereits wieder abtrainiert haben.« Mein Freund grinst schelmisch und ich zucke erschrocken zusammen.

»Markus! So was kannst du doch nicht sagen«, schimpfe ich und meine Wangen verfärben sich. Mal wieder.

»Keine Sorge, Anja. Das bin ich bei ihm gewohnt. Und außerdem kann ich mir das ja auch denken, nicht wahr? Ihr seid frisch verliebt und da ist das nun mal so. Auch wenn man es vielleicht nicht glauben mag … ich war auch mal jung und verliebt.« Sie lacht herzhaft und ich spare mir den Tritt gegen sein Schienbein. Erstens wäre es aus dieser Position zu umständlich und zweitens erscheint mir Christl wirklich locker.

Während sie Kaffee einschenkt, betrachte ich die Dame genauer. Wie alt sie wohl sein mag? Ich tippe auf knapp über Sechzig. Ihre Haare sind blond gefärbt, ihr Kleiderstil ist, mit dem luftigen Sommerkleid das ihre schlanke Figur umspielt, sehr leger und auch die Lachfalten um die Augen herum und auf den Wangen, machen sie sehr sympathisch. Ich mag sie jetzt schon.

»Na, was sagst, Anja. Gefalle ich dir?« Sie hebt ihren Blick, zwinkert mir zu und erneut steigt mir die Röte in die Wangen. Sie ist eindeutig Markus` Mutter. »Was schätzt du, wie alt ich bin?«

»Oh. Ich bin nicht gut im Raten. Aber ich würde sagen, so knapp über Sechzig?«

»Sehr kluge Antwort, junge Dame. Und so charmant. Genau so macht man das, wenn man sich nicht in die Nesseln hocken will. Man schätzt ein Alter, zieht ungefähr zehn Jahre ab und liegt damit meistens richtig. Der Geschätzte freut sich und man selber ist fein raus.« Sie lacht über das ganze Gesicht und ihre Augen funkeln wie die einer Zwanzigjährigen. »Nein, ich bin über Siebzig. Genauer gesagt fünfundsiebzig Jahre jung.« Wow. Das hätte ich nicht gedacht.

»Was habt ihr denn in eurem Urlaub so geplant?« Der Kuchen ist komplett verdrückt, der Kaffee ist alle und wir sitzen gemütlich bei einer Flasche Wein und einer Käseplatte zusammen. Diese hat sie selber zusammengestellt und ich bin schwer beeindruckt, wie viel ein Mensch, besonders ich, essen kann. Am Ende der Woche habe ich bestimmt drei Kilo zugenommen, wenn das so weiter geht.

»Morgen will ich meiner Süßen die Stadt zeigen. Vielleicht auch meine Schule. Mal sehen, wie weit wir kommen.«

»Dann hoffe ich, dass du bequeme Schuhe dabei hast,

Anja. In diesen High Heels bekommst du bestimmt jede Menge Blasen«. Ich nicke lachend.

»Oh ja. Ist mir schon mal passiert und ich habe wirklich daraus gelernt. Ich kann mich da an eine Begebenheit erinnern, als mir meine Schuhwahl beinahe einen Strich durch die Rechnung gemacht hätte.« Lächelnd erzähle ich ihr vom dritten Treffen mit ihrem Sohn auf dem Golfplatz und dem anschließenden Spaziergang durch den Wald. »Es gibt Momente, da stören einen die wunden Füße nicht. Da gibt es Wichtigeres«, beende ich meine Geschichte und Christl nickt wissend.

4 – Reise in die Vergangenheit

Kurz nach achtzehn Uhr verlassen wir Christl und der Abschied fällt wirklich sehr herzlich aus. Wir umarmen uns mehrfach und versprechen uns, das Treffen zu wiederholen. Wann genau steht zwar nicht fest, aber sie versichert uns, dass sie ihren Sohn zeitnah im Norden besuchen möchte. Ich freue mich wirklich darauf. Auch wollen wir im telefonischen Kontakt bleiben.

»Weißt du, Anja«, flüstert sie mir ins Ohr, »ein guter Kontakt zur potenziellen Schwiegermutter ist nicht verkehrt.« Dabei zwinkert sie mir verschwörerisch zu.

»Stimmt«, nicke ich lächelnd und Markus schaut uns verwundert an.

»Frauenkram«, winkt seine Mutter ab und wir lachen gemeinsam.

»Na, ihr scheint euch wirklich blendend zu verstehen. Sollte ich mir Sorgen machen? Verschwört ihr euch gegen mich?«

»Nö«, antworten wir unisono, noch immer lachend. So muss das sein.

»Kommt gut ins Hotel, ihr zwei. Meldet euch bitte. Das Wetter sieht nicht gut aus.« Markus nickt.

»Ja, Mama. Machen wir. Ist ja nicht so weit. Und wir sind nicht aus Zucker. Das bisschen Regen wird uns nicht schaden.« Ich werfe einen Blick auf die dunklen Wolken am Horizont, die sich gefährlich zusammenbrauen und hoffe, dass er Recht behält.

Wir sind gerade auf den Autobahnzubringer aufgefahren, da beginnt es leicht zu tröpfeln.

»Oh bitte, kannst du das Verdeck auflassen? Finde ich gerade total cool.«

»Klar. Wir fahren so schnell, da treffen uns die Tropfen ohnehin nicht«, antwortet er und gibt noch ein wenig mehr Gas. Ich werde in den Sitz gepresst und kann einen Freudenschrei nicht unterdrücken. Die Straße ist frei und ich ... ich fühle mich auch so. Frei. Lauthals singe ich zu dem poppigen Schlager aus dem Lautsprecher mit und der Fahrtwind zerzaust leicht mein Haar. Vollkommen egal. Wie geil!

»Du bist verrückt und nicht normal!«, brüllt Markus die Strophe aus dem Lied mit und ich strahle ihn an.

»Ja logo! Hattest du was anderes gedacht? All das ist Leben, mein Held.« Ich tanze auf dem Sitz mit und ergreife ganz automatisch seine Hand. Ich muss mich einfach an ihm festhalten, damit ich nicht vor lauter Glück davonfliege.

»Wow! Sieh mal dort hinten!« Markus hebt unsere verschränkten Hände und zeigt auf einen schillernden Regenbogen vor uns.

»Irre! So einen habe ich noch nie gesehen.« Ich liebe Regenbögen. »Sonne und Regen innig verwoben, spannen sich hier zum leuchtenden Bogen«, zitiere ich eine Passage aus einem Buch, das ich neulich gelesen und das mich sehr berührt hat. Glück und Freude liegen oft sehr dicht beieinander. »Sieh nur! Man kann alle Farben ganz genau erkennen. Wie wundervoll.« Ich bin so gerührt, dass mir Tränen über die Wangen laufen, während ich lachen muss. Ob das die Hormone sind? Egal was. Ich bin einfach nur happy. Und diesen Augenblick, der sich bereits in meinem Herzen eingebrannt hat, will ich auch auf der Kamera festhalten. Ich lasse Markus` Hand los und krame flink in meiner Tasche. Der Himmel ist tiefschwarz auf der einen Seite und hell erleuchtet auf der anderen. Rot, Gold, Blau und sogar etwas Lila kann ich erkennen.

»Wenn ich schnell genug bin, dann finden wir vielleicht den Topf mit Gold am Ende des Regenbogens«, grinst Markus mich an. Wie süß.

»Na, dann gib mal Gas. Hoffentlich ist er nicht weg, wenn wir ankommen.«

»Nö, der ist noch da, nur sehen wir ihn nicht, wenn wir darunter stehen. Das haben die Zwerge, die das Gold bewachen, schon super eingerichtet.« Noch immer hänge ich halb aus dem fahrenden Auto und muss über seine Worte so lachen, dass ich kein weiteres Foto schießen kann. Ich habe aber auch genug.

»Du bist mir ja so ein ›Zwergenkenner‹. Dabei bin doch ich die Fee und müsste die Tricks des Kleinvolks mit den roten Mützen durchschauen können.«

»Ach, was will ich denn mit einem Topf voller Gold?! Das Wertvollste habe ich doch bereits.« Oh wie süß. Ich werde rot und schmelze beinahe dahin.

»Bist du süß«, hauche ich ihm zu und mein Herz schlägt schneller. Was für ein tolles Kompliment.

»Wieso? Warum? Meine Uhr, die ich am Handgelenk trage, ist wirklich wertvoll.« Er kann sich das Lachen nicht mehr verkneifen und ich boxe ihn leicht auf den rechten Arm.

»Hey! Du bist ganz schön frech. Weißt du das? Ich merke mir alles und werde dich büßen lassen.« Meine linke Hand wandert in seinen Schritt und ich drücke leicht zu. Dann beginne ich ihn zwischen den Beinen zu massieren.

»Oh wow. Halt. So war das nicht gemeint. Wir sind mitten auf der Autobahn und ich habe einen Ständer«, grummelt Markus in tiefer Tonlage.

»Tja. Selber Schuld, wenn du so frech bist«, raune ich zurück und denke nicht mal daran, mit meiner Tätigkeit aufzuhören.

»Echt! War nur `nen Scherz. Natürlich meine ich dich, oh du mein Goldstück, mein Schatz, meine süße Fee.« Ich merke, wie ihm der Schweiß auf die Stirn tritt, unsere rasante Fahrt langsamer wird und er auf die rechte Fahrbahnseite wechselt.

»Was hast du vor?«, frage ich mit unschuldigem Augenaufschlag und weiß es doch ganz genau.

»Ich suche einen Parkplatz und dann diskutieren wir beide noch mal ausgiebig über die Sache mit dem Goldschatz. Und sei dir gewiss: ich habe eindeutig die härteren Argumente.«

Am nächsten Morgen steht Markus, nach unserem ersten Quickie des Tages, gerade unter der Dusche. Er braucht das, um wach zu werden. Und ich mittlerweile auch. Ist zwar besser als Kaffee, doch auf den freue ich mich jetzt trotzdem. Ich bin bereits frisch geduscht und angezogen. Jetzt warte ich auf ihn, damit wir frühstücken gehen können, da fällt mein Blick unbewusst auf mein Smartphone auf dem Nachttisch. Nach dem Telefonat mit Fibi habe ich es ausgeschaltet und nicht mehr darauf geachtet. Sonst kann ich es nie aus der Hand legen. Wie es meiner Freundin wohl geht? Neugierig, ob sie mir eine Nachricht hinterlassen hat, schalte ich es ein und sehe zehn Anrufe in Abwesenheit. Oha. Alle von meinen Eltern. Und eine Nachricht von Fibi. Sollte ich meine Mutter zurückrufen? Scheint ja dringend zu sein. Noch unschlüssig, was ich machen soll, drehe ich das kleine, mobile Telefon zwischen meinen Händen. Fibis Nachricht. Was sie wohl geschrieben hat?

Es ist endgültig aus. Bin wieder glücklicher Single,

sind ihre Worte und ich stöhne. Also doch. Flink drücke ich die Taste und ihre Nummer wird gewählt.
»Anja? Du? Ich kann grad nicht.« Ihre Stimme ist leise und ich weiß, dass sie im Büro sitzt.
»Ja, ich. Nur ganz kurz. Hast du mit ihm geredet? Brauchst du Hilfe?« Sie lacht gequält auf.
»Mir ist nicht mehr zu helfen, Anja. Aber nein, im Ernst, alles soweit okay. Ich schaffe das schon. Genieße du mal deinen Liebesurlaub und komm entspannt zurück.«
»Okay, wie du meinst. Sonst was Wichtiges?« Ich nehme das jetzt mal so hin. Natürlich kann Fibi im Büro nicht über ihr Liebesleben plaudern, doch ich weiß auch, dass sie die ersten Tage ihre Wunden lecken muss, bevor sie mit mir darüber spricht. Es reicht, wenn ich sie am nächsten Wochenende darüber ausquetsche.
»Na ja. Ich glaube da ist was Großes im Gange. Irgendwas mit den Ferienwohnungen am Meer. Glaube, da kamen mehrere Aufträge herein. Mehr weiß ich nicht. Meier hält sich noch bedeckt. Sagte er nicht, dass er sich bei dir melden will, wenn es etwas

Wichtiges gibt?«

»Ja. Hat er gesagt. Ich hoffe, er tut es auch. Bleib am Ball, bitte.« Mein Telefon piept und ich erkenne, dass mein Akku bald leer ist. Habe ich das Ladekabel eigentlich eingepackt?!?

»Mach ich. Er weiß ja, dass du Urlaub hast. Entspann dich und genieße die freie Zeit, Anja. So schnell kommst du nicht mehr weg.« Sie kichert.

»Ja, weiß ich doch. Also dann, frohes Schaffen und lass dich nicht ärgern, Fibi.«

»Okay, mach ich. Ich ...« Im Hintergrund höre ich die Stimme meines Chefs, der mir Grüße ausrichten lässt. Na, kann ja nicht so wichtig sein, wenn er mich nicht sprechen will. Schnell beenden wir das Gespräch und ich lasse das Telefon sinken. Sollte ich mir Gedanken über meinen Job machen? Nee. Wenn was sein sollte, dann erfahre ich das nächste Woche ohnehin. Auch meine Mutter kann ich heute Abend anrufen. Sie weiß, dass ich im Urlaub bin, meine Ruhe haben will und wenn es was Wichtiges gewesen wäre, dann hätte sie mir eine Nachricht auf der Mailbox hinterlassen. Vielleicht schreibe ich ihr eine Postkarte, damit sie weiß, dass es mir gut geht. Früher ging das ja auch. Früher, in der Zeit ohne diese nervigen, zeitfressenden Smartphones. Immer erreichbar zu sein hat eindeutig auch Nachteile.

»Schau, hier sind wir damals immer durch den Wald getrieben worden«, erklärt mir Markus und zeigt mit dem Kopf in Richtung eines kleinen Waldstücks, während wir Hand in Hand über den Schulhof seines ehemaligen Gymnasiums laufen. Kein Mensch ist weit und breit zu sehen. Klar, sind ja auch Ferien. In Gedanken stelle ich mir die lachenden und schreienden Kinder vor, die über diesen asphaltierten Platz rennen. »Und da hinten standen wir beim Rauchen«, erwähnt er schmunzelnd.

»Du hast geraucht?« Als Arzt ist er sonst immer dagegen, wenn sich jemand einen Glimmstängel anzündet – und heute erfahre ich, dass er dieses Laster auch mal hatte. Innerlich muss ich schmunzeln. Ja, Herr Doktor ist eben auch nicht unfehlbar.

»Als Jugendlicher. So mit knapp achtzehn. Gruppenzwang, weißt schon. Wir waren fünf Jungs und drei Mädchen. Klar muss man da cool sein und mithalten können.« Ich verstehe ihn nur zu gut. Mir erging es ähnlich. Auch ich hatte das in meiner Jugend mal ausprobiert, es aber nicht vertragen. Zum Glück.

»Ja, und eines Tages«, erzählt er weiter und setzt sich auf einen kleinen Mauervorsprung, »da habe ich in der Pause eine geraucht, bin danach schnurstracks zum Direktor und habe mich selbst entlassen.« Wow. Mein Held war ein richtiger Rebell.

»Wie … warum? Vor dem Abi?«

»Komm, setz dich zu mir«, bittet er lächelnd und ich hüpfe neben ihn auf die Steine. Sie sind ganz warm von der Sonne, die uns ins Gesicht scheint. Im Geiste sehe ich ihn, als jungen, attraktiven Mann inmitten seiner Freunde, während er mir seine Geschichte erzählt.

»Ich war als Junge lange Zeit krank. Meine Jugend verbrachte ich eher in diversen Krankenhäusern, als auf Partys. Es fing mit knapp Sechzehn an, als ich meine erste Freundin hatte. Andrea hieß sie und war in der gleichen Jahrgangsstufe wie ich«. Sein Blick ist in die Ferne gerichtet und ich lausche ihm, ohne etwas zu sagen. »Andrea hatte sich einen Virus eingefangen. ›Kussfieber‹, hieß das damals umgangssprachlich. Heute auch bekannt als ›Pfeiffersches Drüsenfieber‹. Zu der Zeit, es muss ungefähr 1995 gewesen sein, war es allerdings noch nicht so bekannt und meine Ärztin konnte mit den geschwollenen Lymphen an meinem Hals nichts anfangen. Ich hätte mich damals schonen sollen, doch wusste es keiner. Ich bekam hohes Fieber mit schwerem Schüttelfrost und fiel daher eine ganze Zeit in der Schule aus. Auch danach war ich oft krank. Mal war es der Blinddarm, mal die Mandeln … Das war auch der Grund, warum ich später Medizin studierte. Ich wollte, oder besser gesagt: ich will anderen Menschen helfen.« Sag ich doch: mein Held!

»Jedenfalls war so ein Besuch im Unterricht nicht möglich«, fährt er fort und ich lausche gespannt. So viel hat er von sich noch nie erzählt. »Da ich ohnehin schlecht in der Schule war, musste ich die elfte Klasse wiederholen. Kurz vor Weihnachten war es, als wir hier draußen standen und ich mutig zum Direktor marschierte. Keine viertel Stunde später war ich entlassen. Woher ich damals den Mut nahm, das so durchzuziehen, weiß ich heute nicht mehr.« Seine Mundwinkel bewegen sich nach oben und er blickt mich an.

»Und dann? Was hast du dann gemacht?« Ich bin echt neugierig.

»Als ich so verloren auf dem Gang stand und nichts mit mir anzufangen wusste, meine Freunde waren schließlich alle im Unterricht, kam mein Physiklehrer, den ich sehr gerne mochte, um die Ecke und lotste mich ins Lehrerzimmer.« Er lacht leise. »Du kannst dir vorstellen, dass ich echt Schiss hatte, es meinen Eltern zu sagen. Aus der Schule raus, ohne Job oder Perspektive. Das war eine Horrorvorstellung für sie.«

Ich nicke verständnisvoll, kann ich mich doch an die Zeit bei meinen Eltern erinnern, nachdem mich Flo verlassen und ich wieder bei ihnen Unterschlupf gesucht hatte. Gut, das kann man nicht wirklich vergleichen, und doch kann ich die Sorgen seiner Eltern verstehen. Eltern sorgen sich immer. Ganz egal, was das Kind macht. Sie wollen schließlich nur, dass es ihm gut geht. Zumindest die meisten.

»Komm, lass uns zurück gehen«, fordert mich Markus auf und springt galant von der Mauer. Ich folge ihm. Nicht ganz so galant. Doch er fängt mich auf, verschränkt seine Fingern mit meinen. Ich spüre, dass er meinen Halt braucht, den ich ihm gerne gebe.

»Nicht viele kennen meine Vergangenheit, musst du wissen«, sagt er so leise, dass ich ihn kaum verstehen kann. »Auch meine Mutter vermeidet dieses Thema. Ich habe sie damals wirklich sehr verletzt.« Markus drückt meine Hand noch ein wenig fester und wir schweigen eine Zeit lang, bevor er sich räuspert und fortfährt. »Ich traf also den Lehrer, der mich mit unserem evangelischen Pfarrer bekannt machte, der gerade zufällig im Haus war. Ich weiß, Zufälle gibt es nicht. Ich nenne es auch eher Schicksal. Durch ihn bekam ich bereits am nächsten Tag ein Praktikum in der Kirche. Bürotätigkeiten und Kindergarten, waren meine Aufgabe. Nach drei Monaten merkte ich aber, dass auch das nichts für mich war. So packte ich eines Tages meine Koffer, oder besser gesagt meinen Rucksack, und zog einfach los. Quer durch Europa. Zwei Jahre lang. Meinen Eltern schrieb ich nur ab und zu eine Karte. Sie wussten nicht, wo ich mich gerade aufhielt. Ich wollte die Freiheit genießen, unabhängig sein, leben, bevor ich mich dazu aufraffen konnte mein Abi nachzuholen, damit ich meinen Traum Arzt zu werden verwirklichen konnte. Verstehst du das?« Wahnsinn. Das hätte ich nicht von ihm gedacht. Verstehe ich das? Ja, ich glaube schon. So richtig frei war ich noch nie. Wenn ich meine Vergangenheit so betrachte, dann war sie im Gegensatz dazu richtig langweilig.

»Nimmst du mich mal mit?« Ich bin stehen geblieben, habe meine Arme auf seine Schultern gelegt und blicke ihm jetzt direkt in die Augen.

»Was meinst du?«

»Ich will auch die Welt kennenlernen. Will mit dir fremde Städte bereisen, in Rom auf dem Petersplatz stehen und in Paris vor dem Eifelturm.« In meiner Stimme liegt eine solche Sehnsucht, dass Markus mir sanft über die Wange streicht. In seinen Augen kann ich so viel Liebe erkennen, dass mein Herz um einige Takte schneller schlägt.

»Oh ja, mein Herz. Das machen wir. Alles gemeinsam. Und noch so viel mehr. Wir haben noch unser ganzes Leben lang Zeit. Ich werde dir die Welt zu Füßen legen. Du und ich. Gemeinsam.« Tränen treten mir in die Augen und ich schmiege mich eng an ihn. Dieser romantische Augenblick bedeutet mir so viel. Er hatte recht. Es war gut, dass er mir ein Stück seiner Vergangenheit gezeigt hat. Irgendwie ist unsere Liebe in den letzten Stunden noch etwas tiefer, inniger geworden.

»Kannst du mein Herz hören?«, fragt mich mein Held.

»Oh ja. Es schlägt ganz schnell.«

»Ebenso wie deines. Es ist der Rhythmus unser beider Herzen, die füreinander schlagen. Ich liebe dich, meine süße Fee.« Oh Gott! Ich schmelze dahin, meine Knie werden weich. Da ist es wieder, das Kosewort ›meine kleine Fee‹. Schon so lange hat er das nicht mehr gesagt. Doch jetzt, in diesem Augenblick, ist es das Schönste, was es gibt. Gemeinsam mit den drei bekannten Worten.

»Ich liebe dich auch, mein Held.«

Knapp zwanzig Minuten später fahren wir mit der Rolltreppe gen Himmel. Also zumindest an die Oberfläche zurück. Der Himmel über München ist strahlend blau und nur kleine, fluffige Wölkchen ziehen dahin. Als ich den Stachus betrete, auf dem ein Kommen und Gehen herrscht, wie in einem Bienenstock, bleibe ich einen Augenblick stehen und betrachte das bunte Treiben. In einer Hand halte ich einen Eiskaffee, den wir uns in einem Straßencafé gekauft haben, in der anderen sind unsere Finger verschränkt. Ich bin überwältigt. Der große Brunnen in der Mitte, mit seinem Wasserspiel, zieht meine Aufmerksamkeit auf sich. Auch über die Palmen, die am Rande in riesigen Blumentöpfen stehen, bin ich beeindruckt. Wie wunderschön!

»Magst du dich kurz setzen? Schau, dahinten wird gerade etwas frei.« Markus zeigt mit seinem Kaffeebecher in Richtung des Brunnens, um den einige achteckige Steine drapiert sind, auf dem sich die Menschen sonnen. Kleine Kinder rennen durch die Wasserfontänen, die aus dem Boden schießen und kreischen dabei ausgelassen. Was für ein herrliches Bild.

»Toll, was?«, fragt Markus, nachdem wir uns auf einem der Steine niedergelassen haben, der soeben frei geworden ist. Ich sitze auf seinem Schoß.

»Oh ja!«, seufze ich. »Hier kann man es aushalten.«
»Ja, wenn man nicht nass wird.« Markus deutet schmunzelnd auf ein Kind, das gerade schreiend von seiner Mutter aus dem Brunnen gezerrt wird. Es trieft vor Nässe.
»Ich werde bestimmt nicht da durchlaufen. Bin doch nicht wahnsinnig.« Kichernd sauge ich an dem Strohhalm meines Kaffees.
»Ach? Nicht? Und was ist mit deinem inneren Kind? Reizt es dich gar nicht?« Ich schüttle lachend den Kopf.
»Kannst du Gedanken lesen? Klar würde ich gerne hier planschen, wie die kleinen Kinder. Es ist so heiß und eine Abkühlung wäre nicht das Schlechteste. Aber ich mach mich doch nicht zum Volldeppen.« Wir grinsen uns gegenseitig an und Markus legt eine Hand auf mein nacktes Bein. Heute trage ich zur Abwechslung mal wieder ein Kleid und fühle mich auch sehr wohl darin. Es ist weiß, knielang und einige bunte Schmetterlinge lassen es sommerlich wirken. Meine kinnlangen Haare habe ich zu einem winzigen Pferdeschwanz gebunden, doch der Schweiß klebt bereits an meinem Nacken. Auch Markus, der eine lange Hose und ein weißes Hemd trägt, schwitzt am ganzen Körper.
»Ich schlage vor, dass wir morgen, sollte das Wetter so bleiben, einen Ausflug an den Starnberger See machen. Was meinst du? Bisschen Bummeln, Tretbootfahren und Sonnen. Vielleicht hast du dann auch Lust auf eine Runde schwimmen.«
»Super Idee. Nur hat sie leider einen Haken. Ich habe keinen Bikini dabei.« Leicht errötend drehe ich mich zu ihm herum. »Ich weiß, du hattest gesagt, ich solle einen mitnehmen … Und doch habe ich ihn vergessen. Also wird das nichts.«
»Tja … dann musst du wohl nackt baden gehen.«
»Das hättest du wohl gerne, was?« Ich grinse ihn schelmisch an.
»Natürlich.« Er grinst ebenso schelmisch zurück und schiebt seine Hand, die auf meinem nackten Oberschenkel liegt, etwas höher. »Oder wir gehen

nachher in einen Laden und kaufen einen Bikini.«
Seine Lippen sind dicht an meinem Ohr. »Weißt du,
wir sind hier in einer der größten Städte Deutschlands.
Die haben so viele davon, dass sie sogar welche
verkaufen.«
»Spinner.« Grinsend knuffe ich ihn leicht in den Arm.
»Ist mir schon bewusst, dass die hier verkauft werden,
aber ...«
»Kein Aber. Lass uns den schönsten Bikini der Stadt
kaufen gehen. Für die schönste Frau der Stadt. Ich
möchte es so gerne. Tust du mir den Gefallen?«
Einerseits habe ich ein schlechtes Gewissen. Er zahlt
bereits so viel und ich will ihm nicht zur Last fallen.
Natürlich könnte ich mir auch selber einen kaufen,
doch ich will ihn nicht vor den Kopf stoßen. Die zwei
Seiten in mir ringen miteinander und ich schweige eine
Zeit lang. Schwimmen wäre bei diesem Wetter wirklich
eine super Idee. Dass es im Süden in dieser Jahreszeit
noch so warm ist, hätte ich nicht vermutet. Christl, die
ich gestern darauf ansprach, sagte nur, dass sie so
einen Spätsommer auch nur selten erlebt habe.
»Also gut«, erwidere ich, nachdem ich zu einer
halbwegs zufriedenstellenden Lösung gekommen bin.
»Lass uns mal sehen, was sie hier zu bieten haben.
Vielleicht finden wir ja was Schönes.« Markus grinst
breit und erhebt sich langsam von seinem Steinquader.
Und ich mit ihm. Mein Eiskaffee, der wirklich
ausgezeichnet geschmeckt hat, ist bereits leer und so
lassen wir den Brunnen hinter uns und schlendern
gemütlich durch das ›Karlstor‹ direkt in die
Münchener Fußgängerzone.

München hat viele, viele, sehr viele Kaufhäuser, in
denen noch mehr Bikinis angeboten werden. Nur nicht
für mich. Entweder sind sie zu knapp geschnitten,
nicht passend für meine Oberweite oder schlichtweg
scheußlich. Ungefähr drei Stunden später, es ist kurz
nach sechzehn Uhr, entdecke ich in einer gut sortierten
Abteilung endlich einen, der mir gefällt. Nun muss ich
ihn nur noch anprobieren. Markus erstaunt mich sehr.

Er ist nicht der typische Mann, der maulend hinter seiner Frau herläuft und jammert, wann er wieder nach Hause darf. Er sucht, hilft mit und schlägt immer wieder etwas Neues vor. Leider ist sein Geschmack so gar nicht meiner. Mit meinen hellen Haaren und der fast weißen Haut möchte ich wirklich keinen schwarzen oder weißen tragen. Außerdem stelle ich fest, dass ich zugenommen habe, was mich sehr frustriert. Die Sache mit dem Fitnessstudio setze ich in Gedanken auf meiner ›Muss-ich-unbedingt-machen-Liste‹ ganz nach oben.

»Und? Passt er?«, ruft Markus mir durch die geschlossene Kabinentür zu, nachdem ich mich in einen pinkfarbenen Zweiteiler gepresst habe. Mein Busen scheint größer geworden zu sein und auch am Hintern zwickt's.

»Na ja«, rufe ich, leicht frustriert zurück. »Könntest du mir den eine Nummer größer bringen? Ich glaube, die haben den Schnitt geändert. Sonst passe ich immer in diese Größe«.

»Klar. Mach ich.« Ich kann sein schelmisches Grinsen durch die Tür förmlich sehen. Natürlich weiß ich selber, dass ich etwas für meine Figur tun muss. Ich sitze den ganzen Tag im Büro und komme auch Abends nicht wirklich raus. Bettsport allein bringt es scheinbar auch nicht.

»Bitte sehr, Babe«, ertönt Markus` sonore Stimme, als er die Tür öffnet und zu mir in die Kabine tritt. In diesem Laden haben sie stabile, verhältnismäßig große Umkleiden, die sogar mit Türen verschlossen werden. Nicht nur mit Vorhängen. Drei deckenhohe Spiegel, an jeder Seite einer, zeigen das gesamte Ausmaß meiner Selbst. Ich sehe jeden Teil meines Körpers. Selbst die Stellen, die noch nie Sonnenlicht gesehen haben. Muss ich wirklich wissen, wie ich von hinten betrachtet wirke? Bin mir da mittlerweile nicht so sicher. Seit wann habe ich denn Cellulite am Hintern?!? Warum sagt mir das denn keiner? Frustriert strecke ich meinem Spiegelbild die Zunge heraus und nehme meinem Freund den Bügel mit der pinkfarbenen

Winzigkeit ab. Das bisschen Stoff soll so teuer sein? Schockiert erblicke ich das Preisschild und will ihn gerade wieder zurückgeben, als Markus flink durch die Tür tritt und sie hinter sich schließt. Ganz nah steht er nun bei mir, legt seine Hände auf meinen Bauch und blickt in den Spiegel vor uns.

»Was ist denn los, Babe? Wo drückt der Schuh?«

»Der drückt nicht. Der Bikini tut es«, jammere ich und komme mir vor, wie ein Häufchen Elend. »Da, schau. Dort bin ich zu dick.« Ich zeige auf meine Hüfte. »Und auch hier habe ich zugenommen.« Meine Hände fahren über meinen Hintern. »Das ist doch nicht mehr schön. Was findest du nur an mir?« Ach du Schande. Das habe ich jetzt nicht wirklich gefragt, oder? Meine innere Stimme seufzt auf und ich spüre, wie sie sich mit der Hand an die Stirn klatscht. *Ernsthaft? Was bist du dämlich! So etwas fragt Frau ihren Mann nicht. Da kann nur Blödsinn dabei heraus kommen.* Warum mir gerade so weinerlich zumute ist, kann ich noch nicht einmal sagen. Ich kenne mich doch. Ist ja nicht das erste Mal, dass ich mich nackt in einem Spiegel sehe. Doch hier scheint das Licht wirklich sehr unvorteilhaft zu sein. Anders kann ich mir das nicht erklären.

»Wo bist du zu dick?«, fragt Markus mit rauer Stimme und küsst meinen Nacken. »Hier nicht.« Dann wandern seine Lippen weiter über meinen Rücken, »hier auch nicht«, und enden am oberen Rand meines Pos. »Hier vielleicht ein kleines bisschen«, brummt er und beißt leicht in meine linke Backe. Noch immer trage ich den zu kleinen Bikini, den er mir in diesem Moment langsam auszieht. Mein Herz klopft wie wild. Was macht er da? Hilfe! Um uns herum höre ich Stimmengewirr, Kindergeschrei und dezentes Kaufhausmusikgedudel.

»Was …?«, japse ich leise und Markus blickt, vorne zwischen meinen Beinen hockend, zu mir herauf.

»Was`n?«, nuschelt er und küsst meine nackte Scham. »Ich helfe dir doch nur beim Umziehen.« Ich spüre sein Lachen und eine Gänsehaut lässt jegliches Härchen auf meiner Haut strammstehen.

»Du ziehst mich aus«, flüstere ich, so leise es mir möglich ist und hoffe inständig, dass nicht gleich die Verkäuferin an die Tür klopft. Sex in den Umkleiden ist strengstens untersagt.

»Stimmt«, flüstert er ebenso leise zurück, sich über meinen Bauch nach oben zu meinen Lippen arbeitend.

»Dennoch musst auch du dich vorher ausziehen.« Meine Sorgen bezüglich meiner Figur sind wie weggeblasen. Ich sehe seinen liebevollen Blick, spüre seine Hände auf meinem Körper und fühle eine Beule an meiner nackten Hüfte.

»Das ist nicht mein Handy, Babe.« Oh nein, ganz bestimmt nicht. Vorfreude macht sich in meinem Magen breit und meine Brustwarzen stehen stramm. So ein Quickie hätte jetzt echt was. Gerade, als meine Hände in seinen Schritt greifen, um seinen, mittlerweile großen, steifen Freund zu befreien, klopft es außen an der Tür.

»Kann ich Ihnen helfen?«, ruft eine gestresste, weibliche Stimme und ich muss aufpassen, dass ich nicht lospruste. Wie will sie mir denn helfen? Meine Hand führen? Nee, Schätzchen, das ist mein Job. Kann ich ganz super alleine.

»Nein. Alles klar. Ich komme gleich«, antworte ich mit fester Stimme und Markus grinst so breit, als wolle er seine Ohren verschlucken.

»Ach ja?«, flüstert er so leise, dass nur ich ihn verstehen kann. »Das glaube ich auch.«

»Dann ist ja gut. Wenn ich Ihnen noch etwas bringen soll, dann sagen Sie einfach Bescheid«. Bevor ich erneut antworten kann, höre ich, wie sie sich eiligen Schrittes entfernt. Klar, ein Cocktail wäre super, vielleicht auch ein Kaffee, mit Milch und Zucker, und dazu passend die Zigarette danach. Wonach eigentlich? Ist ja nichts passiert. Noch nicht, denn Markus` Hand wandert genau in diesem Augenblick in meinen Schritt und ich stöhne auf. Man darf keinen Sex in Umkleiden haben? Wer ist man? Ich jedenfalls nicht. Scheiß drauf! Ich will ihn! Jetzt! Schnell und hart. Mein Held scheint das ähnlich zu sehen, denn er öffnet flink seinen

Reißverschluss, zieht seine Hose herunter. Dann drückt er mich an den kalten Spiegel, was mir am ganzen Körper eine Gänsehaut beschert und öffnet meine Lippen mit seiner Zunge.

»Du machst mich wahnsinnig!« Ha! Frag mich mal. So viel Sex wie in diesem Urlaub hatte ich noch nie. Aber ich find`s geil! Und ich bin bereits so feucht, dass er ohne weiteres in mich gleitet. Oh Gott. Ein Stromstoß fährt durch meinen Körper. Ich schlinge mein Bein um seine Hüfte, ziehe ihn noch näher an mich. Ich will ihn ganz in mir spüren. Tief, hart und vollkommen. Wir passen so perfekt ineinander, dass es nur Sekunden dauert, bis sich meine inneren Muskeln rhythmisch um seinen Schwanz schließen und er in mich pumpt. *Jetzt nur nicht zu laut schreien*, wabert es noch durch meine Gedanken, als ich bereits in seine Mundhöhle schreie. Flink verschießt Markus meine Lippen. Ich kann nur noch keuchen. Besser so. Meine Knie sind weich wie Butter. Ich kann mich gerade noch so halten. Erneut kann ich sein hämmerndes Herz an meiner Brust spüren. Was für ein perfekter Moment. Er könnte ewig dauern. Tut er aber nicht. Das haben Quickies nun mal so an sich. Markus zieht sich langsam aus mir zurück, drückt mir noch einen Kuss auf den Mund und packt sein bestes Stück wieder ein.

»Bis bald«, flüstere ich und lasse meine Hand über seinen Schritt wandern.

»Lass uns schnell verschwinden.« Markus zwinkert mir zu und schnappt sich den pinkfarbenen Stofffetzen, der noch immer am Bügel auf dem Haken hängt. »Ich warte draußen auf dich, du kleines Biest.«

»Ja, komme gleich.«

»Schon wieder?« Ich muss lachen und meine Hand landet klatschend auf seinem knackigen Hintern, bevor er die Kabine verlässt. Noch einmal atme ich tief ein und aus. Hammergeil. Auch meine innere Stimme seufzt zufrieden. Ja, all das ist Leben. Und ich liebe es. Doch jetzt raus hier. Flink ziehe ich mich an, sammle das andere Höschen und den BH auf, drapiere beides sorgfältig auf dem dazugehörigen Bügel und werfe noch einen schnellen Blick in den Spiegel. Meine Wangen sind gerötet, mein Herz schlägt heftig und auch meine Frisur sieht aus, als hätte ich im Sturm gestanden.

»Haben Sie sich entschieden?« Die Verkäuferin mit der genervten Stimme fängt mich am Ausgang der Umkleiden ab und blickt mich stirnrunzelnd an.

»Ja. Der pinkfarbene Bikini ist es geworden. Passt perfekt«, schwindle ich grinsend, obwohl ich nicht mehr dazu kam, ihn anzuprobieren.

»Sehr gute Wahl. Dann viel Freude beim Tragen.« Ich nicke dankend, wünsche ihr noch einen schönen Tag und beeile mich, zu Markus zu kommen, der bereits an der Kasse gezahlt hat und auf mich wartet.

»Bitte sehr, Babe. Damit du dich immer an diesen geilen Fick erinnerst, wenn du ihn trägst und allein bei dem Gedanken daran feucht wirst«, raunt er mir leise ins Ohr. Oh ja, das werde ich. Ganz sicher.

Gemütlich schlendern wir weiter. Markus zeigt mir von außen einige historische Sehenswürdigkeiten, wie die ›Michaelskirche‹ und die ›Frauenkirche‹, die mit ihren beiden riesigen Türmen das Wahrzeichen der Landeshauptstadt ist. Mitten auf einem großen Platz hält Markus plötzlich inne, zieht sein Smartphone aus der Tasche, wirft einen Blick darauf und irgendwas an ihm verändert sich. Was genau kann ich nicht sagen, doch ein diffuses Unwohlsein macht sich in meinem Magen breit. Was soll das denn? Spinn ich jetzt komplett? Ist doch normal, dass man ab und zu einen Blick auf sein Telefon wirft. Würde ich auch machen, hätte ich es dabei. Also was ist mit mir los? Meine innere Stimme schweigt.

»Alles okay?«

»Ähm was? Ja klar. Habe nur geschaut, wie spät es ist«, erläutert er mir stotternd. Na, dann glaube ich das halt auch mal. Warum er nicht auf die riesige Uhr, direkt auf dem Gebäude vor uns sieht, ist mir schleierhaft.

»Und? Wie spät ist es? Auf was warten wir? Lass uns weiter gehen. Hier ist es so voll.«

»Warte noch eine Minute, Miss Ungeduld, und schau mal da hoch.« Ich erhebe meinen Blick in die angegebene Richtung. Unter der riesigen Uhr kann ich einige Figuren entdecken, die sich genau in diesem Moment zu drehen beginnen. Ein Glockenspiel erklingt und Markus tritt hinter mich. Er schlingt seine Arme um meine Schultern und mit leiser Stimme erklärt er mir, was ich gerade zu sehen bekomme.

»Schau zu. Ungefähr in der Höhe des Rathausdaches befindet sich das größte Glockenspiel Deutschlands. Zähle sie mal. Es sind sechzehn Tänzer auf der oberen Ebene. Drunter siehst du die ›Schäffler‹. Sie tanzen, weil es damals eine große Pestepidemie gab und sie die ersten waren, die sich wieder auf die Straße getraut haben, um die Menschen zu erheitern und die Freude zurückzubringen. Auch heute gibt es diesen Tanz noch. Alle sieben Jahre.« Wow, ich bin wirklich beeindruckt was er alles weiß. Normalerweise interessiere ich mich nicht für Geschichte, doch das ist wirklich interessant.

»Willst du noch was wissen?«

»Ja, erzähl.«

»Das Glockenspiel wurde im Jahre 2007 aufwendig restauriert und nach über hundert Jahren wieder neu gestimmt. Krass, oder? Es sind vierunddreißig Glocken.«

»Wie cool«, gebe ich zu. »Und das ist jeden Tag?«

»Ja. Um elf Uhr und zur Mittagsstunde. In den Sommermonaten noch mal um siebzehn Uhr. So wie heute. Ich wollte es dir unbedingt zeigen. Als Touri muss man das gesehen haben.« Er lacht.

»Und woher weißt du das alles?«

»Ich bin doch hier zur Schule gegangen. Außerdem war mein Vater ein echter ›Geschichts-Freak‹. Er hat mir als Kind viel erklärt, wenn wir durch die Straßen geschlendert sind. Nicht nur hier in München, sondern auch überall sonst.«

»Oh weh«, ich lache auf. »Und das hat dich als Kind echt interessiert?«

»Nö.« Auch Markus lacht. »Aber ich konnte mich ihm nicht entziehen und so ist es eben hängengeblieben.

Wir haben Verwandtschaft in Franken. Und immer, wenn wir zu meiner Tante gefahren sind, mussten wir eine Brücke überqueren auf der am Rand »Kaiser Karl der Große« stand.« Er spricht den Namen so theatralisch aus, dass ich erneut lachen muss. »Lach nicht, Anja. Das war voll ernst damals. Jedes Mal, wenn wir über die Brücke fuhren, fragte er mich wer das dort war. Bis ich es wusste und irgendwann von allein sagte. Meine Mutter hat immer die Augen verdreht.« Jetzt lacht auch er. »Doch diese Zeit ist lange vorbei. Ich vermisse Papa wirklich sehr. Nicht jeden Tag, aber doch oft. Er ist ein Teil von mir und ich von ihm. Und meine Mutter sagte neulich, dass ich viel von ihm habe. Meine Art mir Dinge zu Herzen zu nehmen, die Wärme in meinen Taten und auch die Suche nach der großen Liebe«. Seine Stimme hat einen traurigen Unterton angenommen und ich drücke ihn eng an mich. Auch Markus hat eine traurige Seite, die er so oft durch seine Witze und die coole Art zu überspielen versucht. Seinen Vater hätte ich wirklich gerne kennengelernt. Ich glaube, ich hätte mich auch super mit ihm verstanden. Hier in München lerne ich ihn wirklich immer besser kennen. War tatsächlich eine gute Idee. Vielleicht schaffe ich es ja, seine Mauer, die er ab und zu noch immer hat, ganz einzureißen und ihn komplett zu verstehen. Einiges von ihm kenne ich mittlerweile wirklich sehr genau. Bei dem Gedanken an diverse Körperteile und was er mit ihnen anstellt, muss ich innerlich schmunzeln. Ja, ich verliebe mich jede Sekunde noch ein Stückchen mehr in ihn.

Nachdem der letzte Ton verklungen ist, verharre ich noch eine Weile und lasse die Umgebung auf mich wirken. Noch immer ist es brechend voll, doch langsam löst sich die Masse aus Touristen mit ihren Kameras und Einheimischen, die eilig über den Platz hetzen, wieder auf.

»Schön, was?« Markus steht nun hinter mir und zeigt auf eine Säule, die mitten auf dem Platz steht und golden funkelt. Ich nicke. »Das ist die Mariensäule. Sie ist über elf Meter hoch und der heiligen Maria als

Patronin Bayerns gewidmet. Sie trägt ein Zepter in der einen und das Christuskind in der anderen Hand. Kannst du es erkennen?« Ich nicke wieder. »Auch die Mondsichel zu ihren Füßen? Sie steht für Glaube und Hoffnung. Am Sockel befinden sich vier Symbole: Schlange, Löwe, Drache und ein Basilisk. Sie wurde nach dem ›Dreißigjährigen Krieg‹ hier erbaut und noch heute finden hier öffentliche Gottesdienste statt.«

»Glaube und Hoffnung ist immer gut«, werfe ich dazwischen.

»Das stimmt, mein Herz. Ohne diese beiden wären wir jetzt nicht hier.« Zärtlich küsst er meinen Nacken, löst sich von mir und ergreift meine Hand. »Ich könnte dir noch so viel erzählen, doch ich glaube, es ist genug. Sonst bekommst du noch einen Kulturschock und gehst nie wieder mit mir durch die Stadt.« Jetzt muss ich auch lachen. So unrecht hat er gar nicht. Es war wirklich viel Wissenswertes auf einmal. »Lass uns noch etwas trinken gehen. Was hältst du von einem ordentlichen Bier als Entschädigung?«

»Immer gern.« Wir schlendern Hand in Hand weiter. »Wo willst du denn mit mir hin?«

»Lass dich überraschen«, singt er fröhlich und ich spüre seine Liebe zu dieser Stadt, zu mir, zum Leben. Wahnsinn. So etwas habe ich noch nie erlebt. Natürlich liebe ich meine Heimat auch, doch so mit historischen Gebäuden verbunden wie er, bin ich nicht. Ich liebe das wilde Meer an einem stürmischen Herbsttag, die sanften Wellen, die im Sommer gegen den Strand schlagen und sogar die kreischenden Möwen, die so manchem schon auf den Kopf geschissen haben. Ohne blutrote Sonnenuntergänge, sandige Füße und den weiten Horizont könnte ich mir mein Leben nicht vorstellen. Das ist meine Heimat. Mit Elbwasser getauft und für immer mit dem Norden verbunden. Noch nie habe ich das so sehr gespürt wie in diesem Augenblick. Ein unbekanntes Gefühl von Heimweh macht sich in meinem Herzen breit. Natürlich ist es wundervoll hier und ich genieße jede Sekunde an Markus` Seite … und doch bin ich froh, wenn wir am

Freitag zurückfahren.

»Was hast du, meine Süße?«, fragt Markus mit einem Seitenblick und ich zucke mit den Schultern. Ich will ihm meine Gedanken nicht erzählen. Nicht jetzt. Er wirkt so entspannt.

»Alles gut, mein Held. Ich freue mich nun auf ein kühles Bier und bestaune die Umgebung.« Es ist nur teilweise geflunkert. Ich freue mich wirklich.

5 - Am See

»Er passt wirklich!« Freudestrahlend komme ich aus
dem Badezimmer und drehe mich um meine eigene
Achse, so dass Markus sein Geschenk bewundern
kann. Es ist kurz nach neun Uhr und heute durfte ich
ausschlafen. Zumindest fast.
»Hmm«, nuschelt Markus, ohne aufzublicken. Wieder
einmal sitzt er über sein Telefon gebeugt und würdigt
mich keines Blickes. Was ist nur mit ihm los? So kenne
ich ihn gar nicht.
»Nu schau doch mal.« Lasziv streiche ich mir mit der
Hand über meinen Körper. Eine winzige Blume prangt
auf der linken Vorderseite und der Beinausschnitt ist
perfekt. Ich fühle mich sehr sexy, obwohl meine
Speckpölsterchen noch immer vorhanden sind.
»Ja, sehr hübsch. Steht dir wirklich ausgezeichnet.«
Markus hat sein Smartphone beiseitegelegt, blickt mich
nun doch an und lächelt schief. Seine Augen sind groß
vor Verlangen. »I weiß fei ned, ob i di so mitnehm.« Er
erhebt sich und schlendert langsam auf mich zu. Das
Bayerische scheint abzufärben.
»Wie? Was? Doch nicht gut?« Meine Schultern fallen
nach vorne und ich bin verunsichert.
»Eher das Gegenteil, meine sexy Fee. Du bist so heiß,
da werden die Typen alle mit `nem Ständer
herumlaufen.« Ach so ist das. Ich muss kichern.
»Aber ich gehöre doch nur dir«, flüstere ich mit
heiserer Stimme und bewege mich nun meinerseits auf
ihn zu. Er trägt nur eine Boxershorts, in deren Mitte
sich eine enorme Ausbeulung befindet. Oh ja!
»Beweise es«, befiehlt er mir und fasst besitzergreifend
in meine Haare, zieht meinen Kopf zu sich heran und
wir verschmelzen in einem innigen Kuss. Meine Beine
werden weich und mein Blutdruck schießt in die Höhe.
»Wie soll ich es dir beweisen?«, nuschle ich zwischen
zwei Küssen und Markus hebt mich hoch und trägt
mich zum Bett.

»Du weißt genau wie.« Recht hat er. Langsam lasse ich meine Lippen über seinen nackten Oberkörper wandern, bis ich beim Bund seiner Hose angekommen bin. Zärtlich fahre ich mit den Fingerspitzen den Rand entlang, um kurz darauf das störende Kleidungsstück zu entfernen. Sein steifes Glied reckt sich mir entgegen. Ich stülpe meine Lippen zärtlich darüber und nehme ihn tief in mir auf. Diese Art der Befriedigung ist dominant und devot zugleich. Doch in diesem Augenblick bin ich die Chefin und zeige ihm den Weg ins Paradies.

Eine Stunde später sind wir mit dem Frühstück fertig und sitzen gemütlich im abgetrennten Bereich des Restaurants. Die junge Kellnerin, die scheinbar jeden Morgen Dienst hat, serviert uns den Kaffee, doch im Moment hat Markus nur Augen für mich. Wir sitzen uns gegenüber, halten Händchen und genießen diesen wundervollen Moment der Zweisamkeit.
»Weißt du eigentlich, wie sehr ich dich liebe?«, raunt er mir zu und ich erröte. Es ist so schön, wenn er das sagt.
»Neeee«, sage ich gedehnt, »wie sehr denn?«
»Bis zum Ende der Milchstraße.« Mein Held grinst und ich grinse zurück. Wow. Das ist weit. »Ich würde alle bösen Drachen für dich töten, sämtliche Edelweiß-Blumen von den Bergen sammeln und Einhörner für dich fangen.« Hach, wie romantisch. Ich liebe es, wenn sein inneres Kind aus ihm spricht. Seine Stimme ist dann so zärtlich und einfühlsam, so kindlich und doch stark zugleich. In diesen Augenblicken spricht die reine und wahre Liebe aus ihm. Was für ein schöner Moment.
»Und ich würde jeden Prinzen verjagen, auch wenn sein Schimmel noch so stattlich ist, würde jede graue Wolke vom Himmel pusten, damit die Sonne nur für dich scheint und würde sogar meinen geliebten Kaffee mit dir teilen«, lege ich nach.
»Das nenne ich großzügig«, schmunzelt er und küsst die Innenseite meiner Handfläche.
»Eier Koffee. Bittschee«, unterbricht die Dirndlträgerin

unseren romantischen Austausch und die Seifenblase, in der ich mich bis eben befand, zerplatzt. Doch das warme Gefühl der Liebe bleibt in meinem Herzen zurück.

»Vielen Dank.« Markus lächelt unverbindlich. »Könnten wir heute vielleicht ausnahmsweise eine Brotzeit einpacken? Ginge das? Wir wollen nämlich zum Starnberger See. Das Wetter soll ja heute sonnig und heiß werden.« Sie nickt.

»Oah, des kennts scho mocha. I hab hoid dann nichts g`sehng.« Werde ich mich jemals an dieses Kauderwelsch gewöhnen? Gut, Plattdeutsch verstehe ich auch nicht, aber das hier ist ebenso ein Buch mit sieben Siegeln. Da Markus aber zufrieden nickt, scheint es zu klappen.

»Dann gehe ich uns mal was holen. Und sollte ein Prinz vorbeikommen, dann kannst du ihn ja zum Drachen schicken.«

»Mach ich«, antworte ich kichernd und schenke mir die erste Tasse Kaffee des Tages ein. Ich hätte auch mit ihm geteilt.

»Nächste Haltestelle sind wir da«, verkündet Markus und ich bin irgendwie aufgeregt. Wir sitzen in der S-Bahn Richtung Starnberg, die Sonne scheint von einem, wieder mal beinahe wolkenlosen, blauen Himmel und ich freue mich sehr auf unsere Bootstour. Das letzte Mal, als ich in einem Boot saß, war Markus auch dabei. Damals, an meinem neunundzwanzigen Geburtstag, im Juni vor neuneinhalb Wochen, aßen wir Kirschen, tranken Schampus und waren noch kein Paar. Wie sehr sich alles ändern kann in so kurzer Zeit. Ich bin immer wieder erstaunt. An diesem Tag küssten wir uns nur und ich hatte Angst, mich auf eine Beziehung einzulassen. Hätte das Schicksal nicht nachgeholfen, dann säße ich noch immer einsam und allein in meinem Haus, würde vielleicht sogar Alex hinterhertrauern und wäre niemals auf die Idee gekommen, München einen Besuch abzustatten. Ich wäre um so viele Erfahrungen ärmer, die ich nicht vermissen möchte. Erneut trage ich das Kleid von gestern, den Bikini darunter und einen Sonnenhut auf meinem Kopf. Auch Markus trägt das Hemd von gestern, weil wir uns ohnehin bald unserer Sachen entledigen werden. In meiner Badetasche habe ich Klamotten zum Wechseln dabei. Schließlich weiß ich nicht, was mein Held so geplant hat.

Der Weg von der S-Bahn Haltestelle führt durch eine Unterführung und ist nicht sehr weit. Bereits nach fünf Minuten habe ich einen fantastischen Überblick über den Starnberger See.

»Taadaa, da sind wir. Und? Gefällt es dir?« Und wie es mir gefällt. Der blaue See glitzert in der Mittagssonne und sogar ein paar Möwen, die sich friedlich über die Wellen tragen lassen, kann ich erkennen. Fast ein bisschen Heimat. Rechts und links führt der Weg ein Stück am See entlang. Direkt vor uns ist der Anliegerplatz des Dampfers, der seine Rundfahrten über den See anbietet. Am Horizont kann ich sogar die Berge sehen. Die Idylle ist perfekt.

»Oh ja!«, seufze ich auf und drücke mich an Markus. Er legt seinen Arm um meine Schulter und gemeinsam biegen wir nach rechts ab, um zu den kleinen Häusern zu gelangen, bei denen die Boote geliehen werden können.

»Willst du ein Tretboot? Oder lieber eines zum Rudern? Oder mit Motor?« Wir stehen vor einem Schild, auf dem die diversen Möglichkeiten angeboten werden.

»Treten. Das habe ich schon so wahnsinnig lange nicht mehr gemacht. Magst du auch?«

»Was immer du willst, süße Fee«, zwinkert er mir zu und wenige Minuten später sitzen wir gemeinsam auf dem Plastikboot und malträtieren synchron die Pedale. Ein kleiner Schirm, der am Boot befestigt ist, schützt uns vor der direkten Sonneneinstrahlung.

»Wir sollten uns eincremen«, gebe ich nach einiger Zeit zu bedenken und Markus nickt.

»Ja. Ich glaube, nun sind wir weit genug vom Ufer

weg, um uns ein bisschen auszuruhen.«

»Warum? Bist du schon außer Atem, Herr Doktor?«
Meine Stimme klingt amüsiert.

»Nö. Aber man muss ja nicht gleich übertreiben, oder?
Soll doch ein entspannter Ausflug sein und kein
›Sportevent‹. Sport machen wir später noch genug.«

»Ach ja?« Schelmisch grinsend beuge mich zu ihm
hinüber und küsse ihn auf die Wange. Dann erhebe ich
mich und klettere vorsichtig auf die Rückseite des
Bootes, wo unsere Badetasche liegt. »Kannst du mir
mal eben den Rücken einreiben?« Ich habe mir mein
Kleid über den Kopf gezogen und sitze nun in meinem
pinkfarbenen Traum von Nichts vor ihm.

»Nichts lieber als das.« Markus macht sich ebenfalls
auf den Weg. Sah das bei mir auch so ungelenk aus?
Ich muss kichern. Hoffentlich fällt er nicht ins Wasser.
Wobei das bestimmt irre komisch aussähe. Ich würde
ihn auch retten. Nachdem ich fertig wäre mit Lachen.
Meine innere Stimme reibt sich freudig die Hände.
Doch er schafft es unbeschadet zu mir, lässt sich zu
Boden sinken und greift nach der Tube, die ich ihm
reiche. Schade eigentlich. Die Stimme zieht sich
schmollend zurück. Langsam und zärtlich verteilt er
die helle Milch auf meinem Rücken und den Armen,
schiebt die Träger meines Oberteils nach unten und
wandert mit seinen Fingerspitzen bis vor zu meinem
Bauch.

»Hey du«, raune ich ihm ins Ohr. »So war das nicht
gedacht.«

»Aber warum denn nicht? Sieht uns doch niemand
hier.«

»Weil ich sonst schon wieder geil auf dich werde.«

»Das ist der Sinn, liebste Anja.« War mir schon klar.
Die Stimme ist zurück und kichert. *Aber das wolltest du
doch. Das stand auch auf unserer Liste. Sex auf `nem Boot.
Vor einigen Wochen hast du es dir sehnlichst gewünscht,
jetzt ist es so weit. Also ran an den Speck. Oder an Markus.*
Wo sie recht hat ...

»Und du?« Ich drehe mich herum und nehme ihm die
Flasche ab. »Du brauchst das auch.«

»Hmm«, brummt er und wir wechseln die Plätze, sodass er nun vor mir sitzt. Ebenso wie er lasse ich meine Hände über seinen Körper wandern. Vom Rücken über die Brust bis hin zu seiner Badehose. Genüsslich fahre ich am Saum entlang und gleite dann wie selbstverständlich hinein.

»Der braucht das auch«, nuschle ich und beginne ganz langsam, sein bestes Stück zu massieren. Ein wohliges Grunzen entfährt ihm und ich drücke mich noch enger mit meinen nackten Brüsten an seinen Rücken. Gut, dass der Schirm über uns einen Großteil der Sonne und eventuelle Blicke von anderen Menschen verdeckt. Genau so habe ich mir das vor einigen Monaten gewünscht. Der Moment ist perfekt.

Befriedigt strecken wir uns nach einiger Zeit nebeneinander auf der Liegefläche aus und ich lasse meine Beine ins Wasser baumeln. Schläfrig schieße ich die Augen und wir treiben auf den Wellen dahin.

Komm, steig in mein Boot
und fahr mit mir fort ...
Wohin die Wellen uns tragen,
stell keine Fragen,
lass uns segeln im Wind
wo wir glücklich sind.

Komm, steig in mein Boot
und fahr mit mir fort ...
Wenn deine Welt auch zerbricht
siehst du dann das Licht?
Dort am Horizont
wo der Regenbogen sonst wohnt.

Komm, steig in mein Boot
und fahr mit mir fort ...
Nie mehr allein,
denn du bist mein Heim.
Bis zum Mond, nicht zurück
denn du bist mein Glück.

Die Worte schweben durch meine Gedanken und ich spreche sie aus. Markus ist gerührt und kann nur mit Mühe eine Träne verdrücken. Sehe ich ganz genau.

»Wie wunderschön, meine süße Fee. Da sollten wir einen Song draus machen. Das wäre perfekt.« Er richtet sich leicht auf und blickt mich mit großen Augen an, in denen ich seine Liebe leuchten sehe.

»Einen Song? Wie meinst du das?« Natürlich weiß ich, was das bedeutet. Aber ich wusste nicht, dass er so etwas kann.

»Das bedeutet, dass ich mir, sobald wir wieder zu Hause sind, eine Melodie zu diesem Text ausdenke. Vielleicht nur mit Gitarre. Oder auch Klavier. Das weiß ich noch nicht so genau.«

»Das kannst du?« Ich bin fast sprachlos. Ein Zustand, in dem ich mich nur selten befinde.

»Ja, das kann ich.« Markus schmunzelt. »Zumindest früher. Ich habe auch mal in einer Band gesungen.« Auch das wusste ich bisher nicht.

»Warum hast du das nie erzählt?« Irgendwie lerne ich hier, in diesem Urlaub, ganz neue Seiten meines Traummannes kennen. Faszinierend.

»Weil ich schon lange nicht mehr gespielt habe. Der Job frisst mich beinahe auf und ich habe nur wenig Zeit für die Musik. Oder anders gesagt: sie war mir bisher nicht mehr wichtig. Natascha konnte mit meiner Singerei nicht viel anfangen und so habe ich irgendwann damit aufgehört. Vielleicht ist jetzt der perfekte Moment, um wieder damit zu beginnen.« Ich nicke heftig.

»Oh ja. Ganz bestimmt. Ich würde meine Texte sehr gerne von dir gesungen hören.«

»Dann ist das abgemacht. Für dich, Baby, mache ich doch fast alles.«

»Wie? Nur fast?« Ich muss lachen und beginne ihn zu kitzeln. Zumindest versuche ich es, denn Markus zieht mich zu sich heran und verschließt meine Lippen zärtlich mit seinen. Die Welt um mich herum hört mal wieder auf sich zu drehen und ich genieße diesen Moment aus tiefstem Herzen. Oh ja, all das ist Leben. Und ich will noch lange mit ihm leben, lieben, lachen.

»Boah, habe ich Hunger«, sage ich einige Zeit später, als mein Magen hörbar brummelt und hebe meinen Kopf. »Haben wir nicht was zum Essen dabei?« Markus erhebt sich ebenfalls, zieht seine Tasche zu sich heran und kramt darin herum, bis er eine Flasche Wasser, eine Flasche Cola, vier belegte Semmeln – mittlerweile gewöhne ich mich an das Wort für Brötchen -, etwas Obst und zwei Schokoriegel auf der Decke vor uns ausbreitet.

»Guten Appetit, Baby«, wünscht er mir und ich greife beherzt zu. Nach so viel Sport brauche ich dringend Nahrung. Schließlich muss ich wieder zu Kräften kommen. Markus scheinbar auch, denn gemeinsam vernichten wir unsere Mahlzeit, blicken auf das glitzernde Wasser und schweigen. Auch das muss gelernt sein. Kann wirklich nicht jeder. Nachdem ich die Reste verstaut habe, strecke ich mich gähnend unter dem Sonnenschirm aus. Kurz bevor ich einschlafe, realisiere ich noch, wie Markus sein Smartphone aus der Tasche zieht. Wieder mal.

Ich spüre, wie ich langsam in mein Traumland sinke. Bleierne Müdigkeit zieht mich hinab und ich lasse es nur zu gern geschehen. Irgendwie befinde ich mich in einem Zustand zwischen Traum und Realität, kann alles ganz bewusst wahrnehmen. Auch hier befinde ich mich auf dem Wasser. Doch es ist nicht dieser See, sondern das weite Meer. Möwen fliegen schreiend über meinen Kopf hinweg und ich strecke meine Hand nach ihnen aus. Meine Augen folgen ihrem Flug und ich erkenne, dass ich mich auf dem Deck eines großen Schiffes befinde. Einem Kreuzfahrtschiff? Noch nie habe ich von so etwas geträumt. Markus steht neben mir an der Reling und hat sein Handy in der Hand. Mit einem Grinsen auf den Lippen starrt er aufs Display und schreibt irgendetwas. Mich ignoriert er völlig. Ich will zu ihm, ihn in den Arm nehmen, doch ich schaffe es nicht. Bin wie angewurzelt. Die Schreie der Möwen werden immer lauter und plötzlich bekomme ich Angst. Mein Traummann entfernt sich immer weiter von mir. Das Wetter, das eben noch so lichtvoll war, ändert sich ebenfalls schlagartig und ein Sturm zieht herauf. Was soll das? Ich will hier nicht sein. Was macht mein scheiss Unterbewusstsein mit mir? Noch nie habe ich so realistisch geträumt! Na, jedenfalls nicht so oft. Oder besser gesagt: immer nur dann, wenn auch im realen Leben Gefahr drohte. Doch was soll mir hier passieren? Warum denke ich jetzt an vergangene Träume? Eine Situation, die vor einem guten, halben Jahr passiert ist, schießt mir in den Sinn. Damals war ich mit Rosa in einem Wellnesshotel und hatte einen ganz schrecklichen Traum, bei dem ich dachte, jemand hätte das Wort ›Hure‹ auf meine Stirn geritzt. Wie komme ich darauf? Verdammt! Ich will das nicht. Es ist doch alles gut. Warum habe ich plötzlich solche Angst? Angst, Markus zu verlieren? Der Wind frischt noch weiter auf und eine Wasserwand rast auf uns zu. Ich kann die riesige Welle sehen, die unser Schiff ansteuert. Wir müssen hier weg! Unter Deck! In Sicherheit! Doch noch immer kann ich mich nicht bewegen. Wo ist Markus? Eben war er doch noch hier? Und jetzt? Ich versuche seinen Namen zu rufen, doch das Unwetter verschluckt jedes Wort. Und plötzlich erfasst mich die Welle. Ich werde in die Höhe geschleudert, tauche unter und die Luft wird aus meinen Lungen gepresst. Atmen. Ich muss atmen! Doch unter Wasser keine so gute Idee. Werde ich ertrinken? Ich zapple mit den Beinen, mache hektische Schwimmbewegungen und versuche mühsam an die Oberfläche zurück zu gelangen. Es klappt! Gott sei Dank! Gierig sauge ich die Luft in meine Lungen. Ich sehe den Rumpf des Schiffes in weiter Ferne, höre erneut das Kreischen der Möwen und treibe wie ein Korken dahin. Die See hat sich beruhigt, doch das Schiff ist weg. Markus auch. Ich bin ganz allein. Plötzlich taucht Alex in einem winzigen Ruderboot neben mir auf. Alex? Was will der in meinen Träumen? Der hat hier nichts verloren! Ich will ihn bewusst vertreiben, doch er reicht mir seine Hand, lächelt mich an. Wird er mich retten? Soll ich mich von ihm retten lassen? Was bleibt mir übrig, wenn ich nicht ertrinken will. Hier, in meinem eigenen Traum. Gerade, als ich meinen Arm ausstrecke, wird sein Gesicht zu einer Fratze und er lacht höhnisch auf. Er verändert sich, wird zum Teufel, steht in

Flammen. Plötzlich lodert alles. Das Boot, der Mann in dem Boot und das Wasser. Ich will schreien, doch ich kann nicht! Ich will endlich raus aus diesem scheiß Traum, doch auch das ist mir nicht möglich. Ich schwimme. Schwimme so schnell ich kann. Doch ich komme nicht vom Fleck. Alex ist überall. Die Flammen sind überall. Und plötzlich erkenne ich Markus am Horizont. Er ist im Himmel, in den Wolken, ein Vogel. Er saust zu mir hernieder, reißt mich mit seinen Klauen in die Lüfte und trägt mich davon. Gerettet!

»Was machst du nur, kleine Fee«, höre ich ein Krächzen. »Dich kann man wirklich keine Sekunde aus den Augen lassen. Immer muss ich dich retten.« Es ist seine Stimme und doch klingt sie wie die eines Vogels. Oder eines Engels? Plötzlich liege ich in seinen Armen. Er hat Flügel auf dem Rücken, ist in strahlende Helligkeit getaucht, trägt mich über das Meer. Jetzt fühle ich mich wieder sicher und geborgen, könnte ewig so mit ihm fliegen. Der Sonne entgegen. Doch der Flug endet, wir sind zurück auf unserem Boot. Ich spüre das Plastik unter meinem Rücken, meine Füße im Wasser und tauche langsam aus meiner Traumwelt auf. Die Augen geschlossen lausche ich auf meine Umgebung. Was war das nur? Wieder habe ich von Wasser geträumt. Und von Alex. Werde ich bekloppt? Was will mein Unterbewusstsein mir sagen? Doch meine innere Stimme schweigt und nimmt den Traum mit sich in die hintersten Gehirnwindungen. Ich seufze leise auf.

»Ich gehe schwimmen.« Er ist so schnell im Wasser, dass ich seine Worte nicht einmal richtig realisieren kann. »Es ist herrlich! Komm doch auch rein!«, fordert er mich auf, doch ich schüttle den Kopf. Ins Wasser? Da komme ich gerade her. Na, zumindest in meinem Traum, der einen schalen Nachgeschmack zurücklässt. Ob ich Markus davon erzählen soll? Nein, besser nicht. Bestimmt würde er mich für bescheuert halten. Vielleicht Fibi irgendwann. Ach jee, Fibi. Der wollte ich doch schreiben. Doch mein Handy habe ich im Hotelzimmer in der Schublade. Ich sehe es praktisch vor mir. Meine Eltern hätte ich auch zurückrufen sollen. Verdammt. Na, kann ich nicht ändern im

Moment. Also verdränge ich diese Gedanken mal wieder.

»Nee, lass mal. Das ist mir zu kalt. Füße langt schon.« Grunzend richte ich mich auf und streiche mir den Schlaf aus den Augen.

»Mimose!« Lachend schwimmt er an den Rand des Bootes.

»Hey! Lass das!«, rufe ich erschrocken, als er beginnt, daran zu wackeln. »Willst du, dass ich seekrank werde?«

»Du bist doch meine Meerjungfrau. Die werden nicht seekrank.« Lachend macht er einfach weiter.

»Eben! Meer. Das hier ist ein See!« Ich klammere mich an der Trittleiter fest, die vom Boot ins Wasser führt. »Na warte, bis du wieder raus willst. Da kannst du lange drauf warten!«, rufe ich, meine es aber nur halbernst. Ich kenne sein inneres Kind nur zu gut. Wehe, wenn es losgelassen. Er lacht herzhaft, stößt sich vom Rand ab und schwimmt einige Züge weit. Gut. Er hat aufgegeben. Langsam lasse ich mich wieder zurücksinken und schließe erneut meine Augen. Ich will mich nicht aufregen, nur den Moment genießen. Vielleicht noch einmal über den Traum nachdenken. Doch Markus sieht das anders. Noch ehe ich mich wehren kann, ist er auf das Boot zurückgeklettert, packt mich unter den Beinen und am Rücken, hebt mich hoch und mit mir auf den Armen springt er zurück ins kühle Nass. Und es ist sehr nass und sehr kühl. Mein erhitzter Körper erstarrt und ich schnappe nach Luft. Will er mich umbringen?

»Ich halte dich. Lass dich nie mehr los, wärme dich«, säuselt er mir ins Ohr. Scheinbar ist es hier so niedrig, dass er stehen kann, denn er hält mich noch immer auf seinen Armen.

»Du hast doch `nen Knall«, maule ich, mich an seine breite Brust klammernd. Langsam beruhige ich mich wieder. So kalt ist das Wasser gar nicht.

»Klar. Das weißt du doch, kleine ›Katastro-Fee‹. Aber, ich bin dein Held. Ich rette dich.«

»Sicher, nachdem du mich erst in diese Lage gebracht

hast. Toller Held.« Markus lacht nur. Dann lässt er mich los und ich merke, dass auch ich beinahe stehen kann. Zumindest meine Zehen berühren den Boden. Untergehen werde ich also nicht … Doch noch bevor ich den Gedanken zu Ende bringe, taucht Markus unter, schwimmt auf mich zu, steckt seinen Kopf zwischen meine Beine und hebt mich hoch. Ich kreische und halte mich notdürftig an ihm fest. Doch nicht lange, denn schon schleudert er mich fort und ich platsche ins Wasser. Gekonnt sieht wahrscheinlich anders aus, denn als ich prustend wieder an der Oberfläche auftauche, sehe ich einen herzhaft lachenden Markus.

»Na warte, du Schuft«, murmle ich animiert, schwimme auf ihn zu und springe auf seinen Rücken. Ich will ihn untertauchen. Zumindest war das mein Plan. Doch es kommt anders. Markus biegt seinen Rücken nach hinten und erneut tauche ich unter. Toller Plan.

»So wird das nichts, Herzchen«, lacht er weiterhin ausgelassen und stachelt mich damit nur noch mehr an. Der muss doch kleinzukriegen sein. Kann doch nicht so schwer sein. Meine innere Stimme feuert mich an und ich versuche ihn immer wieder unter Wasser zu tauchen. Doch entweder bin ich zu schwach oder er zu stark. Wie ein Fels in der Brandung steht er im Wasser. Es will mir einfach nicht gelingen. Eine ganze Weile kämpfen wir spielerisch miteinander, bis ich so außer Puste bin, dass ich kaum noch Luft bekomme. Meine Muskeln schmerzen von der ungewohnten Anstrengung und die Idee mit dem Studio schießt mir erneut durch den Kopf. Ich war mal so sportlich, verdammt. Ich blicke mich um, suche die Wasseroberfläche nach Markus` Kopf ab. Wo ist er? Plötzlich schießt ein scharfer Schmerz durch meinen Oberschenkel. Ich schreie auf. Ein Krampf. So ein Mist. Mühsam halte ich mich über Wasser.

»Markus!«, brülle ich und versuche meinen linken Oberschenkel zu massieren und dabei nicht unterzugehen. Konnte ich nicht gerade noch halbwegs stehen? Mittlerweile fühle ich keinen Boden mehr unter meinen Füßen und plötzlich bekomme ich Panik. Wo ist Markus? Wo ist überhaupt das Boot? Mein Traum schießt mir erneut blitzartig durch meine Gedanken und meine Panik steigert sich. Mein Herz rast. War das vorhin eine Vorahnung? Unter Aufbietung all meiner Kräfte halte ich meinen Kopf über Wasser und brülle immer wieder seinen Namen. Was ist los? Warum hilft er mir nicht? Tränen schießen mir in die Augen und ich kann nicht mehr. Die Schmerzen sind so schlimm, dass ich weder schwimmen, noch auf der Stelle treten kann. Immer wieder schlucke ich Wasser und muss jetzt auch noch husten.

»Anja! Was machst du? Scheiße!«, höre ich auf einmal Markus` Stimme hinter mir und fühle seine starken Arme, die meine Hüfte umfassen. »Kommst du ins Boot? Los! Ich helfe dir!« Hektisch hebt er mich hoch, ich bekomme die Leiter zu fassen und ziehe mich mühsam nach oben. Gerettet. Vollkommen kraftlos lasse ich mich auf dem Deck nieder und Markus klettert zu mir.

»Hast du einen Krampf?« Gekonnt beginnt er mein Bein zu massieren, das ich bis eben noch selbst geknetet habe. Blitzmerker! Doch er weiß, was er tut und einige Sekunden später lockern sich meine Muskeln. Ich atme das erste Mal auf. Schon praktisch, einen Doktor als Freund zu haben.

»Wo warst du denn so lange?« Ich schluchze auf, als die Anspannung langsam nachlässt und ich realisiere, dass ich beinahe ertrunken wäre.

»Ich habe nur das Boot zurückgeholt. War ganz schön weit abgetrieben«, nuschelt er entschuldigend. »Kann ja nicht ahnen, dass du mir gleich absäufst. Geht's wieder? Ich halte dich, lass dich nicht los.« Er hört auf mich zu bearbeiten, zieht mich in seine Arme und ich sinke an seine Brust. Mein Held! Auch wenn er sich dieses Mal ziemlich Zeit gelassen hat, mit dem Retten. Hätte auch schief gehen können.

»Ja, geht wieder«, schniefe ich nach einer Weile und

richte mich etwas auf. »Können wir zurück an Land?«
»Natürlich. Schaffst du denn das Treten? Oder willst
du dich noch etwas ausruhen?«
»Nein. Geht schon wieder.«
Nacheinander krabbeln wir auf unsere Plätze und
wenden das Boot. Wir sind echt weit draußen und
brauchen eine knappe, halbe Stunde, um wieder an
Land zu kommen. Kurz bevor wir anlegen, ziehen wir
uns die mitgebrachten Klamotten an und die
Schwimmsachen aus.
»Magst du was Trinken gehen? Eine Cola oder so?«,
fragt Markus, nachdem wir sicher an Land stehen.
»Unbedingt. Aber was Stärkeres wäre jetzt besser.« Er
grinst, ergreift meine Hand und gemeinsam
schlendern wir auf ein Restaurant zu. Vom Biergarten
aus, der erstaunlich gut besucht ist, hat man einen
wundervollen Blick über den See und wir finden einen
Platz, der halb im Schatten liegt. Schon bald wird die
Sonne untergehen. Was für ein anstrengender, schöner,
aufregender Tag auf dem Starnberger See.

Kapitel 6 – Sorry, Baby

Kurz nach sechs Uhr werde ich wach und kann einfach nicht mehr einschlafen. An einen eventuellen Traum kann ich mich nicht erinnern. Hatte auch wirklich genug davon. Unruhig wälze ich mich im Bett hin und her. Irgendetwas belastet mich und ich kann nicht sagen, was es ist. Dabei ist doch alles perfekt. Zumindest bisher. Markus kümmert sich liebevoll um mich, ich liebe ihn wirklich und meine Zukunft sieht rosarot aus. Doch ein dunkler Schatten legt sich vor mein sonniges Gemüt und ich kann die schwarzen Wolken nicht vertreiben. Leise wälze ich mich auf die rechte Seite, öffne die Schublade meines Nachtkästchens und fische mein Smartphone heraus. Noch habe ich ein paar Prozent Akku. Natürlich habe ich meinen Netzstecker vergessen. Irgendwas vergisst man schließlich immer. Und bisher habe ich ihn auch nicht wirklich vermisst. Doch als ich jetzt erkenne, dass ich fünfzehn Anrufe in Abwesenheit und sechs neue Nachrichten habe, läuft mir ein Schauer über den Rücken. Ist etwas passiert? Mit meinen Eltern? Mit Oma? Mit zittrigen Fingern öffne ich die Liste. Meine Eltern haben mich mehrmals versucht zu erreichen und auch Fibis Nummer kann ich entdecken. Doch wer ist der Unbekannte? Ich muss meine Eltern dringend zurückrufen. Doch nicht jetzt. Sie schlafen noch, das weiß ich. Also nachher. Auf meiner Mailbox haben sie jedenfalls kein Wort hinterlassen. So wichtig kann es nicht gewesen sein. Fibis Nachricht, die ich jetzt öffne, klingt dagegen eher lustig als besorgniserregend. Sie schildert mir, dass sie erneut einen Mann im Netz kennengelernt hat, mit dem sie sich treffen will. Heute. Besser gesagt: heute Nachmittag. Echt jetzt? Kam aber schnell über den Lehrer weg. Oder ist das nur Ablenkung? Ganz egal. Flink tippe ich ihr eine Antwort, damit sie weiß, dass ich an sie denke und ihr viel Erfolg wünsche. Wird wirklich Zeit, dass sie endlich einen Mann fürs Leben findet, der sie so liebt, wie sie ist. Gleichzeitig entschuldige ich mich, dass ich nicht telefonieren kann, da mein Akku fast leer ist. Sie versteht mich bestimmt. Nachdem ich fertig bin, schalte ich das Telefon komplett aus und lege es zurück in die Schublade. Ich will meinen Akku schonen. Wer weiß, wozu ich die knappe Leistung noch brauchen werde. Markus hat ein anderes Modell, sodass sein Stecker mir nichts bringt. Kurz vor sieben Uhr. Ich stöhne leise auf, wälze mich aus meiner Decke und tapse mit nackten Füßen ins Bad. Vielleicht kann ich nachher noch eine Runde schlafen. Schließlich habe ich Urlaub und bin nicht auf der Flucht. Der leichte Sonnenbrand, den ich mir gestern auf dem See zugezogen habe schmerzt und ich habe wirklich keine Lust, heute wieder auf Achse zu gehen. Ein fauler Tag im Bett wäre genau das Richtige. Ich beschließe, Markus mit den Waffen einer Frau – allein bei dem Gedanken muss ich kichern – zu einem Tag im Bett zu überreden. Vielleicht hole ich nachher Brötchen, ähm, Semmeln, aus der nahegelegenen Bäckerei, klaue mir ein paar Köstlichkeiten vom Buffet und überrasche ihn mit einem Frühstück im Bett. Gute Idee. Mit meinem Vorhaben im Kopf ziehe ich mir mein verschwitztes Nachthemd aus und steige unter die Dusche. Fröhlich singend wasche ich mir die Haare, seife mich ein und stehe knapp zehn Minuten später, nur mit einem Handtuch bekleidet, wieder im Schlafbereich. Markus schläft noch immer und hat von meiner Aktion bisher nichts mitbekommen. Ohne viel Aufhebens ziehe ich mir meine Unterwäsche an, werfe mir ein sommerliches Kleid und einen meiner geliebten Ponchos über. Dann schlüpfe ich in meine Sandalen, angle mir meine Handtasche und mache mich auf den Weg. Als ich die Zimmertür leise hinter mir ins Schloss ziehe, höre ich noch das sonore Schnarchen meines Geliebten. In diesem Augenblick das schönste Geräusch, das ich mir vorstellen kann. Es bedeutet, dass ich nicht alleine bin.

Behände hüpfe ich durch den Gang und stehe wenige

Minuten später auf der Straße. Um diese Uhrzeit, kurz nach halb acht, ist alles noch ruhig. Nicht mal Schulkinder, die auf ihren Rädern zur Schule fahren, kann ich sehen. Klar, hier sind noch immer Ferien. Bayern ist diesbezüglich das letzte Bundesland. Die Sonne ist bereits aufgegangen und ihr rötlicher Schimmer verfärbt die dicken, flauschigen Wolkenberge über mir in wunderschöne Zuckerwatte. Das Naturschauspiel beeindruckt mich so sehr, dass ich einen Moment innehalte, meine Kamera aus der Tasche krame und ein paar Fotos schieße. Ich liebe diese Farben. Schade, dass man den Geruch, eine Mischung aus Blütenduft, feuchtem Gras und frisch gebrühtem Kaffee, der mich umgibt, nicht einfangen kann. Ohne es bewusst zu bemerken, stehe ich vor den gläsernen Türen der Bäckerei und ein wohliges Kribbeln macht sich in meinem Inneren breit. Dieser Morgen ist wirklich perfekt.

»Guten Morgen, Liebling«, trällere ich ausgelassen, als ich die Tür von unserem Hotelzimmer mit dem Fuß öffne. Ich habe tatsächlich eine Kanne Kaffee, sowie zwei Eier, Butter, Marmelade, Schinken und Käse ergattern können und balanciere alles auf einem Tablett.
»Moin«, nuschelt Markus, auf dem Bett sitzend und auf sein Smartphone starrend. Schon wieder das doofe Ding. Warum, zum Teufel, hat er es immer in der Hand, wenn ich mal kurz nicht da bin? Was ist so wichtig? Ich habe meines nie an. Na ja, fast nie. Wir haben doch Urlaub. Dachte ich zumindest. Meine Laune sinkt schlagartig um mehrere Prozentpunkte, was ich mir jedoch nicht anmerken lasse. Mit einem sonnigen Lächeln trage ich das Tablett zum Bett, stelle es auf dem Nachttischchen neben ihm ab und beuge mich zu ihm herunter. Da endlich blickt er auf und lächelt mir ebenfalls zu.
»Oh, wow! Du hast extra Semmeln und Croissants besorgt? Du bist fantastisch.« Endlich legt er das doofe Ding beiseite und zieht mich zu sich heran. »Hättest du

Lust auf einen Aperitif?« Er grinst breit und ich weiß genau, was er meint.

»Aber immer, mein Liebster«, antworte ich mit ebenso rauer Stimme und lasse mich von ihm aufs Bett ziehen.

Eng aneinander gekuschelt höre ich seinen gleichmäßigen Atem. Er ist wieder eingeschlafen, hat seinen Arm um meine Taille gelegt und ich spüre seine Wärme auf meiner Haut. Zwar fühle ich mich verschwitzt und klebrig, doch ich will mich jetzt nicht erheben, um zu duschen. Das kann ich auch später noch machen. Jetzt will ich erst einmal den Augenblick genießen. Schon lange war ich nicht mehr so vollkommen tiefenentspannt. Und das Schönste daran ist, dass wir noch ein paar Tage vor uns haben, die wir alleine verbringen können, bevor der Stress des Alltags uns wieder einholen wird. Gerade, als auch ich meine Augen schließe, um ihm ins Traumland zu folgen - der Kaffee ist bestimmt bereits kalt, doch wen stört das? - vibriert das Smartphone auf seinem Nachttisch. Ein Stich fährt mir in die Magengrube und ich seufze genervt auf. Das war`s dann wohl mit Schlafen.

»Sorry, Baby«, höre ich Markus nuscheln, der sich von mir löst und mit einer Hand nach dem Ding angelt. Hoffentlich fällt es ihm runter und zerspringt in tausend Teile. Dann wäre endlich Ruhe. Doch natürlich passiert genau das nicht. Ich schäle mich aus seiner Umarmung, stehe wortlos auf und gehe nun doch ins Bad. Ich muss nicht wissen, mit wem er telefoniert. Geht mich auch nichts an, oder? Wobei … die Neugier ist schon ziemlich groß und so bleibe ich an der geschlossenen Badezimmertür stehen und lausche. Seine Worte sind jedoch leider nicht zu verstehen. Also springe ich zum zweiten Mal an diesem Tag, der noch keine fünf Stunden alt ist, unter die Dusche, klettere nach knapp fünf Minuten wieder hervor, trockne mich ab und schlinge mir mein Handtuch um die Hüften. Die Lust ist mir gründlich vergangen. Mal sehen, was er für den heutigen Tag sonst so geplant hat. War da nicht irgendwas mit einer Therme, in die wir gehen wollten?

Als ich die Tür öffne und zu ihm in den Schlafbereich zurückkehre, traue ich meinen Augen nicht. Markus hat seine Reisetasche aufs Bett gelegt und stopft gerade seine Sachen wahllos hinein.

»Was soll das?«, frage ich ihn entgeistert, doch er scheint mich nicht zu hören. Meine vage Vermutung, dass es sich um eine Badetasche handeln könnte zerbricht in dem Moment, als er den Reißverschluss zuzieht und sich aufs Bett sinken lässt. Nur noch seine Hose, ein Hemd und seine Straßenschuhe kann ich entdecken. Alle anderen Utensilien, die sich sonst im Zimmer befinden, gehören mir. Erneut hat er sein Telefon in der Hand und tippt darauf herum.

»Was soll das?«, brülle ich nun beinahe und er hebt erschrocken den Kopf.

»Sorry, Baby«, presst er hervor, als er mich, mit meinen Händen in die Hüften gepresst, vor sich stehen sieht. »Planänderung. Ich muss unseren Urlaub leider hier abbrechen«, sagt er leise und will meine Hand ergreifen. Doch ich mache keine Anstalten, mich auch nur einen Millimeter zu rühren. Ich komme mir unheimlich nackt vor. Trotz meines Handtuchs. »Aber du kannst gerne noch die paar Tage hier bleiben und entspannen. Brauchst mich doch nicht dafür, oder?« Habe ich mich verhört? Ist das ein böser Alptraum und ich schlafe eigentlich friedlich neben ihm?

»Wie? Beendet? Was soll das heißen?«, frage ich stotternd und meine Knie werden weich. »Was zum Teufel ist denn passiert?«

»Ich muss nach Hause. Dringende Familienangelegenheit«, nuschelt er und ich muss schlucken.

»Was kann so dringend sein, dass du unseren Liebesurlaub einfach so abbrichst?« Tränen schimmern in meinen Augen, doch ich will sie nicht laufen lassen. Er soll nicht merken, wie sehr er mich mit seinen Worten verletzt!

»Das kann ich dir nicht sagen, Baby. Bitte, vertrau mir.« Markus steht auf und zieht mich in seine Arme. Ich bin so geschockt, dass ich es kurz geschehen lasse, bevor ich mich von ihm abwende.

»Und, was soll das im Klartext heißen? So schnell bekommen wir doch keinen Flug«, versuche ich anderweitig mein Glück, doch Markus schüttelt den Kopf.

»Nein, keinen Flug. Ich werde gleich mit dem Auto zu meiner Mutter fahren und von dort auf mein Motorrad umsteigen. Habe bereits alles geklärt.« In diesem Augenblick ertönt ein tiefes Grollen und kurz darauf zerreißt ein Blitz die Schwärze vor dem Fenster. Das Gewitter passt ja hervorragend zu meiner Stimmung.

»Ach? Schon alles geklärt, ja? Ohne mich auch nur darüber zu informieren, ja? Na, du bist mir so ein Held.« Sarkasmus schwingt in meiner Stimme und ich beginne mich hektisch anzuziehen. »Und wie soll ich nach Hause kommen?«

»Mit der Bahn?«

»Alleine?«

»Ja.«

»Was ist denn los?«, frage ich erneut, doch auch dieses Mal bekomme ich keine befriedigende Antwort.

»Anja, ich darf es dir nicht sagen. Bitte, vertrau mir.« Er fleht beinahe und will mich erneut an sich ziehen, doch ich schubse ihn weg.

»Da verlangst du aber eine Menge von mir, das ist dir schon klar, oder?«, schnauze ich ihn an und mir ist völlig egal, dass meine Tränen mittlerweile den Weg über meine Wangen nehmen und unkontrolliert auf den Boden tropfen.

»Ich weiß ...«, nuschelt er und ich meine einen Funken Trauer in seinem Blick zu erkennen. »Ich mache es wieder gut, okay? In ein paar Monaten fahren wir noch mal gemeinsam weg, und dann ...«

»In ein paar Monaten?« Meine Stimme bricht und ich kann schlichtweg nicht glauben, was ich da höre. Wut macht sich in mir breit. »Wenn wir dann noch zusammen sind«, schleudere ich ihm entgegen und er zuckt zusammen. Ich weiß, dass ich ihn mit meinen Worten verletze, doch er verletzt mich mit seinem

Verhalten und scheint es noch nicht einmal zu bemerken.

»Wenn nicht, dann kann ich es auch nicht ändern«, glaube ich zu verstehen, denn erneut unterbricht ein heftiger Donnerschlag unser Gespräch.

»Wie bitte?«, frage ich daher nach, doch er wendet sich bereits wieder seinem schrill klingelnden Telefon zu.

»Ja, ich komme. Bis gleich.« In Windeseile zieht er sich an, schnappt sich die Tasche vom Bett und wendet sich dem Ausgang zu.

»Wars das jetzt?«, nuschle ich leise, in der Hoffnung er würde bleiben.

»Ich liebe dich, Anja. Vertrau mir einfach, dass ich nicht anders kann. Es ist … ich muss …«, stottert er, drückt mir einen flüchtigen Kuss auf die Wange und eilt aus dem Zimmer.

7 – Ein Schlag kommt selten allein

»Na, ihr Turteltäubchen? Wie ist es im Süden? Habt ihr das Bett überhaupt schon mal verlassen, oder ...?«
»Hat sich ›ausgeturtelt‹«, unterbreche ich Fibi und lasse mich in meinen geliebten Lesesessel fallen. Die Kopfhörer meines Headsets im Smartphone und eine Flasche Sekt neben mir auf dem kleinen Beistelltisch, seufze ich schwer auf. Sofort nach meiner Rückkehr habe ich mein Telefon ans Ladekabel angesteckt und Fibis Nummer gewählt.
»Warum? Was ist passiert?« Sie klingt schockiert und ich höre, wie sie sich auf ihr Sofa fallen lässt. Es quietscht verräterisch.
»Nichts ist passiert. Ich bin wieder da. Ganz einfach«.
»Red keinen Unsinn. Ihr wolltet bis Samstag bleiben und du rufst mich an. Also erzähl mir genau, was geschehen ist. Soll ich vorbei kommen?«
»Nein, lass mal. Ich trinke noch meine zweite Flasche Sekt und dann gehe ich ins Bett. Hab die Schnauze gestrichen voll«, antworte ich leise, bevor ich tief Luft hole und Fibi dann doch haarklein berichte, was vorgefallen ist.
»Hmm.« Mit ihrer spontanen Antwort kann ich nichts anfangen.
»Was soll denn ›hmm‹ bedeuten?«
»Hmm bedeutet, wie immer, dass ich nachdenke, Herzi. Du kennst mich. Aber bist du dir sicher, dass er Schluss gemacht hat? Wie kommst du darauf?« In ihren Worten schwingen Zweifel mit.
»Das ist doch offensichtlich, Fibi. Was gibt es da zu diskutieren?« Nun zweifle ich an ihr. »Was gibt es daran falsch zu verstehen, wenn mein Freund den gemeinsamen Liebesurlaub abbricht, um sich um ›dringende Familienangelegenheiten‹ zu kümmern. Dass ich nicht lache. Wenn es wirklich die Familie wäre, dann hätte er es mir doch erklären können, oder? Ich hätte das verstanden. Aber er war so komisch ...«

Meine Stimme ist rau und der Kloß in meinem Hals verschwindet auch nicht, als ich mir bereits das zweite Glas Sekt einschenke und es mit einem Zug bis zur Hälfte leere.

»Und er hat dir wirklich nicht gesagt, was er vorhat? Vielleicht ist jemandem etwas passiert und er musste helfen.«

»Ach? Und wem soll was passiert sein? Seiner ›ach so tollen‹ Ex, mit der er sich ›so wunderbar versteht‹? Sitzt ihr ein Pups quer? Oder ist sie ›eifersüchtig‹, weil er nicht in ihrer Nähe ist?« Immer wieder male ich imaginäre Anführungszeichen in die Luft, die Fibi zwar nicht sehen kann, meinen Unterton jedoch dafür umso besser hört.

»Ach Anja. Was weiß denn ich? Vielleicht ist auch etwas mit seiner Tochter.«

»Das hätte er mir doch sagen können, oder? Das hätte ich wenigstens verstanden. Nein, Fibi. Ich bin zwar blond, aber nicht blöd. Warum suchst du Ausreden für sein beschissenes Verhalten?« Langsam werde ich wütend. »Mit mir kann man schließlich reden. Oder etwa nicht? Du kennst mich. Du weißt das!«

»Ja, schon ...«, gibt Fibi gedehnt zu, »aber es gibt auch Dinge, über die man nicht so einfach reden kann. Das weißt du doch, Schatzi.« Ihre Stimme ist ganz sanft und sie versucht mich zu beruhigen. Doch ich werde immer wütender.

»Bereits die letzten acht Stunden, die ich im Zug verbrachte, habe ich mir den Kopf darüber zermartert, was der Grund für sein Verhalten sein könnte. Ich kam auf keine Lösung. Anfänglich habe ich heimlich in meinen Schal geweint, während ich über den zugigen Münchner Bahnhof geeilt bin, um den ICE noch zu erreichen. In dem winzigen Abteil, das ich die meiste Zeit für mich allein hatte, hatten sich die Emotionen abgewechselt. Mittlerweile war ich nur noch enttäuscht. Es ist ja nicht so, dass ich so scharf auf einen Besuch in der Therme war, doch allein der Aufbruch ohne Erklärung macht mir zu schaffen. Ich verstehe ihn ganz einfach nicht. Sollte ich mich wirklich so sehr in Markus getäuscht haben? Immerhin haben wir bisher drei wundervolle, harmonische und sehr glückliche Monate miteinander verbracht. Zählt das denn gar nicht?« Ich beende meinen Monolog und warte auf Fibis Meinung. Doch meine Freundin schweigt. Ich kann beinahe sehen, wie sie nervös in ihrem winzigen Appartement auf und ab läuft und sich die Haare rauft.

»Ich weiß es doch auch nicht. Frag ihn«, sagt sie schließlich und ich stoße meinen angehaltenen Atem aus.

»Aber ganz sicher nicht! Glaubst du nicht, dass es sein Part wäre, sich bei mir zu entschuldigen? Oder zumindest sich zu melden und mir zu schreiben, dass er heil angekommen ist?«

»Du machst dir Sorgen?«

»Sicher. Was denkst du denn? Bis heute Morgen war ich noch heiß verliebt. Das verlernt man nicht einfach so. Bin doch keine Maschine.«

»Also liebst du ihn noch immer.« Fibis Frage, die mehr eine Aussage ist, steht im Raum und ich nicke langsam.

»Natürlich«, sage ich schließlich leise.

»Also, dann kämpfe auch für eure Beziehung. Wirf nicht einfach so alles hin. Dazu hast du zu lange auf den Richtigen gewartet, Schätzchen. Aber nicht mehr heute. Geh ins Bett, schlaf dich aus und morgen sieht die Welt schon wieder heller aus. Glaub mir.« Ihre Worte sind so sanft, dass meine Wut langsam verraucht und ich in meinem Sessel zusammensinke.

»Wahrscheinlich hast du recht.« Ich seufze schwer und werfe einen Blick auf meine Armbanduhr. »Ich sollte ins Bett gehen und schlafen. Da kann ich wenigstens keinen Blödsinn bauen.« Fibi lacht und wir verabschieden uns mit dem Versprechen, dass sie mich morgen anrufen wird.

»Danke, liebste Freundin, dass du mir zugehört hast.« Ich kann meine Tränen nur mühsam zurückhalten.

»Quatschnase«, lacht sie. »Dazu sind Freunde doch da. Und morgen komme ich zu dir und wir essen eine

Pizza ›mit ohne schaaaaaarf‹, okay?« Die hatten wir damals auch bestellt, als sie das letzte Mal bei mir übernachtet hat. Bei dem Gedanken schleicht sich ein Schmunzeln auf meine Lippen. Sie schafft es doch immer wieder, mir ein Lächeln ins Gesicht zu zaubern, obwohl mir nicht danach zumute ist.

»Sehr gern. Bis morgen«, beende ich unser Telefonat, drücke auf den roten Button und als ich das Smartphone sinken lasse, erkenne ich, dass ich fünf Anrufe in Abwesenheit hatte. ›Mama Home‹ steht dort in roten Buchstaben, jedoch scheinen mir meine Eltern keinen Hinweis auf der Mailbox oder sonstige Textnachrichten hinterlassen zu haben. Ich beschließe sie morgen zurückzurufen. Es erscheint mir zwar dringend, dennoch habe ich jetzt einfach nicht den Kopf dafür. Mama weiß schließlich, dass ich eigentlich im Urlaub und daher nicht zu erreichen bin. Gesagt hatte ich es ihr. Seufzend erhebe ich mich von meinem bequemen Lesesessel, lösche das Licht der Stehlampe und schnappe mir die halb volle Flasche Sekt. Mir reicht es dermaßen. Ich will nur noch ins Bett und meinen Tränen freien Lauf lassen. Auf dem Weg ins Schlafzimmer krame ich meine Kamera aus der Handtasche und schlappe mit hängenden Schultern die Stufen ins obere Geschoss hinauf. Mir ist so elend. Vor knapp vierundzwanzig Stunden war alles noch so schön und jetzt bin ich nicht mehr als ein Häufchen Sehnsucht. Warum hat er das nur getan? Ich lasse mich auf mein Bett fallen, stelle die Sektflasche auf den Nachttisch und die Kamera daneben. Ob er sich mittlerweile gemeldet hat? Nein. Keine neue Nachricht. Ich hasse das! Warum kann er mir nicht wenigstens mitteilen, dass er sicher zu Hause angekommen ist? Wenn er überhaupt daheim und nicht bei seiner Exfrau ist. Ein mulmiges Gefühl breitet sich in meiner Magengegend aus und ein kalter Schauer läuft mir über den Rücken. Ich will mir jetzt nicht vorstellen, was er vielleicht gerade mit ihr macht. Würde er sie wieder zurücknehmen, wenn sie ihn darum bitten würde? Würde er mich fallenlassen, um bei seiner Familie zu sein? Würde er …? NEIN! Ich schüttle heftig den Kopf und mir wird ganz schwindelig. Ich will, will, will jetzt verdammt noch mal nicht darüber nachdenken. Schlafen. Das ist das Einzige, was mir jetzt noch helfen kann. Morgen sieht die Welt vielleicht schon wieder besser aus, hoffe ich zumindest. Noch einen letzten Schluck aus der Sektflasche und dann Augen zu, beschließe ich, doch in diesem Augenblick brummt mein Smartphone. Eine neue Nachricht. Von Markus? Mein Herz beginnt schlagartig zu rasen und meine Handinnenflächen werden feucht. Mit zittrigen Fingern stelle ich die Sektflasche zurück und ergreife das Telefon. Tatsächlich, Markus.

Hi Anja, bin gut angekommen. Gute Nacht.

Ich lese seinen kurzen Text mehrmals. Was soll das? Diese paar unpersönlichen Worte? Habe ich etwas übersehen? Nein. Mehr steht da nicht. Kein ›Ich liebe dich, kleine Fee‹, kein ›ich vermisse dich‹ oder ›es tut mir leid‹. Arschloch. Schnell tippe ich ein

Danke, ich auch

in das Nachrichtenfenster und schicke es ab. Zwischen Wut und Verzweiflung schwankend, strecke ich mich auf meinem Bett aus und starre an die Zimmerdecke. Keine Lust mich auszuziehen. Alles in mir und um mich herum scheint sich zu drehen. Ich schließe die Augen, ziehe meine Decke über den Kopf und wenige Sekunden später tauche ich in meiner Traumwelt ab.

Das Brummen meines Smartphones reißt mich aus meinen Träumen. Markus? Müde taste ich nach dem Störenfried, meine geschwollenen Augen noch immer geschlossen, und presse es, ohne aufs Display zu blicken, an mein Ohr.
»Ja?«, murmle ich verschlafen und mein Kopf droht zu

zerplatzen. Der letzte Schluck Sekt muss irgendwie schlecht gewesen sein.

»Anja? Kind. Da bist du ja endlich!« Die aufgeregte Stimme meiner Mutter dringt in mein Ohr, in meinen Kopf und mir wird schlecht. Warum muss sie so brüllen? »Wo steckst du denn? Seit Tagen versuche ich dich zu erreichen. Warum rufst du nicht zurück?« Na super. Genau das, was ich jetzt am dringendsten brauchen kann. Ich stöhne innerlich auf.

»Ich war doch im Urlaub, Mama. Hab ich dir gesagt«, nuschle ich und öffne nun doch vorsichtig meine Lider. Fahles Licht dringt durch die Fenster. Wie spät ist es eigentlich?

»Ach so. Na, das habe ich nicht mehr gewusst. Aber warum gehst du dann nicht ans Handy? Gab es da, wo du warst, kein Netz?« Mein Magen rebelliert. Ich habe wirklich keine Lust meiner Mutter zu erklären, dass ich einfach nicht erreichbar sein, sondern die Zeit allein mit Markus genießen wollte. Markus. Ein tiefer Seufzer dringt aus meiner Kehle und ich richte mich mühsam auf. Die Zeit des ›Genießens‹ ist wohl endgültig vorbei.

»Mama, was willst du? Wie spät ist es eigentlich? Ich habe noch geschlafen. Hab Urlaub.«

»Kurz nach neun«, erwidert meine Mutter pikiert.

»Oh.« Ich hätte noch so schön weiterschlafen und die Realität verdrängen können. Jetzt nicht mehr. »Mama, pass auf. Ich mache mir jetzt erst mal einen Kaffee und versuche wach zu werden. Ich melde mich in einer halben Stunde noch mal, okay?«

»Ja, aber, ich ...«, beginnt sie, doch ich habe echt noch keine Nerven mit ihr zu sprechen.

»Bis gleich, Mama.« Ich beende das Gespräch und setze mich vorsichtig auf. Was kann es so Dringendes geben? Sie klang jedenfalls nicht so, als sei jemand gestorben. Also kann es nicht so wichtig sein. Niemand gestorben, außer meine Liebe zu Markus. Ein Schluchzer bahnt sich den Weg an die Oberfläche. Mein Herz fühlt sich so schwer an, wie mein Kopf. Doch es hilft alles nichts. Jammern macht die Situation nicht besser. Gerade, als ich mich aus meinem warmen

Bett erheben will, fällt mein Blick auf die Kamera, die ich gestern mit hoch genommen hatte. Da ist meine Vergangenheit gespeichert. Ob ich mir die Bilder anschauen soll, die Zeugen einer glücklicheren Zeit sind? Nein, nicht jetzt. Sonst wird das nie was mit dem Kaffee.

Eine knappe halbe Stunde später sitze ich frisch geduscht an meinem Küchentisch und wähle die Nummer meiner Eltern. Ich hatte schließlich versprochen zurückzurufen.

»Anja? Na endlich«, höre ich Mamas Stimme, in denen der Vorwurf, dass ich sie einfach so abgewürgt hatte, deutlich mitschwingt. Ich übergehe ihn geflissentlich, leere meine Kaffeetasse und schenke mir sofort nach. Den schwarzen Wachmacher bräuchte ich heute nicht oral, sondern intravenös.

»Was gibt's denn so Dringendes?« Meine Stimme klingt gereizt. Ich weiß. Doch sie nervt mich einfach. Ich liebe sie wirklich, aber nicht heute, nicht jetzt.

»Wo bist du, Kind? Zu Hause? Wir kommen vorbei.« Was? Nein! Ich sagte doch, ich bin im Urlaub. Wie kommt sie darauf, dass ...

»Ja, bin ich. Aber ...«, stottere ich hilflos, doch meine Mutter hat dieses Mal ihrerseits die Verbindung beendet. Was für eine Scheiße. Hektisch blicke ich mich um. Natürlich sieht es in meiner Küche aus, wie auf einem Schlachtfeld. Bin ja auch nicht auf Besuch eingerichtet. Bei ›Schöner wohnen‹ würde ich damit keinen Preis gewinnen. Muss ich auch nicht. Schließlich kommen meine Eltern nicht deswegen. Aber weswegen dann? Warum kann mir meine Mutter nicht einfach sagen, was los ist? Mühsam erhebe ich mich vom Küchentisch, schütte den letzten Schluck Kaffee in mich hinein und beginne notdürftig das Chaos zu beseitigen. Man muss ja nichts provozieren.

Um kurz nach elf Uhr klingelt es an der Haustür. Mit einem letzten Blick versichere ich mich, dass zumindest die Küche und das Wohnzimmer soweit aufgeräumt sind, dass ich kein Donnerwetter über mich ergehen lassen muss. Eigentlich ein Witz. Ich bin knapp dreißig Jahre alt und habe Angst vor der Standpauke meiner Mutter bezüglich Unordnung. Innerlich schüttle ich den Kopf. Wie alt muss man als Tochter eigentlich werden, um nicht mehr als ›Kind‹ behandelt zu werden?

»Hi, Mama. Hi, Papa«, begrüße ich meine Eltern, als ich ihnen die Tür öffne.

»Moin, Anja.« Meine Mutter schiebt sich an mir vorbei in den Flur. Papa, der direkt hinter ihr steht, zieht mich in seine Arme und drückt mich fest an sich.

»Es tut mir leid«, meine ich seine Worte zu hören und löse mich von ihm. Habe ich mich getäuscht? Was tut ihm leid? Ich blicke ihn fragend an, doch er schüttelt nur leicht den Kopf, was wohl so viel wie ›nicht jetzt‹ bedeuten soll.

»Du hättest aber schon aufräumen können, Kind.« Die vorwurfsvolle Stimme meiner Mutter ertönt aus der Küche und ich kann mir den Seufzer nicht verkneifen. Habe ich's doch gewusst.

»Ja, Mama«, nuschle ich und fange ein schiefes Grinsen meines Vaters auf, der entschuldigend mit den Schultern zuckt.

»Du kennst sie doch«, raunt er mir zu und gemeinsam folgen wir meiner Mutter in die Küche.

»Wollt ihr Kaffee?«

»Ja, gerne.« Papa lässt sich auf einen der Küchenstühle sinken. Meine Mutter folgt seinem Beispiel und nachdem ich die drei Tassen gefüllt habe, setze auch ich mich.

»Nun sagt schon, was es so Dringendes gibt, dass ihr mich unbedingt sehen wolltet? Eigentlich bin ich ja noch im Urlaub«, beginne ich das Gespräch.

»Wie war denn dein Urlaub? Wo warst du denn? Mit dem Markus? Oder allein?« Wie? Was? Was soll das denn jetzt? Dachte, meine Mutter müsste dringend mit mir über irgendwas Wichtiges sprechen! Über die Tragödie in München will ich nun wirklich nicht reden. Nicht hier, nicht jetzt, nicht mit ihr. Bisher habe ich noch keine weitere Nachricht meines - hmm, ja, was eigentlich? Exfreundes? Nochfreundes? Oder einfach Freundes? - erhalten und ich habe nichts mehr geschrieben. Meine Eltern wissen von Markus, wie wir uns kennen und lieben gelernt haben, was Florian, mein Exfreund, mir angetan hat und auch, dass es Alex gab, den ich nicht als Freund bezeichnen will, da er der Verlobte beziehungsweise mittlerweile Ehemann meiner Freundin Emma ist. Was wohl aus den beiden geworden ist? Ich verspüre zwar keine Lust, mich bei Emma und Alex zu melden, doch wissen würde ich es schon gerne.

»Anja?« Die Stimme meiner Mutter reißt mich aus meinen abschweifenden Überlegungen und ich blicke sie erstaunt an.

»Hä?«

»Wo du warst und ob es schön war, habe ich dich gefragt.« Sie schaut mich misstrauisch an. »Bist du noch nicht ganz wach oder wirst du krank? Du siehst so blass aus.« Och nö, nicht diese Leier. Ich verstehe ja, dass sich Mütter immer Sorgen machen, aber ich will, will, will jetzt verdammt noch mal nicht darüber reden. Ich muss mich echt beherrschen, um nicht die Fassung zu verlieren.

»Nein, Mama. Alles gut. Ich werde nicht krank. Ich war mit Markus in München und er hat mir die Stadt gezeigt.« Ich setze ein Lächeln auf, das wahrscheinlich eher einem Zähnefletschen gleichkommt. Mir egal. Ich will das Thema endlich vom Tisch haben. »Es war klasse, wir haben viel unternommen, doch er musste bereits früher als geplant wieder nach Hause, weil ...« Oh, verdammt. Was sage ich nun?

»Ach, das ist aber schade«, ertönt nun die Stimme meines Vaters und ich entspanne mich innerlich. Ich muss nicht sagen, was er Wichtiges zu tun hatte. »Dein Markus ist Arzt, stimmt's? Wahrscheinlich wegen dem schlimmen Unfall auf der A1 vorgestern. Ich habe gelesen, dass sie wirklich jeden Arzt aus der Umgebung ins städtische Krankenhaus zitiert haben. Stand so in der Zeitung.« Ich nicke gedankenverloren.

Davon habe ich zwar noch nichts mitbekommen, aber gesagt hat er etwas Anders. Na, vielleicht sollte ich mich doch mal bei ihm melden und mich nach seinem Befinden erkundigen, wenn …

»Schön, mein Kind.« Meine Mutter reißt mich erneut aus meinen Gedanken. Sie hat's echt drauf. »Aber es gibt einen Grund, warum wir hier sind. Hörst du? Es ist wichtig.« Na endlich. Nickend wende ich mich ihr zu.

»Ich höre.«

»Also«, beginnt sie, holt tief Luft und fährt fort, »du musst bis Ende des Monats ausgezogen sein. Wir haben das Haus deiner Oma verkauft. Also dieses Haus.« Sie breitet ihren Arm aus und bedeutet mit einer Geste, dass sie das Haus meint, in dem wir uns befinden. Ich bin zwar nicht dämlich, dennoch verstehe ich nur Bahnhof.

»Hä? Wie meinst du das?« Ein dicker Kloß schnürt mir meinen Hals zu. Nur langsam tropft die Bedeutung ihrer Worte in mein Bewusstsein.

»So, wie ich es gesagt habe, Kind. Du musst ausziehen, da wir, dein Vater und ich, das Haus letzten Samstag verkauft haben.«

»Ohne mein Wissen? Mama? Das ist nicht dein Ernst. Du machst Spaß, oder?«, frage ich, doch ich weiß genau, dass sie keinen Witz macht.

»Ja, todernst, Anja. Deine Oma Hanni ist so krank, dass sie eine zusätzliche Therapie braucht, die nicht von der Krankenkasse übernommen wird. Deswegen müssen wir nun ihr Erspartes auflösen. Dieses Haus gehört dazu.« Ich schlucke schwer, kann das nicht begreifen.

»Wie? Warum? So schnell? Woher habt ihr so schnell einen Käufer? Das dauert doch normalerweise Monate.« Ich muss das wissen, ich arbeite bei einem Immobilienmakler.

»Wir haben das Haus bereits seit Anfang des Jahres inseriert, Anja«, schaltet sich nun mein Vater mit leiser Stimme dazwischen und ich drehe mich ruckartig zu ihm herum.

»Noch bevor ich hier eingezogen bin?«

»Ja, mein Schatz«, flüstert er leise mit gesenktem Kopf. »Wir hatten den Preis so hoch angesetzt, dass wir nie davon ausgegangen sind, das Haus wirklich zu verkaufen. Dennoch hat deine Mutter darauf bestanden. Das Vermögen von Oma Hanni ist fast aufgebraucht. Du weißt selber, wie teuer das Pflegeheim ist, in dem wir sie untergebracht haben.« Irgendwie habe ich es geahnt, doch nie bewusst darüber nachgedacht. Natürlich geht es nur um das liebe Geld.

»Aber springt da nicht der Staat ein?« Ein Funken Hoffnung schwingt in meiner Stimme mit. Doch mein Vater schüttelt traurig den Kopf.

»Nein, mein Schatz. Du bist nur in das Haus eingezogen, aber es wurde dir nie überschrieben. Folglich ist es ihres und zählt zu ihrem Vermögen. Erst wenn alles verbraucht ist, zahlt Vater Staat.«

»Genau so ist es. Du weißt Bescheid. Am nächsten Wochenende, also in ein paar Tagen kommen die neuen Hausbesitzer vorbei und wollen alles sehen.« Meine Mutter ist aufgestanden und schenkt sich Kaffee nach.

»Sie kennen das Haus nicht und haben es gekauft? Wann ist das alles passiert? Ich war doch nur ein paar Tage weg …?« Hilflos ergreife ich meine Tasse und halte mich daran fest. Meine komplette Welt scheint aus den Fugen zu geraten. Bald bin ich obdachlos!

»Sie kennen den Grundriss und die Maße. Der Herr am Telefon, der die gesamte Summe von knapp vierhunderttausend Euro für diesen alten Bunker zahlen will, hat uns gesagt, dass er ohnehin alles kernsanieren lassen möchte.«

»Was?«, das eine Wort schreie ich heraus. »Er will Oma Hannis liebevoll ausgestattetes Haus kernsanieren? Aber warum will er dann ausgerechnet dieses Haus haben und baut sich kein neues? Baugrund ist leichter und billiger zu haben.« Vierhunderttausend Euro … So viel ist das alles hier doch nicht wert. Nicht bei uns im Norden.

»Ich weiß es nicht, Anja. Und ich habe auch nicht

danach gefragt. Bei so einem Preis fragt man nicht, verstehst du? Mit einem Schlag sind wir alle unsere finanziellen Probleme los. Quasi über Nacht. Ich habe bereits mit deiner Schwester gesprochen. Du kannst, sobald du hier alles zusammengepackt hast, zu ihr ziehen, spätestens jedoch Ende des Monats. Sie räumt dir das Gästezimmer frei. Soll zwar nicht für immer sein, aber für den Übergang wird es genügen. Gut, dass du bis Ende nächster Woche Urlaub hast, wie du sagtest. Dann dürfte das zu schaffen sein, oder? Falls du Hilfe brauchst, sind wir gerne mit Rat und Tat an deiner Seite. Doch so wie ich dich kenne, stehen im Keller noch immer die Umzugskartons fein verpackt mit den Sachen, die du bisher nicht gebraucht hast.«

»Ja, aber ...« Ich nicke automatisch. Sie hat recht. Unterbewusst habe ich geahnt, dass ich in diesem Haus nicht bleiben werde, doch dass es dieses Ende nehmen wird, das haut mich schon ziemlich aus der Bahn.

»Wunderbar, mein Kind. Dann lassen wir dich jetzt mal in Ruhe packen und aussortieren. Du schaffst das schon.« Meine Mutter erhebt sich von ihrem Stuhl und fordert auch meinen Vater mit einer Handbewegung auf, ihr zu folgen.

»Mach`s gut, Große«, raunt er mir zu, als er mich umarmt und ich nicke. Ich bin so schockiert, dass ich mich nicht wehren kann. Mit hängenden Schultern lasse ich alles über mich ergehen. Tränen stehen in meinen Augen, die meine Eltern aber nicht sehen müssen. Ich will jetzt nicht weinen. Erst knapp fünf Minuten später, als ich alleine in meinem Wohnzimmer stehe, das bald nicht mehr meines sein wird, lasse ich sie laufen.

8 - Umzug zu Rosa

»Hey Anja. Na, geht es dir besser?« Fibi steht mit einer Flasche Rotwein in der Hand vor meiner Haustür und strahlt mich an. Sie erschrickt jedoch, als sie mein verheultes Gesicht sieht und ich den Kopf schüttle.
»Wie siehst du überhaupt aus, Herzchen? Hast du einen Großputz veranstaltet?« Erneut schüttle ich den Kopf und lasse sie eintreten.
»Nein. Viel schlimmer«, gestehe ich und wische mir die Tränen, die heute schon den ganzen Tag unkontrolliert laufen, von den Wangen. Ich kann es einfach nicht ändern.
»Los, Anja. Wir trinken jetzt erst mal einen Kaffee und du erzählst mir, was genau geschehen ist. Kann ja nicht nur an Markus liegen, oder?«
»An den habe ich gar nicht mehr gedacht«, gestehe ich kleinlaut, als ich vor meiner Kaffeemaschine stehe und den Filter einsetze.
»Wie meinst du das denn? Ich dachte er ist der Grund für deine Trauer.« Fibi klingt irritiert.
»Nicht nur, aber auch«, beginne ich und lehne mich gegen die Arbeitsplatte, während die Maschine in meinem Rücken ihren Dienst tut. »Meine Eltern waren heute Morgen hier und haben mir erklärt, dass ich zum Wochenende hin ausziehen muss.«
»Hä?« Fibis Kinnlade klappt nach unten und sie starrt mich so entgeistert an, dass ich mir ein Schmunzeln nicht verkneifen kann.
»Milch und Zucker?« Sie nickt leicht und ich nehme zwei Tassen aus dem Schrank, fülle das heiße Gebräu hinein und setze mich zu ihr an den Tisch. Dann erzähle ich ihr von den unumstößlichen Tatsachen und Fibis Geschichtsfarbe schwindet, bis sie weiß wie eine frisch gestrichene Wand ist.
»Ich fasse zusammen, damit ich das richtig verstehe, Anja. Das bedeutet, dass du ans Meer zu deiner Schwester ziehst? Von jetzt auf gleich? Ohne vorher

auch nur davon gewusst zu haben? Wie können deine Eltern dir das antun?« Sie wirkt mindestens so schockiert wie ich.

»Weil es eben nicht mein Haus ist. Ich kann es nicht ändern, Fibi. Ich muss es machen.« Meine Freundin nickt langsam und trinkt einen Schluck Kaffee. Offenbar geht sie alle Möglichkeiten in ihrem Kopf durch, die ihr sinnvoll erscheinen. Ich kann ihre Gedankenblase fast sehen.

»Also mir fällt nun auch keine Lösung ein, Herzchen. Es tut mir so leid. Und weißt du, was das Schlimmste ist?« Ich schüttle den Kopf. Die ganze Situation ist schlimm. »Dass wir uns nicht mehr sehen? Weder spontan auf einen Kaffee, noch im Büro? Keine Partys mehr am Wochenende? Wie soll ich das überleben?« Sie fasst sich theatralisch mit der Hand an den Kopf und ich muss mal wieder schmunzeln. Fibi schafft es echt immer wieder, mir ein Lächeln zu entlocken. Auch, wenn es ein trauriges ist.

»Ja, liebste Freundin. Sieht wohl so aus. Aber wir werden uns nicht aus den Augen verlieren. Du kommst mich einfach dort besuchen. Du weißt doch, dass ich schon immer am Meer leben wollte. So war das zwar nicht geplant, aber das Schicksal ist ein Arsch, wie du weißt.« Ich versuche irgendwie die pinkfarbene Seite zu sehen. So, wie Fibi es mir beigebracht hat. Es klappt nur bedingt.

»Ach Anja. Pink, hmm? Na, irgendwie werden wir das auch noch schaffen. Gemeinsam! Dazu sind Freunde da. Wäre ja schlimm, wenn ich dich nicht unterstützen würde. Gerade jetzt. Du wirst mich auch am Meer nicht los.« Sie lacht verhalten und ich falle ihr spontan in die Arme. Ich liebe meine Freundin!

Nach einiger Zeit lässt sie mich los, drückt mir ein Küsschen auf die Wange und blickt sich um.

»Und nun hast du den ganzen Tag deine Sachen gepackt?«

»Ja.«

»Weiß unser Chefchen das schon? Was sagt er dazu?«,

will sie weiter wissen und ich zucke mit den Schultern. »Nein. Ich habe noch nicht mit ihm gesprochen. Das steht mir auch noch bevor.«

»Das schaffen wir schon. Ich habe da auch schon den Ansatz einer Idee. Doch die verrate ich dir jetzt noch nicht. Ich muss da zuerst was abklären«.

»Was`n?« Ich schniefe hörbar.

»Was habe ich gerade gesagt, Miss Ungeduld? Warte ab. Und nun machen wir unseren Wein auf und bestellen uns eine Pizza ›mit ohne schaaaaf‹, okay? Und schauen irgendeine Schnulze im Internet. Was hältst du davon?« Sie steht auf, nimmt mich erneut in den Arm und ich weine hemmungslos. Was würde ich nur ohne meine beste Freundin machen?

»Melde dich, wenn du zu Hause bist.« Es ist kurz nach zweiundzwanzig Uhr. Noch ein letztes Mal drücke ich Fibi an mich, bevor sie ins Taxi steigt.

»Mache ich, Herzi. Und du melde dich bei Markus, hörst du?«

»Ja, ich schau mal«, erwiderte ich so leise, dass sie es nicht mehr verstehen konnte. Soll ich ihn wirklich anschreiben? Oder gar anrufen? Er hat keine Ahnung, dass meine Welt in Trümmern liegt. Vielleicht sollte ich auch einfach ins Bett gehen und schlafen. Dann kann ich niemanden verletzen. Ich weiß nämlich nicht, wie ich reagieren würde, wäre Markus mein Chaosleben egal. Noch immer hege ich die unterschwellige Hoffnung, dass wir nur eine Pause in der Beziehung haben und er sich bald bei mir melden wird, um mir zu erklären, warum er so fluchtartig unser Liebesnest verlassen hat. Über diverse Kartons steigend, die ich heute acht Stunden in schweißtreibender Arbeit zusammengepackt habe, gehe ich ins Bad, streife alle Klamotten ab und drehe das Wasser für die Badewanne auf. Mir schmerzen meine Muskeln, mein Kopf brummt und ich brauche eindeutig Ruhe und Entspannung, um zu mir selbst zu finden. Bei Rosa werde ich mir diesen Luxus nicht mehr gönnen können. Sie hat zwar eine Badewanne, aber um zweiundzwanzig Uhr sind dort bereits alle im Bett und schlafen. Mein Schwager Robin muss früh raus, ebenso wie der kleine Noah. Langsam lasse ich mich in das heiße Wasser gleiten und stöhne auf. Wie gut das tut. Aus meinem Smartphone, das ich neben die Wanne auf eine Ablage gelegt habe, dringt sanfte, italienische Musik, und die kleinen Teelichter, die ich immer entzünde, bevor ich mir diese Art der Entspannung gönne, flackern munter vor sich hin. Ich werde das alles hier wirklich vermissen. Kurz schließe ich meine Augen und gebe mich meinem Seelenschmerz erneut hin, bevor ich beginne, mir einen Plan für die nächsten Tage zurechtzulegen. Mit Rosa habe ich heute Morgen schon gesprochen. Sie freut sich zwar auf mich, doch hat sie gleich betont, dass ihr Asyl, das sie mir gewährt, nicht für lange sein kann. Natürlich verstehe ich sie. Schließlich hat sie ihre eigene Familie und ich bin nur Gast. Dann muss ich morgen dringend meinen Chef über die neue Lage informieren, denn ich werde nicht täglich zwischen der Küste und der Stadt pendeln können. Zwei Stunden Hin- und Rückfahrt pro Tag sind schlichtweg zu viel des Guten. Entweder er gibt mir zwei, drei Monate Zeit und lässt mich von zu Hause aus arbeiten, oder er schreibt mir die Kündigung, sodass ich wenigstens Geld vom Staat beziehen kann. Ich habe zwar auch noch ein paar Notgroschen, doch die werden nicht lange reichen. Jobs an der Küste gibt es nicht wie Sand am Meer. Über dieses Gedankenspiel muss ich trotz allem lächeln. Und dann ist da noch Markus.

»Ach Markus«, seufze ich leise und tauche unter. Wäre alles anders gelaufen, dann hätte dieser Zwangsumzug vielleicht sogar positive Seiten. Wir wären näher beisammen und könnten uns häufiger sehen. Prustend tauche ich wieder auf und streiche mir die nassen Haare aus dem Gesicht. Ich werde die Beziehung zu ihm nicht einfach aufgeben. Ich werde ihn anrufen und alles klären. Ich werde … doch nicht mehr heute, sondern eher morgen oder übermorgen. Außerdem habe ich es Fibi sogar versprochen. Und meine Oma

Hanni werde ich besuchen. Auch morgen oder übermorgen. Die Besuche bei ihr habe ich eindeutig schleifen lassen. Das letzte Mal war vor knapp zwei Monaten gewesen, als ich frisch mit Markus zusammengekommen war. Er hatte mich sogar begleitet und Oma Hanni fand ihn auf Anhieb sympathisch.

»Netter, junger Mann«, hatte sie mir ins Ohr geflüstert, kurz bevor wir gegangen sind. »Der hat ein feines Herz, Kindchen. Der wird dich gut behandeln. Nicht so, wie dein dummer Exfreund Florian, oder wie der Knabe hieß.« Sie hatte mir zugezwinkert und bei dem Gedanken an das Gespräch schleicht sich erneut ein Lächeln auf mein Gesicht. »Genieße die Zeit mit ihm, Kindchen«, hatte sie noch gesagt. »Du bist noch jung und hast das ganze Leben vor dir. Ich bin schon alt und meine Jahre sind gezählt. Ich freue mich darauf, dass ich deinen Opa bald wiedersehen werde.« Bei diesen Worten hatte sie gelächelt und ihr Blick ging in die Ferne. »Du musst mich nicht besuchen kommen, Anja-Kind. Was willst du hier bei den ganzen alten Leuten. Nur Krankheit und Tod umgeben uns. Du brauchst das Leben, die Liebe und deinen Spaß. Versprich mir, dass wir uns noch ein letztes Mal sehen, bevor ich den Löffel abgebe«, hatte sie gesagt und mich verschmitzt angelächelt.

»Du wirst noch uralt werden, Oma Hanni.« Ich drückte sie fest an mich. »Ich verspreche dir, dich sobald es geht wieder zu besuchen«, waren meine letzten Worte gewesen. Und? Hatte ich? Nein. Ich war viel zu beschäftigt mit mir selber gewesen. Ein ungutes Gefühl macht sich in meinem Magen breit und das schlechte Gewissen frisst mich schier auf. Entschlossen greife ich nach der Shampooflasche und beginne meine Haare einzuseifen. Oma Hanni steht ab sofort ganz oben auf meiner Liste. Gleich morgen oder übermorgen werde ich sie besuchen, mit ihr Kaffeetrinken und ihr von meinem Leben erzählen, bevor es vielleicht irgendwann zu spät sein wird.

9 – Und das Schicksal lacht ...

Und wie es immer so ist: ›Wenn man etwas plant, dann fällt das Schicksal lachend vom Stuhl‹. Diese Weisheit hatte ich mal irgendwo gelesen und sie trifft voll auf mich zu. Ich sitze auf gepackten Koffern und blicke auf das Display meines Smartphones. Es ist der dreißigste September, genau zehn Uhr und ich warte auf Rosa, Robin und ihre Mannschaft. Gleich beginnt der Umzug in ein neues Leben. Natürlich habe ich es nicht geschafft, Oma Hanni zu besuchen. Was aber nicht nur an mir lag. Ich hatte bei ihr auf Station angerufen und die wirklich sehr nette Dame am Empfang des Altersheims hatte mir erklärt, dass meine Oma mit einem grippalen Virus das Bett hüten muss und keinen Besuch empfangen möchte. Selbst auf meine penetrante Nachfrage hin, ob ich nicht vielleicht doch kurz vorbeischauen könnte, hatte sie mich gebeten, es nicht zu tun.

»Klare Anweisung Ihrer Oma«, hatte sie gesagt. »Ihre Eltern waren auch bereits hier und ich musste sie wieder wegschicken. Leider. Aber Sie können sich denken, wie stur alte Menschen sein können«, hatte sie geflüstert und ich konnte ihr Lächeln durchs Telefon hören.

»Wann kann ich denn wieder kommen?« Die Schwester hatte mich auf Anfang Oktober vertröstet.

»Versuchen Sie es in gut einer Woche noch mal. Wissen Sie, ich glaube der Termin mit dem Notar, der Anfang der Woche hier war, ist ihr nicht so gut bekommen. Und dann noch das Kaffeetrinken in der zugigen Cafeteria – das war einfach zu viel für Ihre Großmutter.«

Der Vertrag ist also bereits unterzeichnet und nicht mehr rückgängig zu machen. Arme Oma Hanni. Es muss schwer für sie gewesen sein, ihr Haus zu verkaufen. Das bedeutet das Ende. Nie mehr zurück. Erneut steigt Wut in mir auf, als ich mir vorstelle, wie meine Eltern den Verkauf eingefädelt haben. Doch ich kann nichts mehr daran ändern. Seufzend werfe ich erneut einen Blick auf mein Telefon. Es wird wirklich Zeit, dass die Mannschaft hier erscheint. Die letzten, knapp drei Wochen hatte ich nichts anders getan, als Klamotten zu sortieren, Dinge, die ich nicht mehr brauchte zum Schrottplatz zu fahren und Kisten zu packen. Selbst einen Lagerplatz für Omas alte Möbel hatte ich organisiert. Schon bald würde das alte Haus, in dem ich die glücklichsten Jahre meiner Kindheit verbracht hatte, komplett saniert und neu aufgebaut werden. Noch immer habe ich keine Ahnung, wer so viel Geld auf den Tisch gelegt und eben genau dieses Gebäude erworben hat. An dem Tag, als die Käufer hier waren, um es zu besichtigen, hatte ich mich verkrümelt. Ich wollte die Leute nicht sehen. Zu ihrem eigenen Schutz. Ich weiß nämlich nicht, wie ich mich ihnen gegenüber verhalten hätte, hätten sie auch nur ein negatives Wort über das Haus fallenlassen. Diverse Mordgedanken zogen durch mein Bewusstsein. Daher war es wirklich besser, dass meine Mutter das Gespräch übernommen hatte. Noch immer rede ich mir ein, dass es mich schlichtweg nicht interessiert. Reiner Selbstschutz. Sobald ich die Tür hinter mir zuziehe, ist auch dieser Teil meines Lebens Vergangenheit. Wie oft ich schon einen Neustart machen musste ... Erst die Sache mit Florian, dann der Umzug hier in das Haus und nun geht meine Reise weiter. Was wohl die Zukunft bringen wird? Mit Markus habe ich bisher kein einziges Mal geredet. Er hatte zwar versucht mich anzurufen, doch ich hatte seine Anrufe irgendwie immer verpasst und nie Lust zurückzurufen. Wenn er was Wichtiges von mir gewollt hätte, dann hätte er auch eine Nachricht schreiben können. Oder einfach vorbeikommen. Der Meinung bin ich. Meine innere Stimme nicht. Die hätte mich am liebsten getreten, geviertheilt oder verbrannt. Sie redete mir immer zu, dass ich eine Zicke bin, ihn nicht verdient habe, wenn ich ihn so schmoren lasse und dass ich schon sehen würde, wohin mich das ganze Getue bringt. Mehr als einmal habe ich sie mit Alkohol ruhig gestellt. So viel getrunken wie in den letzten Wochen habe ich selten. Im Verdrängen war ich schon immer gut. Einzig mein Vorhaben, meinen Chef über meinen Umzug zu informieren, hat geklappt.

»Frau Leger«, hatte er mich am Telefon freundlich begrüßt. »Wie schön, dass Sie sich während Ihres Urlaubs melden. Ich habe eine gute Nachricht für Sie.« Sein Grinsen hatte ich durchs Telefon hören können. Ich konnte ihn praktisch sehen, wie er es sich auf seinem Ledersessel hinter seinem Schreibtisch bequem gemacht und die Füße auf die Arbeitsplatte gelegt hatte. Ich kannte ihn dafür viel zu gut.

»Moin, Herr Meier. Gute Nachricht? Das klingt vielversprechend. Ich habe nämlich eine schlechte für Sie«, hatte ich ihn gleich zu Beginn des Telefonats vorgewarnt.

»Schlechte Nachricht? Na, dann schießen Sie mal los«, hatte er mich aufgefordert und ich erzählte ihm von meinem Auszug aus dem Haus, beziehungsweise Umzug ans Meer zu meiner Schwester. Im gleichen Atemzug bat ich ihn um Verlängerung meines Urlaubs.

»Aber das ist doch wunderbar«, hatte er gelacht und ich verstand die Welt nicht mehr.

»Was ist denn daran wunderbar, wenn ich Ihnen in nächster Zeit nicht mehr zur Verfügung stehe?« Ich hielt den Atem an. Wollte er mich loswerden? Hatte er vor, meinen Platz wegzustreichen?

»Es ist ein Wink des Schicksals, dass Sie nun am Meer leben, liebe Frau Leger. Genau diese gute Nachricht wollte ich Ihnen nämlich mitteilen.« Sein Lächeln, folglich auch seine Aussprache, wurde immer breiter und ich stieß die angehaltene Luft zischend durch meine Zähne aus.

»Und das bedeutet?«

»Das bedeutet, dass ich dabei bin, unsere Abteilung im Bereich ›Ferienwohnung‹ auszubauen und genau Sie dafür im Auge habe. Sie haben das Haus an Herrn Helfsberg so wunderbar verkauft, dass ich mich dazu entschieden habe, Sie als Bereichsleiterin einzusetzen.

Na, was sagen Sie dazu?« Natürlich war ich vollkommen baff gewesen, als er mir im Laufe unseres Gespräches erklärt hatte, dass ich ab Januar direkt am Meer wohnen und arbeiten müsste, um in unmittelbarer Nähe unserer Ferienappartements zu sein. Er hat vor, einen kleinen Konkurrenten zu schlucken und dessen Wohnungen nun zu vermieten. Meine Aufgabe soll es sein, in einem Büro die Termine zu koordinieren, Schlüssel zu verteilen und Ansprechpartner für die Mieter zu werden. Mein absoluter Traumjob!

»Boah Chef!«, hatte ich mich gefreut, wie ein kleines Kind zu Weihnachten. »Sie wissen gar nicht, welchen Gefallen sie mir damit erweisen.«

»Doch, Frau Leger. Ich kann es mir vorstellen«, hatte er gekichert. Mein Chef ist der einzige Mann, den ich kenne, bei dem sich ein Kichern nicht bescheuert anhört. »Ihre Freundin Fiona Held hat es mir Anfang der Woche erst nahegelegt, Sie für diesen Posten in Erwägung zu ziehen. Hat Sie Ihnen nichts verraten?«

Fibi! Oh, wie ich sie dafür liebe.

»Nein, hat sie nicht, aber ich danke Ihnen und ihr von Herzen.«

»Wunderbar, Frau Leger. Dann hätten wir das geklärt. Also nehmen Sie sich bis Ende des Monats frei und arbeiten sich dann in Ihr neues Aufgabengebiet ein. Das können Sie auch von zu Hause aus. Also ... äh ... ich meine ...«, er hatte gestockt und geschluckt.

»Ich verstehe Sie schon, Chef«, hatte ich ihm geholfen. »Wenn ich erst bei Rosa bin, dann habe ich auch die Möglichkeit, mir die Unterkünfte vor Ort anzusehen.«

»Genau das habe ich gemeint, Frau Leger. Dann wünsche ich Ihnen gute Nerven beim Umzug und melden Sie sich dann ab Anfang Oktober bei mir, okay?« Überschwänglich hatte ich mich bedankt und natürlich sofort Fibi angerufen.

»Na, Schätzchen?«, hatte sie mich mit einem Lächeln begrüßt. »Was gibt's?«

»Ich danke dir«, hatte ich unter Tränen der Freude hervorgepresst.

»Ach, er hat dir also verraten, dass ich mich für dich eingesetzt habe? Ich hatte dir doch versprochen, dass alles gut wird.« Ja, das hatte sie in der Tat. Wir sprachen noch kurz miteinander und ich lud sie am Wochenende auf ein gemeinsames, letztes Essen in meinem Haus ein, bevor ich alles verpacken musste.

Mittlerweile ist es kurz vor halb elf und ich tigere unruhig zwischen den Kartons hin und her. Hoffentlich hat Rosa den heutigen Termin nicht vergessen oder es ist etwas passiert auf der Autobahn. Gerade, als ich mein Telefon erneut zücken will, um sie anzurufen, klingelt es an der Haustür. Na endlich!

10 – Die Vergangenheit kehrt zurück

»So, dann wünsche ich dir eine gute Nacht in deinem neuen Zimmer. Schlaf gut, Schwesterherz.« Rosa steht im Türrahmen, mich müde anlächelnd. Es ist kurz vor Mitternacht und wir sind endlich fertig. Der Tag war wirklich anstrengend, doch wir haben alles geschafft – das Haus ist leer und die neuen Besitzer können es übernehmen.

»Danke Rosa«, sage ich und klopfe neben mich auf das Bettlaken. Sie versteht meine Aufforderung und setzt sich. »Ich bin froh, so eine tolle Schwester zu haben.« Ich ergreife ihre Hand.

»Danke, ich auch.« Sie grinst mich an. »Anja, wir schaffen das. Gemeinsam. In drei Monaten, wenn das neue Jahr beginnt, dann sieht die Welt schon wieder besser aus, glaub mir. Vielleicht hast du dann eine eigene, neue Wohnung oder vielleicht sogar ein Haus am Meer. Das war doch immer dein Traum, oder?« Ich nicke. Ja, das war und ist es noch immer. »Und ganz vielleicht versöhnst du dich wieder mit Markus«, schiebt sie leise hinterher und ich schüttle den Kopf.

»Das kann ich mir nicht vorstellen. Er hat sich bisher nicht gemeldet, Rosa. Das sagt doch alles, oder?« Schulterzuckend blickt sie mir in die Augen, in meine Seele. Rosa kann das.

»Ich weiß nicht, Anja. Mir kommt das alles komisch vor. Ich glaube, er traut sich ganz einfach nicht dich anzusprechen, nach der Zeit. Ich vermute, er hat ein schlechtes Gewissen und weiß nicht, wie er sich bei dir melden soll.«

»Das hat Fibi auch gesagt«, gestehe ich ihr. »Doch das wiederum verstehe ich nicht. Wir waren drei Monate so glücklich – zumindest habe ich das so empfunden. Er weiß doch genau, dass er sich immer bei mir melden und mit mir reden kann. Das habe ich ihm mehrfach gesagt.« Ich schlucke schwer, denn ein dicker Kloß hat sich in meinem Hals breit gemacht und

Tränen brennen in meinen Augen.

»Warum meldest du dich nicht bei ihm?« Rosa schielt auf mein Smartphone, das neben meinem Bett auf dem Nachttisch liegt.

»Bin ich Hals über Kopf abgehauen, oder er? Meinst du nicht, dass es seine Aufgabe wäre, mich zu kontaktieren?« Leichte Wut brodelt in mir. »Ich weiß genau, wann ich einen Mann verloren habe. Na, zumindest mittlerweile. Damals bei Flo habe ich es zu spät erkannt. Und auch bei Alex wurde es beinahe zum Desaster. Sag mir, Rosa, warum treffe ich nur immer diese Art von Männern? Warum kann ich nicht einfach mal glücklich sein? Ich will doch nicht viel. Nur einen Menschen, der mich so liebt wie ich bin, der Freund und Partner zugleich ist. Ist das zu viel verlangt?« Ich halte inne und schaue sie fragend an.

»Nein, eigentlich nicht«, gibt sie zu, beugt sich zu mir herüber und drückt mich fest an sich. »Irgendwann wirst auch du einen Menschen finden, bei dem es so ist, wie du es dir erträumst, kleine Anja.« Ich schluchze auf. Genau diesen Kosenamen hat auch Markus des Öfteren verwendet. Rosa zieht sich ein Stück zurück und drückt mir einen Kuss auf die Stirn. »Schlaf, Schwesterherz. Morgen sieht die Welt wieder besser aus. Am Sonntag fahren wir zu Oma und besuchen sie. Was hältst du davon?« Ihre Stimme ist so sanft wie eine zärtliche Berührung. Gekonnt versucht sie mich abzulenken. Es klappt.

»Ja«, schniefe ich. »Lass uns Oma besuchen fahren. Hoffentlich ist sie wieder gesund und kann mit uns Kaffeetrinken«. Rosa lächelt mir zu und erhebt sich.

»Hoffentlich lässt sie uns überhaupt zu sich. Du weißt ja, wie sie ist. Geworden ist.« Rosa seufzt auf und ich nicke. »Aber wir werden einfach so lange bleiben, bis sie nachgibt. Wir Schwestern konnten das doch schon immer, stimmt`s? Dreamteam.« Ich fühle mich wie die kleine Schwester, die ich immer schon war. Und gerade bin ich fünf Jahre alt und Rosa muss mich trösten.

»Soll ich dir noch eine heiße Schokolade machen?«, fragt sie auch prompt, als hätte sie meine Gedanken gelesen und ich nicke lächelnd. Dieses Heißgetränk hat sie mir auch früher immer gemacht, um meine Tränen zu trocknen.

»Danke, Rosa«, hauche ich, bevor sie sich herumdreht und beim Hinausgehen »alles klar, kommt sofort«, zwitschert. Viel zu aufgekratzt für diese Uhrzeit, kein Wunder nach diesem anstrengenden, langen Tag, lasse ich mich in meine Kissen sinken und ergreife mein Telefon. Vielleicht sollte ich Markus doch eine kurze Nachricht zukommen lassen? Nur, damit er Bescheid weiß, dass ich hier und nicht mehr in meinem alten Haus bin. Meine innere Stimme nickt heftig. Ich kann es fühlen. *Ja, das sollten wir endlich machen, kleine Anja. Du liebst ihn schließlich! Also melde dich bei ihm. Wird Zeit!* Ich habe keine Ahnung, ob ihn das überhaupt interessiert, ob ich ihn noch interessiere. Dennoch öffne ich das Nachrichtenprogramm und ... erstarre. Ich habe eine Kurzmitteilung erhalten, doch die Nummer, die mir angezeigt wird, kenne ich nicht. Hat Markus ein neues Smartphone? Ist die Nachricht von ihm? Mit klopfendem Herzen und zittrigen Fingern öffne ich das Fenster und lese den kurzen Text. Bitte was? Träume ich etwa? Kurz reibe ich mir mit dem Handrücken über meine Augen, doch der Text bleibt. Er ist von Alex.

Hey Süße. Alles klar bei dir? Würde dich gerne mal wieder treffen und einen schönen Tag mit dir verleben. Meine Ledercouch vermisst dich. Freu mich auf Antwort, Herzlichst A.

Nachdem ich jedes einzelne Wort mehrfach gelesen habe, lasse ich mein Telefon sinken. Der spinnt doch! Was will der noch von mir? Der soll mich in Ruhe lassen, der Arsch. Ist er ›untervögelt‹ oder was? Nach dem letzten Zusammentreffen vor ein paar Monaten auf dem Flughafen, hat er sich auch nicht mehr gemeldet. Emma ebenso wenig. Ich dachte, diese Phase meines Lebens sei abgeschlossen. Und nun diese Nachricht. Tausend Gedanken drehen sich im Kreis

111

und nur am Rande bekomme ich mit, wie Rosa mir die Tasse Kakao wortlos auf den Nachttisch stellt. Oder hat sie vielleicht doch etwas gesagt und ich habe es nicht registriert? Egal. Mein Herz schlägt heftig in meiner Brust und ungewollt driften meine Gedanken zu Alex. Zu seinen weichen Händen, seiner tiefen Stimme und seinen strahlenden Augen. Ich sehe ihn praktisch vor mir und kann nichts dagegen unternehmen. Unsere Liebesspiele kommen mir in den Sinn. Auf der Ledercouch in roten Dessous, im Schwimmbad des Wellnesshotels und auch der Quickie am Strand. Meine Scham wird feucht und ich schließe seufzend meine Augen. Das waren alles wundervolle Momente, die ich wirklich genossen habe. Gut, die Aktion am Strand wurde zur Katastrophe, doch vorher habe ich seine Hände auf meiner Haut und seine Männlichkeit in mir wirklich geliebt. Zwangsläufig schiebt sich nun auch Markus vor mein inneres Auge und mein Magen verkrampft sich. Warum hat ER mir keine Nachricht geschickt? Warum lässt ER mich so hängen? Stumme Tränen fließen an meinen Wangen hinunter und ich drehe mich zur Seite. Ich will schlafen. Muss schlafen, nicht mehr denken, nicht mehr fühlen. Warum muss die Liebe nur so kompliziert sein? Kurz bevor ich ins Meer meiner Träume eintauche, denke ich nur kurz an meinen, mittlerweile wahrscheinlich kalten Kakao und ein Lächeln schiebt sich in meine Gedanken. Morgen werde ich Markus schreiben. Ich vermisse ihn und will wissen, wie es um uns steht. Alex werde ich ignorieren – ganz bestimmt.

Klarer Himmel voller Sterne.
Die Nacht wird wieder bitterkalt.
Ich träume mich nun in die Ferne,
der Klang der Kirchenglocken hallt.

Und als die Sonne unterging,
wärmte mich das Kerzenlicht.
Der halbe Mond am Himmel hing,
dunkle Schatten im Gesicht.

In den Träumen lebt ein Monster,
bringt mich fast um den Verstand.
Setzt sich gegen mich zur Wehr,
schleppt mich in sein dunkles Land.

In den Wänden und den Decken
lauert es und wartet still,
nicht von jedem zu entdecken
macht es, was es machen will.

Doch durch die ersten Morgenstrahlen
wird es sich wie Nebel lösen.
Die Sonne lindert meine Qualen,
befreit mich dann von allem Bösen.

Doch es bleibt von ihm ein Stück
auch bei hellem Tageslicht.
Zieht sich niemals ganz zurück -
ein Schatten bleibt auf dem Gesicht.

Vollkommen gerädert erwache ich am nächsten Tag und blicke mich um. Zuerst weiß ich nicht, wo ich mich befinde, doch dann dämmert es mir: Rosa. Tsunamiartig schlägt die Realität über mir zusammen und ich stöhne auf. Mein Leben ist ein Scherbenhaufen. Mal wieder.

»Guten Morgen, Schwesterherz«, höre ich Rosas Stimme und öffne die Augen. »Lust auf ein Frühstück?«

»Ja, komme gleich«, nuschle ich und richte mich auf. »Wie spät ist es denn?«

»Kurz nach zehn. Die Herren warten auf dich.« Sie grinst und dreht sich herum. »Bis gleich«.

»Jo, bis gleich.« Automatisch greife ich nach meinem Smartphone. Ich muss die Nachricht von Alex noch einmal lesen. Nur zur Sicherheit, dass ich mich nicht getäuscht habe. Danach werde ich sie löschen und den Kerl komplett aus meinen Gedanken vertreiben. Zumindest war das der Plan, bevor ich die neue Nachricht entdecke.

Hey Baby. Ich vermisse dich und deine Hände auf meiner Haut. Lass uns treffen und ich zeige dir, was du in den letzten Monaten vermisst hast. Gruß A.

Ich? Vermisst? Nichts! Wütend schnaube ich auf. Nichts habe ich vermisst. Rein gar nichts. Ich habe einen tollen Freund, der … möchte ich ihm antworten, doch ich kann nicht. Es wäre nicht die Wahrheit. Ich habe keinen Freund mehr, der mich in den siebten Himmel hebt. Eher bin ich von meiner Wolke gestürzt und auf dem Boden zerschmettert. In tausend Teile. Doch genau das will ich ihm nicht schreiben.

Bin umgezogen, kein Interesse, tippe ich stattdessen in das Chatfenster und lege mein Telefon beiseite. Meine innere Stimme schreit auf. In genau dem Moment, als ich auf den ›Senden-Knopf‹ drücke weiß ich, dass es ein Fehler war, ihm überhaupt zu antworten.

11 - Ein Traum zerplatzt

»Können wir noch kurz bei Markus vorbeifahren?«, höre ich mich selber fragen, als ich mich neben Rosa ins Auto schwinge.

»Bei Markus? Echt? Habt ihr euch wieder versöhnt?« Die Freude in ihrer Stimme ist nicht zu überhören.

»Nein«, antworte ich kühl. »Aber ich will einfach wissen, ob er zu Hause ist und was er macht.«

»Ach so, okay.« Rosa startet den Motor. »Na, wenn er da ist, dann kannst du ja vielleicht doch kurz mit ihm reden«, schlägt sie vor und wirft mir einen kurzen Seitenblick zu.

»Habe ich eigentlich nicht vor.« Genervt seufze ich auf. Ist vielleicht doch eine Scheiß-Idee? »Ich will nur mal kurz gucken, okay?« Und dass ich ein komisches Gefühl in der Magengegend habe, muss ich ihr nicht erzählen. Ein Grummeln, als würde ein starkes Gewitter heraufziehen, meine Nerven flattern und ich muss einfach dorthin.

»Also gut, wie du willst. Ist deine Entscheidung.« Ich nicke nur und wir versinken im Schweigen. Der Umweg ist nicht allzu groß und wir haben noch etwas Zeit, bevor wir bei Oma sein wollen.

Keine viertel Stunde später biegen wir in die Sackgasse ein, an deren Ende das schönste Haus steht, das ich mir vorstellen kann. Vor einigen Monaten, als ich das erste Mal hier war, lag meine Welt auch in Trümmern. Damals war Alex noch aktuell, hatte gerade geheiratet. Markus Helfsberg war noch nicht in mein Leben getreten. Und heute? Alex hatte sich wieder gemeldet, Markus bewohnte nun eben dieses Haus, das ich ihm verkauft habe und mein Leben befindet sich einmal mehr an einer Wegkreuzung. Dichter Nebel liegt über meiner Zukunft und ich weiß nicht, wie es weiter gehen soll. Noch immer spukt Alex in meinen Gedanken herum und auch Markus geht mir nicht aus dem Kopf. Und genau diesen sehe ich in dem Moment. »Halt an!« quietsche ich und Rosa tritt automatisch auf die Bremse. »Da vorne ist er«, füge ich schweratmend hinzu und kralle meine Hand um ihren Arm.

»Sehe ich.« Gekonnt parkt sie den Wagen am Straßenrand. Direkt hinter einen großen Van, sodass ich hoffe, dass Markus uns noch nicht gesehen hat. Doch der scheint ohnehin keinen Blick für seine Umgebung zu haben, denn er rennt hinter einer Frau her, die schnellen Schrittes den Kiesweg vor seinem Haus entlang läuft. Ich beobachte die Szene, die sich vor mir abspielt, als wäre es ein Film. Markus erreicht die Frau, kurz bevor sie die weiße Gartentür öffnen kann und hält sie ab Arm zurück. Gestikulierend redet er auf sie ein und ich hätte meinen rechten Arm dafür gegeben, um seine Worte zu verstehen. Doch dafür sind wir zu weit weg.

»Mach mal das Fenster runter«, raunt mir Rosa zu und ich folge ihrem Rat. Warum bin ich nicht auf diese Idee gekommen? Egal. Ich kann seine Worte zwar noch immer nicht verstehen, doch ich schätze, dass sie streiten. Oder zumindest lautstark diskutieren.

»Ob das seine Exfrau Natascha ist?« Rosa hat sich zu mir herüber gebeugt, um besser sehen zu können. Ich zucke mit den Schultern.

»Keine Ahnung. Aber ich schätze schon. Er hat sie mir mal beschrieben. Knapp Fünfunddreißig, lange, rote Haare und eine schlanke Figur.«

»Die Frau da vorne hat zwar kurze, rote Haare, aber schlank ist sie trotzdem«, trifft Rosa den Nagel auf den Kopf.

»Was sie wohl von ihm will? Dachte, sie sind getrennt und sie wohnt in der Nähe von Berlin«, grüble ich, während ich sehe, wie er die Rothaarige in seine Arme zieht und sie seinen Kopf auf seine Brust legt. Ein scharfer Schmerz durchfährt meinen Körper und mir wird schlagartig übel. Sind sie wieder zusammen? Ist sie wieder bei ihm eingezogen? Hat er deswegen keine Zeit mehr für mich? Ein dicker Kloß bildet sich in meinem Hals, den ich hektisch versuche wegzuatmen.

»Vielleicht ist alles ganz anders, als es scheint«, sagt Rosa, doch auch in ihrer Stimme schwingt Zweifel mit. »Steig aus, geh rüber und frag nach«, rät sie mir und ich stoße ein Pfeifen durch meine Zähne.

»Spinnst du? Wenn ich da jetzt hingehe, dann hau ich die Alte um. Die soll ihre Pfoten von meinem Mann nehmen, die blöde Kuh!«

»Dein Mann?« Rosa schmunzelt leicht. »Dachte, er ist nicht mehr dein Freund. Oder habe ich da was verpasst?«

»Halt die Klappe, Rosa«, presse ich hervor und hätte wirklich nicht übel Lust, den beiden meine Meinung zu geigen. Wut, gepaart mit Verzweiflung kämpft in meinem Inneren. Doch was wäre, würde ich wirklich zu ihnen gehen? Würde er mir gestehen, dass er wieder mit ihr zusammen ist? Würde er alles abstreiten und mir eine fadenscheinige Erklärung liefern? Würde er sie von sich stoßen, oder fester in den Arm nehmen? Noch während ich überlege, öffnet Rosa die Tür.

»Ich gehe da jetzt hin und frage ihn, da du ja scheinbar nicht dazu fähig bist.« Sie ist im Begriff auszusteigen. Gerade noch rechtzeitig kann ich ihren Jackenärmel ergreifen und ziehe sie ruckartig zurück.

»Du hast doch einen an der Waffel.« Wütend funkle ich sie an. Ich kann förmlich fühlen, wie sich meine Wut über ihr entlädt. »Gar nichts wirst du. Wir fahren. Ich habe genug gesehen. Du glaubst doch nicht, dass er mir die Wahrheit sagen würde, oder? Nee, Rosa. So doof kannst nicht mal du sein.« Ich weiß, dass ich ihr Unrecht tue, sie mit meinen Worten verletze. Doch ich kann gerade nicht anders. Der Schmerz in mir ist so stark, dass ich irgendwem wehtun muss. Leider ist Rosa die Einzige, die gerade greifbar ist. Resigniert schließt sie die Tür und schnallt sich wieder an.

»Wie du meinst, Schwesterherz.« Seufzend startet sie den Motor.

»Ja, meine ich«, erwidere ich trotzig, greife aus einem Reflex unter meinen Pulli und ziehe die Kette mit der kleinen Fee auf dem Herz hervor, die er mir zu meinem Geburtstag vor ein paar Monaten geschenkt hat. Bisher habe ich sie nicht abgelegt, hatte noch immer die Hoffnung, dass das zwischen uns nur ein Missverständnis war. Doch nun öffne ich mit zittrigen Fingern den Verschluss, betrachte die kleine Fee noch einmal kurz und werfe die Kette dann aus dem Fenster.

»Fahr!« Tränen laufen an meinen Wangen hinunter. Noch immer hält er seine Exfrau in seinen Armen. Ex? Na, scheinbar hat sich dieser Zusatz erledigt und sie ist wieder seine Frau. Rosa stellt keine weiteren Fragen mehr, setzt zurück und wendet den Wagen. Im Seitenspiegel kann ich nun sehen, wie er den Kopf hebt und erschrocken zusammenzuckt.

»Mach schneller«, quietsche ich auf, als ich sehe, wie er Natascha loslässt und eilig zur Gartentür rennt.

»Anja?«, höre ich ihn brüllen. »Anja, warte!«

»Sollen wir nicht doch lieber ...«, beginnt Rosa und stoppt.

»Nein, sollen wir nicht! Fahr, verdammt!« Ich will hier weg. Ganz schnell.

»Aber er kommt her«, widerspricht Rosa und ich zucke zu ihr herum.

»Wenn du nicht sofort Gas gibst, dann bin ich deine Schwester gewesen, hörst du? Dann ...« Weiter komme ich nicht, denn ein Schluchzer bahnt sich seinen Weg nach oben und ich kann ihn nicht unterdrücken. Meine Dämme brechen und ich heule hemmungslos.

»Schon gut«, nuschelt Rosa und fährt los. Langsam zwar, aber der Wagen rollt.

»Anja, Liebes«, höre ich Markus durch das noch immer offenstehende Fenster. »Bitte, lass es dir erklären. Ich habe nicht ... ich will nicht ...«, stottert er und rennt auf uns zu. Kurz bevor er uns erreicht hat schließe ich das Fenster und rutsche tief in den Beifahrersitz. Auch Rosa hat nun endlich kapiert, dass ich nicht für ein Gespräch bereit bin und gibt Gas. Aus dem Augenwinkel sehe ich, dass sie mit den Schultern zuckt und Markus einen entschuldigenden Blick zuwirft, bevor wir die Sackgasse verlassen und auf die Hauptstraße einbiegen. Ich schwöre mir in diesem

Augenblick, dass ich das wundervolle Haus nie, nie wiedersehen will und auch seinen Besitzer nicht. Das Thema Doktor Markus Helfsberg ist damit durch. Für immer. Und meine innere Stimme schreit auf.

12 - Bei Oma Hanni

»Anja Kind, wie siehst du denn aus? Rosa, mein Schatz. Schön, dass ihr beiden da seid.« Oma Hanni sitzt aufrecht in ihrem Bett, trägt einen rosafarbenen Morgenmantel und strahlt über das ganze Gesicht. »Was für eine schöne Überraschung, Kinder.« Ich kann ihre Freude fast körperlich fühlen. »Setzt euch, setzt euch.« Sie deutet ausladend auf zwei freie Stühle, die an einem kleinen Holztisch stehen und richtet sich noch ein Stückchen mehr auf. Sehr erstaunlich. Ich hätte schwören können, dass sie uns wieder abweist.
»Oma Hanni!« Glücklich falle ihr als erstes in die Arme. Setzen kann ich mich auch später noch. Sie erwidert meine Umarmung und ich spüre jeden Knochen. Sie ist so dünn, ihre Wangen sind eingefallen und tiefe Falten durchziehen ihr Gesicht. Und doch hat sie eine so herzensgute und starke Ausstrahlung, dass ich mir sofort wie die kleine Anja vorkomme, die ich noch vor Jahren war – und die noch immer tief in mir lebt. Tränen der Freude rinnen aus meinen Augen und ich halte sie nicht zurück. Warum nur habe ich sie nicht schon früher besucht? Warum war immer alles andere wichtiger? Das muss sich ändern. Ganz dringend. Sie schiebt mich ein Stückchen von sich weg, legt ihre knochigen Hände auf meine Oberarme und blickt mir tief in die Augen, in meine Seele. Etwas von mir kommuniziert mit ihr und ich kann es nicht ganz begreifen. Ein warmes Gefühl breitet sich in meinem Inneren aus und die Trauer um Markus, ebenso wie die Wut, die bisher die Vorherrschaft über meine Gefühle hatte, klingt ab. Als sie mich endlich ganz loslässt, erkenne ich plötzlich die Erschöpfung in ihren grauen Augen.
»Rosa, Schatz«, wendet sie sich nun meiner Schwester zu und umarmt auch sie ebenso herzlich. Rosa steht auf der anderen Bettseite, zu Oma Hanni hinuntergebeugt und hat ihre Arme um die alte Frau

gelegt. Ihr scheint es genauso zu ergehen wie mir. Als sie meine Schwester wieder von sich schiebt, räuspert sich unsere Oma kurz.

»Rosa, kannst du uns bitte drei Tassen Kaffee holen? Draußen verteilen sie den gerade. Es ist Zeit dafür.« Rosa nickt und eilt durch den Raum.

»Mit Milch und Zucker, Oma?«, fragt sie und Hanni nickt.

»Für mich auch, bitte.« Irgendwie habe ich das Gefühl, dass meine Oma mit mir alleine reden will und deswegen Rosa zum Kaffeeholen geschickt hat. Und genauso ist es auch. Sanft klopft sie auf das Bettlaken zu ihrer Rechten und fordert mich auf, mich zu setzen. Dann legt sie ihre Hand auf meine und schaut mir erneut tief in die Augen.

»Was ist los, mein Schatz? Ist dein Herz so schwer? Wer hat dich so verletzt?«, beginnt sie leise und ein dicker Kloß macht sich in meiner Kehle breit. Woher sie das nur weiß? Gut, ich habe vorhin wirklich heftig geweint und meine Augen müssten noch immer leicht geschwollen sein, doch das könnte auch einen anderen Grund haben. »Versuch erst gar nicht, mir weiszumachen, dass du krank bist und deine dicken Lider von einem Schnupfen herrühren«, fährt sie fort, als hätte sie meine Gedanken gelesen. »Ich kann die schwarzen Flecken in deiner Aura spüren«. Sie lächelt mich an und ein kalter Schauer läuft mir über den Rücken. Manchmal ist mir Oma Hanni wirklich nicht ganz geheuer. Doch so war sie schon immer. Sie konnte sehen, wenn es einem Menschen schlecht ging, ohne ihn zu fragen. Sie hatte mir mal erklärt, dass sie besonders sensibel auf ihre Umgebung reagiert und den Schmerz der Welt fühlen kann. Emphatisch und Hochsensibel waren ihre Ausdrücke dafür. »Das ist nicht immer schön, Anja-Kind, das kannst du mir glauben«, hatte sie damals gesagt und ich hatte nur genickt. Ich konnte damals nicht verstehen, was sie meinte. Und auch heute fällt es mir schwer zu glauben, doch ich will sie nicht anlügen und ihr irgendeine Geschichte auftischen, die sie mir ohnehin nicht abgenommen hätte. Also atme ich ein paar Mal tief durch, um den dicken Kloß zu vertreiben.

»Ich habe Markus mit seiner Exfrau gesehen«, presse ich mühsam heraus und vor meinem inneren Auge sehe ich erneut die grausame Szene, die meine Welt aus den Angeln gehoben hatte.

»Erzähl mir die ganze Geschichte, Anja. Damit ich es verstehen kann.« Erst zögerlich, dann immer schneller berichte ich ihr von unserer Reise nach München, den wundervollen Tagen, die wir erlebt hatten und seinem überstürzten Aufbruch. Meine Oma unterbricht mich kein einziges Mal und nickt nur hin und wieder. Als ich geendet habe, sieht sie mich sekundenlang stirnrunzelnd an.

»Das ist ein Missverständnis«, beginnt sie und winkt mit einer Hand ab, als ich sie unterbrechen will. »Dieser Markus Helfsberg liebt dich wirklich, Kind. Ich kann es fühlen. Und du liebst ihn. Leugnen ist zwecklos.« Sie lächelt mich an. »Kläre das auf und gib ihm noch eine Chance, Anja. Er ist nicht so, wie die anderen Männer, die du bisher in dein Leben gelassen hast und die dich nur ausgenutzt haben.«

»Aber, Oma Hanni, wie kannst du dir da so sicher sein?«, frage ich leise und ihr Lächeln wird noch eine Spur breiter.

»Ich bin nicht umsonst so alt geworden, Kind. Ich kenn die Menschen und ihr Verhalten. Ich weiß, wer gut und wer weniger gut ist. Glaube es mir einfach. Du weißt genau, dass ich die Auren sehen kann. Wenn ich mag. Und dein Markus hat in deiner Aura, deinem Herzen so tiefe Spuren hinterlassen, dass ich sie selbst jetzt, ohne große Anstrengung, sehen kann.« Ich nicke, obwohl ich kein Wort von dem verstehe, was sie mir zu erklären versucht.

»Und was soll ich machen?«, frage ich stattdessen und sie streichelt zärtlich über meine Wange.

»Gib ihm und dir noch etwas Zeit. Dann rede mit ihm und höre ihm zu, was er dir zu sagen hat. Es ist alles ganz anders, als du im Moment glaubst. Alles im Leben braucht seine Zeit. Das habe ich dir immer schon gesagt. Regle dein Leben, deine Arbeit und finde zu dir selbst zurück. Du wirst sehen, in einem Jahr sieht alles ganz anders aus und du bist glücklich. Das kann ich spüren. Glücklich mit ihm.« Nun schiebt sich auch ein Lächeln in mein Gesicht. Ich liebe es, wenn Oma Hanni mir versucht meine Sorgen zu nehmen, auch wenn ich ihr nicht glauben kann. Woher will sie wissen, wie mein Leben in einem Jahr aussieht? Selbst sie kann nicht in die Zukunft schauen. Doch ich rechne es ihr sehr hoch an, dass sie mir helfen will. Und das, obwohl sie wirklich krank ist und es ihr selber nicht gut geht. Als mir das in diesem Moment bewusst wird, seufze ich erschrocken auf. Warum bin ich nur so egoistisch? Hier geht es nicht um mich und mein Seelenleben, sondern um die Gesundheit von Oma.

»Wie geht es dir denn, Oma?«, frage ich deshalb und sie schüttelt leicht den Kopf.

»Lenk jetzt nicht ab, Anja. Wir sind noch nicht fertig. Versprich mir erst, dass du mit ihm reden wirst.« Ich nicke.

»Ja, ich verspreche es«, sage ich feierlich. Wie könnte ich in diesem Augenblick auch etwas anderes sagen. Ich hoffe nur, dass ich mein Versprechen einhalten kann.

»Gut.« Oma sinkt mit dem Rücken gegen ihre Kissen. Das Gespräch scheint sie sehr angestrengt zu haben.

»Aber nun sag du mir auch ehrlich, wie es dir geht, Oma«, bestehe ich auf meiner Frage und sie zuckt leicht mit den Achseln.

»Ich spüre den Hauch des Todes, Anja«, sagt sie ernst und ihr Blick wandert aus dem Fenster. Draußen weht mittlerweile ein starker Herbstwind und wirbelt die Blätter im Garten durch die Luft. Von ihrem Zimmer hat sie einen wundervollen Ausblick auf den kleinen Park mit den hohen, mittlerweile bunten Bäumen und dem kleinen Wasserbrunnen in der Mitte des Hofes. Unwillkürlich halte ich den Atem an.

»Oma? Was meinst du?« Besorgnis macht sich in meinem Inneren breit und sie wendet sich mir wieder zu.

»Ich meine, dass ich nicht mehr lange auf dieser Welt sein werde. Schon bald wird dein Opa kommen und mich abholen. Ich kann ihn bereits fühlen.«

»Nein, Oma«, rufe ich erschrocken aus. »Du wirst noch ganz lange bei uns sein. Bitte, versprich es mir.«

»Komm her, Kind«, sagt Oma Hanni sanft. Ich lasse mich an ihre Brust sinken und vergrabe meinen Kopf in ihren Armen. »Bitte, sei nicht traurig. Engelskind. Meine Zeit hier auf Erden ist vorüber. Bald werde ich bei Opa sein, keine Schmerzen mehr haben und als Schutzengel über euch wachen.« Ich höre ihr leises Lachen an meinem Ohr.

»Natürlich werde ich traurig sein, Oma. Das kannst du mir nicht verbieten«, maule ich leise und hebe meinen Kopf. »Ich will nicht, dass du gehst.«

»Aber ich will es, Anja. Endlich Ruhe und Frieden. Ich habe meine Aufgabe bereits erfüllt und warte nun auf das Ende. Heute Nacht habe ich von deinem Opa geträumt. Er hat mir versprochen bald zu kommen und mich abzuholen. Das ist das Schönste, was ich mir vorstellen kann.« Ich sehe, wie sich ein sehnsuchtsvolles Lächeln in ihre Augen schleicht und spüre, dass sie es ernst meint. »Heute ist unser letztes Treffen, Anja-Kind. Ich weiß es. Also sei nicht traurig und denk an dein Versprechen«, wiederholt sie ihre Worte und ich kann nicht anders, als erneut zu nicken. Wie kann ich ihr in diesem Moment des Abschieds auch widersprechen? »Dann ist es gut, mein Schatz. Glaube fest daran, dass ich immer in deiner Nähe sein und auf dich und deine Schwester achten werde. Deine Mutter ist alt genug. Sie braucht mich nicht. Außerdem glaubt sie ohnehin nicht an Engel.« Wieder höre ich das helle Lachen meiner Oma und muss nun auch grinsen. Sie hat zweifellos recht. Meine Mutter glaubte noch nie an etwas anderes, als an die Dinge, die sie mit ihren Augen sehen und ihren Händen greifen kann. »Wenn du also traurig bist, dann schaue in den Himmel, suche den hellsten Stern am Firmament und glaube daran, dass ich da sein und dir helfen werde. Lerne mit dem Herzen zu sehen und öffne es für die kleinen Wunder des Alltags.« Ihre Worte berühren mich tief und ich versuche sie in meinem Herzen zu behalten. Ein milchiger Schleier hat sich über ihre Augen gelegt und sie starrt blicklos in die Ferne.

»Oma? Oma Hanni?«, frage ich besorgt und setze mich auf. Ich kann beinahe fühlen, wie sie versucht ihre Kräfte zu sammeln und zurück in die Realität zu gelangen, aus der sie langsam zu verschwinden droht.

»Keine Angst, kleine Anja. Am Ende wird alles gut. Das weißt du doch. Und denke immer daran: Sei das Licht und erhelle die Welt. Du weißt, wie wichtig dieser Satz für mich ist, oder? Du weißt auch, was er bedeutet, stimmt's?«

»Ja. Ich will versuchen das Licht zu sein. Ich will versuchen anderen Menschen zu helfen und ihnen ein Lächeln ins Gesicht zaubern. Ich will versuchen, andere aus der Dunkelheit zu befreien und ihnen die schönen Dinge des Lebens zeigen. Ich will versuchen das Licht zu sein, das du dir immer gewünscht hast.«

Schon seit frühester Kindheit hat mir Oma Hanni von ›ihrem Licht‹ erzählt, das nichts mit Religion oder Fanatismus zu tun hat. Auch ist es keine ›esoterische Spinnerei‹, wie sie immer betonte. Für sie ist das Licht eine Art Energie, die uns umgibt, die uns durchfließt und die wir ausstrahlen. Manchmal brennen wir hell und strahlen vor Glück. Ein anderes mal flackert unser eigenes Licht und wir stehen selbst beinahe in der Dunkelheit. Doch solange das Feuer in unserem Innersten noch glüht, werden wir immer einen Weg finden, um uns gegenseitig zu entzünden und zu helfen. Ich erinnere mich in diesem Augenblick an all ihre Worte und wundere mich etwas. Schon seit Jahren habe ich nicht mehr daran gedacht und es größtenteils auch verdrängt. Doch irgendwie war ein Teil des Wissens immer in mir.

»Also, um hier an Kaffee zu kommen, muss man wirklich eine Krankenschwester bestechen«, ertönt die leicht genervte Stimme meiner Schwester und ich höre, wie sie durch die Tür tritt. »Anja, hilf mir mal.« Mühsam rapple ich mich hoch. Ein leichter Schwindel lässt das Zimmer für einen kurzen Augenblick vor meinen Augen verschwimmen und ich sehe Oma Hanni, wie sie neben dem Bett steht, ihre Hand in die eines jungen Mannes legt und mir glücklich zulächelt. Was zum Teufel war das denn? Der Moment ist so kurz, dass ich glaube, mich getäuscht zu haben. Ich blinzle hektisch und plötzlich ist alles wieder normal.

»Was ist jetzt, Anja? Soll ich noch länger hier stehen? Die Tassen sind verdammt heiß.« Rosa reißt mich aus meinen Gedanken und ich eile zu ihr.

In der nächsten halben Stunde unterhalten wir uns über Belanglosigkeiten, meinen neuen Job und Rosas Familienleben. Wir lachen viel und laut. Ich liebe es, Oma Hanni so glücklich zu sehen.

»Ich merke schon, Kinder, ihr braucht eure alte Oma mit ihren ›ach so weisen Ratschlägen‹ gar nicht mehr«, lacht sie irgendwann und Rosa und ich schreien unisono auf.

»Oma! Sag doch sowas nicht!« Aufgebracht falle ich in ihre ausgestreckten Arme. Zum Glück ist ihre Tasse bereits leer. »Deine weisen Sprüche würden mir fehlen. Das weißt du.« Ein Kloß schnürt mir mal wieder die Kehle zu.

»Ach, Anja-Kind.« Omas Stimme klingt so sanft, wie ein warmer Windhauch an einem Sommertag am Meer. »Einen klugen Rat kann ich dir noch mit auf den Weg geben. Wenn mal wieder alles anders kommt, als du es geplant hast, dann mach's wie die Möwe und scheiß drauf.« Rosa lacht lauthals auf und auch ich kann nicht anders, als mit einzustimmen. Oma Hanni hat den Nagel auf den Kopf getroffen.

»Ja, werde ich machen.« Langsam löse ich mich ein Stück von ihr.

»Dann wird alles gut, Liebes.« Sie streichelt über mein Haar und küsst mich auf die Wange. »Und nun gehe und lasse mich noch kurz mit deiner Schwester alleine reden. Ich will mich auch von ihr verabschieden.« Ich höre die Tränen in ihrer Stimme.

»Aber Oma ...«, beginne ich, doch sie lässt mich nicht

ausreden.

»Du sollst mir nicht widersprechen, Kind. Geh! Lebe dein Leben und werde glücklich! Hast du mich verstanden?« Ich nicke. Mehr schaffe ich nicht. Noch ein letztes Mal drücke ich mich an sie, stehe auf und verlasse fluchtartig das Krankenhauszimmer, ohne mich noch einmal herumzudrehen. Unaufhörlich laufen Tränen über meine Wangen. Oma Hanni weiß, dass es unser letztes Treffen war – und ich weiß es auch. Ich spüre es mit jeder Faser meines Körpers. Irgendwie vermisse ich sie jetzt schon und ärgere mich, dass ich nicht viel, viel mehr Zeit mit ihr verbracht habe. Immer war alles andere wichtiger. Wahrscheinlich bin ich nicht die Einzige, der es im Leben so geht und hätte man mir das früher gesagt, als Oma Hanni mich einmal die Woche angerufen und ich immer die Augen verdreht hatte, dann hätte ich es nicht geglaubt. Doch wer glaubt das schon? Wir sind immer der Meinung, dass das Leben unendlich ist und unsere Eltern und Großeltern nerven, wenn sie sich um uns Sorgen machen. Dabei ist es nur die Liebe, die sie uns entgegenbringen. Seufzend und noch immer unter Tränen öffne ich die Glastür zum Eingangsbereich und trete auf die Straße hinaus. Ich will hier weg. Genug der trüben Gedanken und der Trauer. Oma Hanni hätte das nicht gewollt. Bei dem letzten Satz schrecke ich zusammen. Ich denke von ihr bereits in der Vergangenheit?! Dabei sitzt sie noch quicklebendig oben in ihrem Bett und unterhält sich mit Rosa. In genau diesem Augenblick fliegt eine Möwe über meinen Kopf hinweg, lässt sich auf einem Ast nieder und schaut mich mit schief gelegtem Kopf an.

»Na du?«, sage ich leise zu ihr und die Möwe stößt einen gurrenden Laut aus. Noch nie zuvor habe ich so ein Tier gurren hören. Dann hebt sie leicht ihren Hintern, lässt ein Häufchen fallen und erhebt sich schreiend in die Lüfte. »Scheiß drauf, was?« Trotz allem muss ich lächeln.

13 – Wünsche, Träume, Sehnsüchte

Gegen zwanzig Uhr sitze ich mit Rosa, Robin und Noah auf der Couch, oder wie Robin sagen würde ›Kanapee – Nordwand‹, und wir schauen uns einen Kinderfilm an. Kurz vor dem Ende beginnt Noah ausgiebig zu gähnen und auch mir fallen bereits die Augen zu.

»Zeit für's Bett, Krümelchen.« Rosa steht auf und schaltet den Fernseher ab. »Geh schon mal Zähne putzen«, fordert sie Noah auf, der jedoch wieder putzmunter zu sein scheint. Es beginnt das allabendliche Drama, das ich bereits aus zahlreichen Erzählungen von Rosa kenne. Waren wir als Kinder auch so schlimm? Ich kann mich beim besten Willen nicht mehr daran erinnern. Noah will noch etwas zu trinken, Noah will nicht diesen Schlafanzug anziehen, Noah will ...

Robin sitzt stumm neben mir auf dem Sofa und schaut seiner Frau beim ›Löwenbändigen‹ zu, wie er es nennt.

»Ich wäre froh, wenn ich mal früher ins Bett käme«, flüstert er nach einiger Zeit und ich werfe ihm ein Lächeln zu.

»Da hast du wohl recht. Ich wäre auch gerne mal abends so müde wie morgens. Doch in unserem Alter ist alles anders.« Er lacht und erhebt sich.

»Magst du noch ein Glas Rotwein haben, Anja? Ich würde eines mittrinken. Und Rosa auch, vermute ich.«

»Ja, gerne. Der Tag war anstrengend und ich weiß genau, dass ich noch nicht schlafen kann.« Zu viele Gedanken kreisen in meinem Kopf.

»Dann mach ich uns mal eine Flasche auf, okay?«

»Alles klar. Und ich schaue mal nach Rosa und ihrem Löwenbaby.« Schmunzelnd erhebe ich mich ebenfalls. Vielleicht kann ich ihr doch irgendwie helfen. Robins Meinung nach ist das zwar nicht nötig, doch wenn ich schon hier wohne, dann kann ich mich als Tante auch nützlich machen. Noch habe ich den Vorteil, dass Noah auf mich hört. Na, zumindest ansatzweise.

»Tante Anja«, ruft er auch sofort, als ich die Treppe ins obere Stockwerk hinauf schlendere und ihn aus dem Badezimmer flitzen sehe. Er trägt bereits seinen blauen Schlafanzug mit den kleinen Schneeflocken darauf. »Liest du mir noch eine Geschichte vor?« Flehend klammert er sich an meine Beine. »Der Film war so langweilig.«

»Klar, Großer.« Augenzwinkernd bücke ich mich und hebe ihn hoch, um ihn in sein Zimmer zu tragen, das gleich neben dem Bad und gegenüber dem Elternschlafzimmer liegt. »Was willst du denn hören?« Ich weiß, dass er meine Geschichten, die ich früher mal selber geschrieben habe, sehr liebt.

»Weiß ich nicht«, nuschelt er an meiner Halsbeuge und ich sehe Rosa, die nun auch aus dem Badezimmer kommt und sich uns anschließt.

»Wie wäre es denn mit ›der Geschichte der Eiche Erich‹? Ich glaube, die würde ganz gut passen«, gibt sie mir ein Stichwort und ich nicke langsam. Ja, sie hat recht. Diese Geschichte transportiert eine gute Botschaft und passt zur Situation mit Oma Hanni. Irgendwann werden wir Noah erklären müssen, dass seine Urgroßmutter bald nicht mehr da sein wird. Wie macht man das am besten bei einem Kind?

»Gut, dann erzähle ich dir von der Eiche Erich und der kleinen Schneeflocke Florence.« Ich lege Noah sanft auf seinem Bett ab. Die Geschichte, die ich vor so vielen Jahren geschrieben habe, ist eine meiner liebsten und ich kenne sie auswendig. Zwar vielleicht nicht Wort für Wort, doch die Aussage ist klar. Zärtlich decke ich meinen Neffen zu, setze mich zu ihm auf die Bettkante und beginne leise zu erzählen.

****

Es war frostig geworden. Die meisten Bäume hatten ihre Blätter bereits verloren, die Felder waren leer und trübe Wolken zogen über den Himmel.
Mitten auf einem Hügel stand eine uralte Eiche. Erich.

Erich fühlte sich einsam, als er plötzlich eine Stimme hörte.
»Hallo, alter Freund. Wie geht es dir? Hui, hui!« Es war sein alter Bekannter Herbert, der Herbststurm.
»Ist es schon wieder so weit? Der Winter kommt bald, stimmt's?«, fragte Erich.
»Ja, er ist mir auf den Fersen, hui, hui, aber ich bin schneller und muss weiter. Wir sehen uns nächstes Jahr, hui, hui!« Weg war er und Erich seufzte auf. Das bedeutete Winterschlaf für ihn.

Er träumte vom Sommer, als die Waldtiere, seine Freunde, bei ihm zu Besuch waren. Er hatte ihnen viele Geschichten erzählt aus seinem langen Leben. Die Hasen, Eichhörnchen und Igel saßen zu seinen Füßen und lauschten immer ganz gespannt. Das war die schönste Zeit des Jahres. Und so schlief er einige Zeit tief und fest.

Erich blinzelte. Alles um ihn herum war weiß. Der Winter hatte seinen Mantel über den Feldern ausgebreitet. Alles lag ruhig und besinnlich da.
»Habe ich doch so lange geschlafen?«
»Hatschi.«
»Gesundheit«, sagte Erich und blickte sich verwundert um. Aber er konnte niemanden entdecken.
»Hatschi«, hörte er erneut dieses lustige Geräusch. Und dann sah Erich SIE. Er sah die schönste und zarteste Schneeflocke, die je auf seinen Armen gelandet war. So klein und zerbrechlich. Aber sie lächelte herzlich.
»Hallo. Wer bist du?« Erich betrachtete das kleine

Wesen genauer.

»Hi. Mein Name ist Florence, die Flocke. Ich komme geradewegs aus dem Himmel. Doch wo bin ich denn gelandet? Ich kenne mich hier nicht aus. Und einen Schnupfen hab ich auch.« Erich wunderte sich, dass Schneeflocken krank werden konnten. Aber bei Florence war das wohl so.

»Dann komm doch näher an meinen Stamm, da ist es wärmer.« Dankbar rutschte die Flocke ganz dicht an Erich heran. »Soll ich dir eine Geschichte erzählen?«, fragte Erich, als er sah, wie traurig die kleine Flocke wirkte.

»Oh ja, sehr gern«, nuschelte Florence und kuschelte sich dicht an Erich.

Und so begann der Baum mit seiner Erinnerung. Er erzählte Florence wie der Sommer war, wenn die Sonne schien und alles grün war. Er berichtete anschaulich über die Tiere des Waldes und was diese so anstellten. Florence lachte herzhaft und hörte begeistert zu. Irgendwann schliefen beide völlig erschöpft ein. Ganz fest aneinandergekuschelt, mit einem Lächeln auf ihren Gesichtern.

Ein Sonnenstrahl kitzelte Erich, sodass er die Augen aufschlug. Er erinnerte sich sofort an Florence und erschrak, als er sah, dass alles schon wieder zu Grünen begonnen hatte. Doch Florence saß noch immer bei ihm. Aber sie war schon ganz klein und durchsichtig. Doch sie lächelte, mit einer Träne in ihren Augen. Erich schluckte schwer, denn er wusste, dass sie bald schmelzen würde. Aber er weigerte sich, daran zu glauben, dass seine Liebe einfach so verschwinden sollte.

»Florence, meine Liebste. Bleib bei mir. Ich werde die Sonne vertreiben, ich werde den Winter zurückholen, ich werde ...« Doch seine Stimme brach und eine dicke Träne rollte über seinen Stamm.

»Du Dummerchen«, sagte Florence liebevoll. »Das geht doch nicht. Die Welt dreht sich weiter und es muss Sommer werden, damit das Leben zurückkommen kann.« Erich nickte tapfer. »Aber ich werde nicht verschwinden. Ich verwandle mich nur. Ich werde zu einem Wassertropfen und falle zu Boden. Deine Wurzeln werden mich aufnehmen und ich werde für alle Zeit in Dir sein. Ich werde bei Dir sein, wenn du deine Geschichten erzählst. Wenn du lachst, werde auch ich lachen. Wenn Du weinst, will ich in deinen Gedanken sein und dich trösten. Und wenn neuer Schnee fällt, wirst du an mich denken. Du wirst meine Schwestern lieb haben und ich werde auch wieder ein Teil von ihnen sein.« Während sie sprach, hatte Florence sich immer weiter aufgelöst und war schon fast zu Wasser geworden.

»Aber ich hab dich doch lieb«, schrie Erich verzweifelt. »Ich hab dich auch lieb«, antwortete Florence lächelnd und fiel zu Boden. Schnell streckte Erich seine Wurzeln aus und sog sie in sich auf. Plötzlich fühlte er Wärme und Zufriedenheit in seinem Herzen.

Seit dieser Zeit erzählte er Jahr für Jahr die Geschichte seinen Waldfreunden. Auch sie freuten sich mit ihm. Wenn er einsam ist, hört er in sich hinein und denkt an Florence. Dann fühlt er sich wieder stark, denn er weiß, dass da jemand ist, der ihn liebt. Ganz tief in seinem Herzen.

****

Kurz vor Mitternacht verabschiede ich mich von Rosa und Robin. Die Rotweinflasche ist leer und ich fühle in mir die nötige Bettschwere.

»Gute Nacht, kleine Anja.« Meine Schwester steht ebenfalls auf. »Schlaf gut und träum was Schönes.«

»Danke, du auch. Ich hoffe es. Vielleicht kann ich heute wirklich mal schlafen und träume nicht wieder irgendein wirres Zeug.«

»Warte mal«, hält mich Rosa auf und kommt hinter mir die Treppe hinauf. »Ich habe da noch etwas für dich.« Sie lächelt verschwörerisch und ich schaue sie fragend an. »Komm mal mit in mein Schlafzimmer, Anja.« Ich folge ihr und sehe, wie sie etwas zwischen ihren Klamotten heraus kramt und mir in die Arme drückt. Das Päckchen ist erstaunlich schwer.

»Was ist das?«

»Mach es halt auf, dann siehst du es.« Rosa kichert. »Aber vielleicht besser in deinem Zimmer. Dann ist es gleich da, wo es hingehört.« Hä? Ich verstehe kein Wort und Rosa grinst noch etwas breiter. Dennoch drehe ich mich herum, gehe in mein Zimmer, setze mich auf mein Bett und entferne das Geschenkpapier. Zum Vorschein kommt ein Kissen, das sich anfühlt, als wäre es mit Körnern gefüllt.

»Was ist das?«, frage ich Rosa erneut, die lässig im Türrahmen lehnt.

»Riech mal.«

»Lavendel?« Ich drücke meine Nase tief in das Kissen und sauge den würzigen Geruch in mich auf.

»Ja. Ein Hirse–Kissen mit Lavendel. Ich habe auch so eines, Herzi. Damit du besser schlafen kannst. Lavendel soll gut dafür sein, habe ich mal irgendwo gelesen.«

»Danke.« Liebevoll streiche ich über den blauen Kissenbezug mit den Leuchttürmen darauf, erhebe mich und umarme Rosa. Dieser Körperkontakt tut mir unheimlich gut. Ich spüre, wie sehr ich Markus vermisse. Seine Umarmungen, seine Küsse, seine Nähe. Vielleicht sollte ich dem Rat von Oma Hanni folgen und ihm wirklich noch eine zweite Chance geben. Versprochen hatte ich es ihr schließlich.

»Sehr gern. Und nun schlaf gut.« Rosa löst sich aus meinen Armen, schiebt mich ein Stücken weg und sieht mir in die Augen. »Denk dran, alles wird am Ende gut.« Ich nicke nur stumm.

Meine Tränen schimmern sanft,
wie Sterne in der Nacht
am schwarzen Himmelszelt
in ihrer ganzen Pracht.

Meine Seele funkelt hell,
wie ein teurer Edelstein.
Ich sitze hier und träum von dir -
mein Herz fühlt sich allein.

In jeder dunklen Nacht
da träum ich nur von dir,
meine Tränen wischst du weg.
Ach, wärest du jetzt hier.

Doch du bist mir so fern
ich kann dich nicht berühren,
würde alles dafür tun,
könnt ich dich noch einmal spüren.

Nun schließ ich meine Augen zu,
lasse meine Seele fliehen.
Sie macht sich auf den Weg zu dir -
ich lass sie einfach ziehen.

Gerade habe ich mich unter meine Decke gekuschelt, meinen Kopf auf dem Kissen abgelegt und meine Kopfhörer mit meiner Lieblingsmusik in die Ohren gesteckt, als ich das Piepsen vernehme. Oh, eine Nachricht. Mein Herz schlägt eine Spur schneller und ich blicke auf das Display. Nein, es ist nicht Markus, wie ich gehofft hatte, sondern erneut Alex. Hatte ich ihm nicht geschrieben, dass ich kein Interesse an einer Wiederbelebung unserer Affäre habe? Was, verdammt, hat er daran nicht verstanden? Ein Grummeln macht sich in meiner Magengegend breit. An Schlaf ist nun nicht mehr zu denken. Also öffne ich die Nachricht mit einem genervten Seufzen und erstarre, als ich den Inhalt lese.

Hey, meine liebe, süße Anja. Was hältst du von einem Treffen? Ich vermisse dich so sehr. Ich habe mich von Emma getrennt und kann nun tun und lassen, was ich will. Und ich will dich! Bitte, sag ja. Mit gespannten Grüßen, dein Alex.

Wie? Wo? Was? Habe ich etwas Wichtiges verpasst? Die beiden haben sich getrennt? Hätte ich ja nie im Leben gedacht. Sie sind doch das perfekte Paar. Oder waren es zumindest in meinen Augen. Gut, in meinen Augen waren auch Markus und ich ein tolles Team. Vielleicht sollte ich meine Augen mal untersuchen lassen? Grübelnd streiche ich mir über die selbigen und in meinen Gedanken rattert es. Jetzt könnte ich endlich meinem Verlangen freien Lauf lassen. Das, was mir bis vor einem knappen, halben Jahr noch unmöglich schien, soll nun wahr geworden sein? Ich könnte mit Alex mehr als nur eine Affäre haben? Ohne schlechtes Gewissen? Ohne Emma zu betrügen? Und Markus? Der ist schließlich auch wie vom Erdboden verschwunden. Trotz meiner Sehnsucht nach ihm werde ich ihn nicht anschreiben. Warum auch? Er hat schließlich mich verlassen, nicht umgekehrt. Warum sollte ich ihm nachrennen, wenn sich mir doch jetzt so eine geniale Möglichkeit bietet. Ich richte mich in meiner Bettenburg auf und lehne meinen Rücken gegen die Wand. Dick eingemummelt in meine Decke tippe ich eine Antwort:

Warum seid ihr nicht mehr zusammen?

Das ist im Moment das Wichtigste. Oder nicht? Aber es interessiert mich brennend, wer von beiden Schluss gemacht hat.

Sie ist mit ihrem ›Kindergartenfreund‹ durchgebrannt, hat mich sitzen lassen, das Miststück,

antwortet Alex prompt und ich muss schlucken. Meint er etwa den Typen, mit dem Emma geschlafen hat, um ein Kind zu bekommen? Alex ist schließlich zeugungsunfähig und Emma wünscht sich nichts sehnlicher als ein eigenes Baby.

Der Vater ihres Kindes?,

antworte ich erneut und beiße mir im gleichen Augenblick auf die Unterlippe. Verdammt! Es kann sein, dass Alex gar nicht weiß, dass der Fremde der Vater von Emmas ungeborenem Kind ist.

Ja, genau der Typ,

schreibt Alex zurück und ich atme aus. Unbewusst hatte ich die Luft angehalten. Er weiß es also.

Und? Bock auf ein Treffen?,

schiebt er noch eine weitere Nachricht hinterher. Ich zögere mit der Antwort. Am liebsten hätte ich mit »ja, sofort« geantwortet, doch irgendetwas hält mich davon ab. Soll ich die Beziehung wirklich wieder aufleben lassen? Das Gute, oder auch Schlimme, ganz wie man es sieht, an der Vergangenheit ist, dass man oftmals nur die positiven Dinge abspeichert. Die negativen verdrängt man lieber. So taucht auch bei mir, in diesem Augenblick, die Situation in Alex` Haus vor meinem inneren Auge auf, in der ich ihn besuchte, nur in Dessous und einen Mantel gehüllt vor ihm stand, und wir grandiosen Sex auf der Ledercouch und dem Küchentisch hatten. Ein Schmunzeln breitet sich auf meinen Lippen aus. Das wäre schon eine Sünde wert, so etwas noch einmal zu erleben. Oder nicht? Verdammt. Ich weiß es nicht. Mein Unterleib schreit laut und eindringlich ›JA!‹. Doch mein Kopf und mein Herz sprechen eine andere Sprache. Mein Verstand rät mir, mich nicht wieder auf ihn einzulassen und mein Herz flüstert leise Markus` Namen.

»Aber Markus hat mich sitzen lassen und meldet sich nicht mehr bei mir«, sage ich laut. Ich muss meine eigenen Gedanken aussprechen, um sie besser zu verarbeiten. Ich komme mir selber komisch dabei vor, doch in diesem Augenblick weiß ich mir keinen anderen Rat. Fibi schläft schon, die kann ich jetzt nicht wecken. Nicht deswegen. Obwohl sie es mir nicht übel nehmen würde, das weiß ich. Doch irgendwie muss ich da jetzt alleine durch. Also, was soll ich ihm antworten? Während ich noch überlege vibriert mein Smartphone und die Musik, die ich noch immer auf den Kopfhörern hatte, verstummt. Alex! Und nun? Gehe ich ran? Noch bevor ich mich bewusst dazu entschließe, drücke ich den grünen Annahmeknopf.

»Hi«, hauche ich in mein Mikrophon.

»Hi, Anja«, höre ich Alex` wohlklingende, männliche Stimme, die mir sofort einen Schauer über den Rücken jagt. »Wie geht es dir?«, stelle ich die einzige Frage, die ich jetzt ohne zu stottern über die Lippen bekomme. Mein Selbstbewusstsein hat sich in die hinterste Ecke meines Bewusstseins verkrümelt und winkt mir von da aus zu. Verräter!

»Ich vermisse dich, Anja. Deine Hände auf meinem Körper, deine Lippen auf meinem Mund oder fest um meinen Schwanz geschlossen.« Er lacht rau und sofort sehe ich sein bestes Stück vor mir. Uff. Meine Zunge klebt an meinem Gaumen und ein Pochen zwischen meinen Schenkeln signalisiert mir, dass auch ich ihn in mir vermisse. Verdammtes Kopfkino.

»Geht mir ähnlich«, presse ich hervor und lasse mich in meine weichen Kissen zurücksinken.

»Ich wünschte, du wärst jetzt hier. Dann würde ich dich küssen, dass du nicht mehr wüsstest, wer du bist. Ich würde meine Hände über deinen Körper wandern lassen und ihn mit meiner Zunge erkunden. Ich würde dich lecken, bist du schreist«. Seine Stimme ist in meinem Ohr, in meinem Kopf, in meinem Verstand. Füllt ihn komplett aus und ich will ihn ebenso körperlich spüren.

»Oh ja«, seufze ich und meine Hand wandert automatisch zwischen meine Schenkel. Natürlich bin ich feucht. Und wie. Ich schiebe mein Höschen herunter und beginne mich selber zu streicheln, während er mir weiter ausführlich erklärt, was er jetzt mit mir machen würde, wäre ich bei ihm. Erst als die Welle der Erlösung über mich hinweg rollt und ich in das Mikrofon stöhne, hört er auf.

»Und genau das würde ich mit dir machen. Aber viel lieber live, Baby. Wann sehen wir uns?«, stellt er die Frage, die mich abrupt zurück in die Realität katapultiert. Ich ziehe meinen Slip wieder nach oben, drehe mich auf die Seite und stoße ein Brummeln aus.

»Am Freitag? Wie wäre es? Ich habe zwar sehr viel zu tun, aber den Abend würde ich für dich reservieren«, gebe ich irgendwann zur Antwort. »Wie du weißt, wohne ich jetzt bei meiner Schwester am Meer und nicht mehr in Omas altem Haus.«

»Wunderbar, Baby. Dann lass uns doch auf halber Strecke treffen. Dort gibt es ein nettes, kleines Hotel, in dem wir uns vergnügen können.«

»Alles klar, dann bis Freitag, zwanzig Uhr?«, nuschle ich mit geschlossenen Augen. Jetzt habe ich die Bettschwere erreicht, die mir der Wein versprochen, aber nicht gehalten hat. Ein leichter Lavendelduft weht mir in die Nase und als ich seine Zustimmung höre, lege ich auf. Wenig später bin ich im Meer der Träume untergetaucht.

Das Hotelzimmer habe ich mir zwar anders vorgestellt, aber immerhin ist das helle und freundliche Badezimmer ganz nach meinem Geschmack. Es ist sauber und die Duschkabine lädt mich dazu ein, sie zu benutzen. Nach der langen Fahrt ist das auch dringend nötig. Außerdem will ich mir meine nervigen Haare entfernen, die auf und zwischen meinen Beinen, sowie unter meinen Armen wachsen. Nichts stört mich mehr, als diese unerwünschten Härchen auf meinem Körper - und den Mann, den ich treffen will, auch.

Nachdem ich mich aus der verschwitzen Jeans geschält habe, streife mir das mausgraue T-Shirt über den Kopf, öffne meinen BH und steige aus meinem roten Slip. Als ich mich auf den Weg ins Badezimmer machen will, klopft es an der Tür. Verdammt! Wer kann das jetzt sein? Genervt greife ich nach dem weißen Bademantel, der fein säuberlich zusammengelegt auf dem Bett liegt und schlüpfe hinein.

»Ja bitte?« Ungeduldig warte ich auf eine Antwort.

»Zimmerservice«, erklingt es dumpf durch die Tür und ich wundere mich.

»Ich habe nichts bestellt ...«, rufe ich, immer genervter, zurück. Ich will endlich das warme Wasser auf meiner Haut spüren und mir den Schweiß des Tages abwaschen. Ich kann mich selbst kaum noch riechen.

»Nun mach schon auf, oder willst du mich hier draußen stehen lassen?«, ertönt eine, mir wohl bekannte Stimme, und schlagartig breitet sich ein Lächeln auf meinem Gesicht aus.

»Baby. Endlich. Wie sehr ich dich vermisst habe. Du strahlst wie die Sonne an einem Frühlingstag«, begrüßt er mich, nachdem ich die Tür geöffnet habe und ich wundere mich sehr über seine Wortwahl.

»Wenn ich dich sehe, dann muss ich eben immer lächeln. Liegt nur an dir.« Ich strahle ihn an und greife nach seiner Hand, um ihn zu mir ins Zimmer zu ziehen.

»Du siehst aus, als wolltest du gerade duschen gehen«, sagt er, mich von oben bis unten betrachtend und ich nicke.

»Darf ich mitkommen, oder willst du dich für mich schön machen?«

»Klar, darfst du. Aber ...«, fügt ich schelmisch hinzu, »ich *muss mich erst noch rasieren, bevor wir zum Hauptteil kommen.«*

»Kein Problem. Ich werde dir helfen. Ich bin ein Mann. Ich kann das«. Noch bevor ich etwas erwidern kann, steht er vor mir und öffnet den Gürtel meines Bademantels. Dann zieht er mich zu sich heran und als er seine warmen, weichen Lippen auf meine presst, vergesse ich für einen Moment alles um mich herum. So lange habe ich auf diesen Moment gewartet, ihn mir in allen Einzelheiten ausgemalt und nun ist es endlich soweit. Wie eine Ertrinkende sauge ich mich an seinen Lippen fest, knabbere daran und begehre mit meiner Zunge Einlass.

»Nicht so stürmisch, junge Frau«, nuschelt er an meinem Mund und wandert mit seinen Lippen über meinen Hals. Wie bitte? Ich soll nicht so stürmisch sein? Was macht er denn mit mir? Das Pochen zwischen meinen Beinen ist doch jetzt schon fast unerträglich. Aber, ich will noch warten, will den Moment genießen, jede Sekunde auskosten. Wie eine Schlange winde ich mich aus seinen Armen, schiebe den Stoff meines Mantels wieder nach oben und grinse ihn herausfordernd an.

»Ich habe dir schon gesagt, dass ich erst unter die Dusche muss, bevor ...«

»Aber du schmeckst so gut. Ich will dich kosten! Jetzt.« Ich lache auf. »Und du meinst, es interessiert mich, was du willst?«

»Zick' nicht rum und komm her«, befiehlt er mir mit seiner tiefen, dunklen Stimme und ich erschaudere. Er weiß genau, dass ich diesem Tonfall nur schwer widerstehen kann. »Du willst mich doch auch.« Und wie ich ihn will. Also drehe ich mich wieder herum und trete ganz nah an ihn heran.

»So, so. Was genau will ich denn auch?«

»Dass ich dir zeige, wie schön das Leben und die Liebe sein kann.«

»Und wie willst du mir das zeigen?«, flüstere ich ganz nah an seinem Ohr und knabbere gleich darauf an seinem Ohrläppchen.

»Du Biest.« Ich merke, wie die Ausbuchtung in seiner Hose zunimmt.

»Klar.« Ich lasse meine Zunge über seinen Hals wandern.

»Wenn du mit mir duschen willst, dann musst du aber den lästigen Stoff loswerden.« Ich ziehe auffordernd an seinem Hemd. In Windeseile streift er es ab, ebenso wie seine Schuhe. »Gleiches Recht für alle.« Mit meinen Fingernägeln streiche ich sanft über seinen Rücken. Die Gänsehaut, die sich gleich darauf breitmacht, zeugt davon, dass es ihm auch gefällt.

Das was ich nun begonnen habe, macht mich fast wahnsinnig. Doch ich will noch etwas spielen, die Macht über ihn behalten und auch ihn wahnsinnig machen. Als ich meine Hände auf die Ausbuchtung seiner Jeans lege, weiß ich, dass ich auf einem guten Weg bin.

Nachdem ich den Gürtel meines Bademantels wieder geöffnet habe, presse ich mich ganz dicht an seinen Rücken, lasse meine Hände über seine Brust wandern. Ich sauge den Duft seiner Haut tief in mich ein. Dieser Mann raubt mir meinen Verstand. Sanft und doch mit leichtem Druck lasse ich meine Hände weiter wandern, bis sie den Bund seiner Jeans erreichen. Mit geübten Bewegungen öffne ich den Knopf. Wenig später liegt seine Jeans neben dem Hemd auf dem Boden - nur noch der dünne Slip verdeckt seine Erregung.

»Jetzt langt's«, seufzt er auf und dreht sich schwungvoll zu mir herum. In seinem Blick liegt ein Verlangen, dass ich bis zu diesem Zeitpunkt noch nie erlebt habe und das mir die Schweißperlen auf die Stirn treibt.

»Ich will dich jetzt. Hier! Sofort«, befiehlt er und das Pochen zwischen meinen Schenkeln wird schlagartig härter. »Keine Wiederrede.« Er hebt mich hoch, trägt mich die wenigen Meter zum Bett. Als ob ich mich ihm in diesem Moment widersetzen würde ...

Dort angekommen lässt er mich auf die weichen Kissen sinken, entledigt sich seines letzten Kleidungsstückes. Äußerlich vollkommen tiefenentspannt schiebe ich meine Arme unter meinen Kopf und blicke ihn herausfordernd an. Ich liebe dieses kleine Machtspiel.

»Und nun? Was hast du mit mir vor?«, necke ich ihn und hoffe sehr, dass er mich nicht allzu lange schmoren lässt.

»Das wirst du gleich sehen.« Schelmisch grinsend schnappt er sich den blauen Schal, der achtlos auf meinem

Kleiderhaufen liegt, beugt sich über mich, ergreift meine Arme und bindet sie über meinem Kopf am Bettgestell fest. Allein die Vorstellung, mich nicht rühren zu können und ihm willenlos ausgeliefert zu sein, erregt mich bis in die Haarspitzen.

»Was ... hast du vor?«, keuche ich, als er beginnt an meinem Hals zu knabbern. Doch die Antwort, auf die ich warte, bleibt er mir schuldig. Stattdessen wandern seine Lippen weiter nach unten und berühren sanft meine Brustwarzen, die sich sofort versteiften. Er saugt abwechselnd an der linken, dann an der rechten und lässt die Finger seiner rechten Hand dabei über meinen Bauch wandern. Wie gerne würde ich ihn in diesem Moment berühren, meine Finger in seinen Rücken krallen oder seine Haare zerzausen - doch ich kann mich nicht bewegen.

»Wehr dich, Baby. Das macht mich nur noch geiler auf dich«, nuschelt er heiser, als er seine Zunge langsam um meinen Bauchnabel kreisen lässt. Ich stöhne auf und beuge ihm meinen Schoss entgegen. Wenn er nicht bald meine empfindlichste Stelle berührte, dann ...

»Bitte«, japse ich und spreize meine Beine lustvoll.

»Was bist du so ungeduldig?« Das Funkeln in seinen Augen gleicht in diesem Moment einem Diamanten und ich seufze erneut auf. Endlich lässt er seine Finger weiter wandern - doch nicht so, wie ich es mir erhoffe. Unendlich langsam und zärtlich streichelt er an der Innenseite meiner Oberschenkel hinunter und wieder hinauf. Wild vor Verlangen werfe ich mich auf den kühlen Laken hin und her, bevor er endlich meine feuchte Mitte findet und zwei seiner Finger in mir versenkt. Oh ja! Meine empfindlichste Stelle ist heiß und geschwollen, sehnte sich so sehr nach der Berührung seiner Zunge.

»Du machst mich wahnsinnig!« Offenbar war das für ihn das Zeichen, mich nun endlich zu erlösen. Mit beiden Händen umfasst er meine Pobacken, hebt mein Becken an und spreizt meine Beine noch ein wenig mehr. Dann beginnt er zu saugen, zu knabbern und seine Zunge kreisen zu lassen. Was genau er dort tut, kann ich beim besten Willen nicht sagen, aber es ist mir auch egal. Ich werfe meinen Kopf hin und her, genieße jede einzelne Sekunde auf dem Weg *zum Höhepunkt. Kurz bevor ich den erlösenden Moment erreiche, zieht er sich zurück, hebt meine Beine noch etwas mehr an und dringt in mich ein. Der Seufzer, der meiner Kehle entweicht, kommt aus den tiefsten Abgründen meiner Erregung. Erst langsam, dann immer schneller und schneller bewegt er sich und ich passe mich seinem Rhythmus an. Seine fließenden Bewegungen, sein Stöhnen und das Gefühl, ihn tief in mir zu spüren sind für mich so wundervoll, dass es nicht lange dauert, bis die Muskeln in meinem Innersten zu zucken beginnen und ich unter lautem Stöhnen den Höhepunkt erreiche.*

Nur wenige Sekunden später ergießt er sich laut und heftig in mir. Danach lässt er sich seufzend auf mich sinken und sein schwerer, warmer Körper bedeckt den meinen. Noch immer fühle ich ihn tief in mir. Der Geruch, der mir in diesem Moment in die Nase steigt, ist mir so vertraut, hüllt mich gänzlich ein. Eine Mischung aus Schweiß, Aftershave und Hormonen, die mich schon wieder ganz wild machen. So wie mich alles an diesem Mann ganz wild macht.

»Was hältst du davon, wenn wir jetzt duschen gehen?«, flüstere ich ihm ins Ohr und er hebt seinen Kopf ein wenig an. Dann rollt er sich zur Seite, zieht sich aus mir zurück, blickt mir tief in die Augen und lächelt verschmitzt.

»Was hältst du davon, wenn ich dich erst einmal wieder losbinde?« Ich nicke nur und meine Augen funkeln ihn an. Er weiß genau, dass ich mich revanchieren werde. Wenn nicht sofort, dann doch in absehbarer Zeit. Und der innige Kuss, der folgt, nachdem er mich befreit hat, beweist, dass er nur darauf wartet ...

Schweißgebadet erwache ich aus meinem Traum, der noch so intensiv in mir nachklingt. Was war das denn? Wer war das? Alex? Markus? Ich kann mich nicht an das Gesicht erinnern oder irgendwelche besonderen Merkmale. Ich weiß nur, dass mich das gestrige Gespräch so sehr erregt haben muss, dass ich eben jenen Traum hatte. Seufzend öffne ich die Augen einen Spalt. Wie spät ist es eigentlich und was hat mich geweckt? Ich greife nach meinem Smartphone und versuche die Uhrzeit zu erkennen. Kurz nach sechs

Uhr morgens. Zeit zum Aufstehen. Aus dem unteren Stockwerk dringt munteres Geplapper von Noah an mein Ohr und ich muss schmunzeln. Meine Schwester ist also bereits wach und richtet das Frühstück her. Ob es auch einen Kaffee für mich gibt? Hoffnungsvoll schwinge ich meine Beine aus dem Bett, werfe mir meinen Morgenmantel über und steige in die Hausschuhe. Dann schlurfe ich Richtung Badezimmer.

»Besetzt«, höre ich die Stimme von Robin, nachdem ich die Klinke heruntergedrückt und die Tür verschlossen vorgefunden habe.

»Alles klar. Dann eben erst einen Kaffee«.

»Guten Morgen, Schwesterchen«, empfängt mich Rosa.

»Kaffee?« Ich nicke. »Du sieht aber scheiße aus. Schlecht geschlafen?« Sie stellt mir eine Tasse des heißen Gebräus vor die Nase.

»Och, geht so«, antworte ich ihr ausweichend und nippe an dem Wachmacher. Heiß und stark, mit einem Schuss Milch. So wie ich ihn am liebsten mag, läuft er mir die Kehle hinunter. Intuitiv beschließe ich, ihr nichts von Alex zu erzählen. Mittlerweile bin ich mir nicht einmal mehr sicher, dass ich mich wirklich mit ihm treffen möchte und ob das so eine gute Idee wäre.

»Haben wir dich geweckt?«

»Ja, aber das macht nichts. Ich muss ohnehin heute wieder arbeiten. Nachher werde ich erst einmal meinen Laptop aufbauen und meine Emails checken«, nuschle ich, tief über meine Tasse gebeugt.

»Du kannst dich gerne im Wohnzimmer breit machen«, bietet mir Rosa an, doch ich schüttle den Kopf.

»Nee, lass mal. Ich brauche meine Ruhe beim Arbeiten und will nicht ständig umziehen. Oben, in meinem Zimmer, steht doch ein kleiner Schreibtisch. Dort werde ich es mir gemütlich machen. Dann falle ich euch auch nicht zur Last.« Die Worte, die zwar ehrlich gemeint, aber etwas ruppig rüberkommen, entschärfe ich mit einem schiefen Lächeln.

»Du störst uns nicht, Anja. Das weißt du, oder?« Rosa hat sich mir zugewandt und blickt mich an.

»Na ja, Schwesterherz«, erwidere ich, noch immer grinsend. »Ich weiß, dass Robin froh ist, wenn ich wieder gehe und ihr euren Familienfrieden zurück habt.«

»Ach was.« Rosa stößt einen Pfeiflaut durch die Zähne. »Robin soll sich nicht so anstellen.«

»Bei was soll ich mich nicht anstellen?« Genau in diesem Augenblick geht die Küchentür auf und Robin betritt den Raum. Offenbar hat er die letzten Worte gehört.

»Anja meint, dass sie uns stört«, klärt Rosa ihn auf und erhebt sich. »Guten Morgen, Brummbär. Kaffee?«

»Ja, bitte. Moin, Medusa.« Robin lächelt und küsst seine Frau auf die Wange. »Nein, Anja. Du störst nicht. Du bist schließlich die Tante und kannst mal auf den Krümel aufpassen, wenn meine Frau und ich uns einen netten Abend machen wollen. Stimmt's.«

»Klingt nach einem fairen Deal, Schwager.« Ich grinse ihn an. »Aber sag mal, warum nennst du deine Frau Medusa?«

»Siehst du nicht, wie ihr die Haare zu Berge stehen? Ebenso, wie auf den Bildern von Medusa.« Er lacht schallend und kassiert einen Klaps auf den Oberarm von seiner Frau.

»Das sagt er auch nur morgens zu mir, bevor ich im Bad war.« Rosa zwinkert mir zu. »Ich find's lustig.«

Ausgelassen stimme ich in das Gelächter mit ein. Das tut gut. Meine wirren Gedanken verschwinden nahezu gänzlich und ich lehne mich entspannt auf dem Küchenstuhl zurück. Sind wirklich süß, die zwei. Ob ich irgendwann auch so eine glückliche Ehe führen werde? Mit einem Mann, der für mich Freund, Vertrauter und Liebhaber zugleich ist? Oder sind meine Ansprüche zu hoch?

»So, dann werde ich mich mal in die Arbeit stürzen«, verkünde ich und stehe auf.

»Nimm die Kanne Kaffee mit hoch, Anja. Ich habe dir extra frischen gekocht.« Rosa drückt mir eine Thermoskanne in die Hand.

»Danke«, lächle ich ihr zu, wünsche beiden einen schönen Tag und verlasse die Küche. Wie viel Arbeit wirklich auf mich wartet, erkenne ich, nachdem ich meinen Laptop aufgebaut und hochgefahren habe. Knapp zweihundert Emails laden sich automatisch herunter und seufzend mache ich mich an die Arbeit. Neben einiger Werbung und diversen Spammails entdecke ich auch knapp fünfzig Emails von meinem Chef. Spinnt der? Was soll das? Ich rufe die erste auf und lese mir den Anfangstext durch.

»Hallo Frau Leger. Ich hoffe, der Umzug hat geklappt, Sie sind nun wohlbehalten bei Ihrer Schwester eingezogen und haben den Kopf frei für unser neues Projekt. Wie Sie bestimmt schon gesehen haben, habe ich Ihnen einige Dateien zukommen lassen. Achtundvierzig, um genau zu sein. Wenn Sie die Daten öffnen, sehen Sie, wie mein Vorgänger die Ferienwohnung angeboten hat. Ich muss Ihnen nicht erklären, dass es mir allein beim bloßen Anblick die Nackenhaare aufgestellt hat. Aber überzeugen Sie sich selber. Ihre Aufgabe wird es nun sein, bis Ende des Monats diese Wohnungen aufzusuchen, neue Bilder zu schießen und die Beschreibungen zu ändern. Wir wollen sie schließlich vermieten, nicht wahr? Ich weiß, es ist viel Arbeit, aber ich glaube an Sie. Anbei finden Sie die Adresse des ehemaligen Büros und den Namen desjenigen, der für diese Sauerei verantwortlich ist. Entschuldigen Sie bitte meine Wortwahl, Frau Leger, aber ich bin wirklich aufgebracht. So etwas geht einfach nicht! Deswegen vertraue ich ganz auf Sie und Ihre Hilfe. Bitte melden Sie sich umgehend, sollten Sie noch Fragen haben.
Bis dahin verbleibe ich mit freundlichen Grüßen,
Andreas Meier.«

Ich muss schlucken. Ist der wahnsinnig? Schnell öffne ich eine der besagten Dateien und verstehe auf Anhieb, was er meint. Die Bilder sind grottenschlecht und auch das Exposé, das ich lese, ist alles andere als kundenfreundlich. So hätte selbst ich niemals eine Wohnung dort gebucht. Allerdings bezweifle ich, dass es in knapp drei Wochen zu schaffen ist. Außer, ich beginne sofort mit der Arbeit und vergesse Dinge wie Feierabend, Wochenende und sogar das Treffen mit Alex. Alex ... Seufzend lehne ich mich zurück, greife nach meiner Kaffeetasse und trinke einen Schluck. Vielleicht ist es sogar besser, wenn ich mich nicht mit ihm treffe. Ehrlich gesagt, habe ich die Schnauze voll von Männern, die einen nur verarschen oder ins Bett ziehen wollen. Gut, ich hatte auch meinen Spaß, das kann ich nicht leugnen, doch will ich das wieder haben? Ein Teil von mir will ihn, aber ein anderer ist komplett dagegen.

Gut, dann werde ich mal anfangen. Etwas Zeit zum Überlegen habe ich schließlich noch. Ich wende mich erneut dem Laptop zu. Die Arbeit möge beginnen.

14 – Halloween

Ich stehe vor meinem Kleiderschrank und bin kurz vorm Verzweifeln. Natürlich habe ich nichts zum Anziehen. Fibi sitzt auf meinem Bett und schaut mir zu.

»Nimm doch einfach die schwarze Strumpfhose, ein kurzes, dunkles Kleid und den Hut. Den Rest mache ich dann schon. Genug Farbe habe ich dabei.« Ich drehe mich herum und blicke in ihr grinsendes Gesicht. Stolz zeigt sie auf ihr mitgebrachtes Make-up.

»Du bist schuld, dass ich so im Stress bin«, maule ich in gespielt zickigem Tonfall und ziehe das schwarze, kurze Kleid aus dem Schrank. »Ich habe überhaupt keinen Bock auf diese dusselige Halloweenfeier, Fibi«.

»War doch deine Idee, Herzchen. Du kommst jetzt mit. Oder glaubst du allen ernstes, ich bin umsonst über zwei Stunden mit dem Bus zu dir gefahren?«

»Ist das meine Schuld? Du hättest absagen, mich von meinem blöden Vorhaben abbringen können.«

»Bin ich bescheuert? Ich bin doch froh, dass du angerufen und mir von dieser Party erzählt hast. Endlich, nach drei Wochen. Ich vermisse dich, Anja. Kannst du dir das vorstellen?«

»Och, Fibi«, erwidere ich und setze mich neben sie auf mein Bett. »So schlimm? Ich hatte einfach zu viel zu tun. Das weißt du.«

»Klar weiß ich das. Deswegen habe ich die Strapazen auch auf mich genommen.« Meine Freundin grinst mich schief an. »Unser Chef ist und bleibt ein Sklaventreiber. Das ist nichts Neues. Doch du hast seit deinem Umzug hier her nicht einmal das Haus verlassen.«

»Stimmt nicht, Fibi. Ich war sogar sehr oft unterwegs. Sonst hätte ich auch das Schild nicht bemerkt. Die Bilder der achtundvierzig ...«, ich betone die Zahl ganz besonders, » ... Häuser schießen sich nicht von alleine.«

»So meine ich das nicht, Anja. Ich will nur sagen, dass wir uns in der ganzen Zeit nicht gesehen oder telefoniert haben.« Ich blicke sie an und nicke langsam. Ihre Hand liegt auf meiner und ich muss zugeben, dass sie recht hat. Die letzten drei Wochen waren dermaßen stressig, dass ich nicht einmal zum Nachdenken kam. Das Treffen mit Alex habe ich natürlich abgesagt. Nicht nur, weil ich keine Zeit hatte, mich mit ihm zu treffen, sondern weil es mir schlichtweg falsch vorkam. Bis auf die allabendlichen, kurzen Telefonate mit Oma Hanni hatte ich zu niemandem Kontakt. Hätte Rosa mir nicht immer wieder das Essen aufs Zimmer gebracht, hätte ich sogar das vergessen. Der Auftrag macht mir richtig Spaß. Ich kann meine Vorliebe des Fotografierens und des Schreibens voll ausleben. Wer braucht da schon feste Nahrung oder gar Smalltalk. Jedoch muss ich auch zugeben, dass ich hart an meine Grenzen der Belastbarkeit kam und mich, trotz allem, nun richtig auf die Party freue, zu der mich Fibi abholt.

»Ich weiß ja, was du meinst, Herzchen.« Ich nehme Fibi spontan in den Arm. »Und ich bin ehrlich froh, dass du gekommen bist.«

»Na also«, kichert sie. »Und das mit deinem Outfit werden wir auch noch hinbekommen. Nun zeig mal, was du so hast.« Sie löst sich aus meiner Umarmung, wischt sich verstohlen ein Tränchen aus dem Augenwinkel und tritt an meinen Schrank. Dann zieht sie schwarze Dessous hervor, eine dicke, schwarze Strumpfhose und greift nach dem Hut, der sich auf dem Schrank befindet. Dieser hat eine große, breite Krempe, ist natürlich auch schwarz und perfekt geeignet, um mich, in Kombination mit den anderen Klamotten, in eine Hexe zu verwandeln.

»Hier, zieh das mal an«, fordert sie mich auf und ich folge brav. Bleibt mir ohnehin nichts anderes übrig. »Wie geht es eigentlich deiner Oma Hanni?«, fragt sie, wie beiläufig, während ich mich in die Dessous werfe.

»Na ja, soweit ist sie stabil. Glaube ich. Wie reden nicht mehr über den Tod, seit unserem letzten Treffen. Und sie wollte auch nicht, dass ich sie noch einmal besuchen komme. Auch Rosa oder meinen Eltern hat sie die Besuche untersagt. Sie braucht ihre Ruhe. Zumindest war das ihre Begründung.« Ich hatte Fibi damals von dem Gespräch mit meiner Oma erzählt. Sie hatte nur genickt, gemeint, dass sie Oma Hanni verstehen würde, und dass alte Menschen oft wüssten, wenn ihre Zeit gekommen ist.

»Dann lass sie auch, wenn das ihr Wunsch ist. Wenn sie wirklich weiß, dass sie gehen wird, dann will sie euch den Abschied erleichtern. Glaube ich zumindest.« Fibi klingt ernst und blickt mich direkt an. »Was hat sie noch gesagt?«

»Sie will nicht, dass wir traurig sind, wenn sie weg ist, weil sie sich so sehr auf Opa freut. Sie hat mir erzählt, dass er sie oft in ihren Träumen besucht und sich ebenso auf sie freut.«

»Klingt doch schön, oder?« Fibi lächelt mich zärtlich an und ich habe einen Kloß im Hals.

»Ja, irgendwie beruhigend. Dennoch werde ich traurig sein, wenn es meine Oma nicht mehr gibt. Sie ist so eine starke Lady und hat immer einen Rat für mich. Habe ich dir schon gesagt, dass sie will, dass ich Markus noch eine Chance gebe?« Ich versuche vom Thema abzulenken.

»Nein, hast du nicht. Ehrlich? Na, dann hör doch auf Oma Hanni. Ich bin übrigens der gleichen Meinung. Hast du noch mal was von ihm gehört?«

»Der Herr meldet sich nicht bei mir. Kein Wort, keine Nachricht. Nichts.«

»Und du?«

»Ich? Nee. Er hat schließlich mich sitzen lassen, nicht umgekehrt. Ergo muss er sich melden, nicht ich.«

»Du bist unbelehrbar, Anja«, erwidert Fibi, als sie meine schmollende Miene sieht.

»Bin ich nicht. Ich laufe nur keinem Typen hinterher.« Stimmt nicht. Gar nicht. Wie oft hatte ich bereits das Smartphone in der Hand und wollte ihm eine Nachricht schreiben? Unzählige Nächte habe ich mich in den Schlaf geweint, weil ich ihn so sehr vermisse. Mittlerweile bin ich mir auch sicher, dass der Mann in dem Traum Markus war. Nicht Alex.

»Und wenn er ebenso stur ist wie du, dann seid ihr beide wie die zwei Königskinder, die nie zusammen kommen, weil das Wasser zu tief ist«, philosophiert Fibi und ich muss grinsen.

»Er muss ja nicht übers Meer laufen, sondern nur den Strand entlang«, sage ich. »Was macht eigentlich dein Liebesleben? Gibt's einen Neuen?« Erneut versuche ich das Thema zu wechseln.

»Ach, hör mir auf«, seufzt Fibi genervt und ich merke, dass ich nun ihren wunden Punkt erwischt habe. »Ich hab die Schnauze sowas von voll. Entweder sind die Typen verheiratet oder wollen keine Beziehung. Einem ›normalen‹ Single bin ich noch nie begegnet.« Das Wort ›normal‹ setzt sie in imaginäre Anführungszeichen.

»Ach, und was ist ›normal‹?«

»Einer, der zu mir steht, der mich liebt wie ich bin und nicht nur Sex will. Ich bin doch keine Nymphe.« Ich muss so lachen, dass mir der Bauch wehtut. Fibi, die mich zuerst nur schmollend betrachtet, wie ich in Dessous und halb in meinem Kleid stecke, fängt irgendwann auch an zu kichern und wenig später können wir beide nicht mehr aufhören. Tränen laufen uns über die Wangen und wir halten uns unsere Bäuche. Dieses ausgelassene Lachen löst meine Sorgen zwar nicht gänzlich auf, lässt sie aber in einem anderen Licht erscheinen. In diesem Augenblick nehme ich mir vor, Markus endlich eine Nachricht zu schreiben und ihn um ein Treffen zu bitten. Stolz hin oder her. Der macht mich auch nicht glücklich.

»Wir sind schon zwei besondere Hühner«, presst Fibi hervor, wischt sich über ihre Augen und versucht das Lachen zu unterdrücken.

»Hab dich lieb, du Huhn«, sage ich, krabble auf allen Vieren zu ihr und lege meinen Kopf in ihren Schoss. »Schön, dass du meine Freundin bist, Fiona Bianca Held«, sage ich feierlich und erhalte von ihr spontan einen Klaps auf den Rücken.

»Nenn mich nicht Fiona Bianca. Das darf nur meine

Mutter. Und auch nur dann, wenn ich etwas verbrochen habe.« Erneut überkommt sie eine Welle der Erheiterung und sie beginnt mich zu kitzeln, bis ich quietsche. Wie zwei junge Katzen rollen wir uns auf dem Bett herum. In diesem Augenblick ist die Welt voller Licht, Liebe und Freundschaft. Ich hoffe, dass es noch eine Zeit lang anhält und wir diesen Abend genießen können.

»So, dann wollen wir dich mal schminken, Anja. Hast du irgendeinen besonderen Wunsch?«, fragt Fibi nach einer Weile und grinst mich an. Sie weiß genau, dass ich es hasse, mir Farbe ins Gesicht zu schmieren.

»Lass mich bloß in Ruhe damit. Ich will kein ›gruseliger Geist‹ sein. Hexe langt völlig.« Ich setze meinen schwarzen Hut auf. »Siehst du?«

»Aber ein bisschen Lippenstift und Mascara hat noch keiner Freu geschadet«, versucht sie mich zu überreden und greift bereits in ihre Kiste mit den Utensilien.

»Von mir aus. Ohne lässt du mich eh nicht gehen, oder?« Ich grinse, sie nickt.

»Stimmt. Also komm mal her. Ich brauche schließlich auch noch Zeit, um mich fertig zu machen.« Brav setze ich mich aufs Bett und Fibi beginnt mit ihren Künsten.

»Weißt du eigentlich, warum wir Halloween feiern, Fibi?«

»Weil`s Spaß macht«, ist ihre lapidare Antwort und ich schüttle den Kopf.

»Verdammt, Anja. Halt still. Sonst siehst du aus wie ein Waschbär auf Droge«, schimpft sie mich. »Okay, dann erklär mir mal, warum wir heute Nacht feiern dürfen«, fordert sie mich auf, denn sie weiß, dass ich sonst platzen würde.

»Eigentlich ist es ein Fest der Kelten«, beginne ich ihr mein Wissen mitzuteilen, dass ich erst gestern erworben habe. Robin und Rosa hatten ihren ›gemeinsamen Abend‹ und ich war der Babysitter. Noah war schnell eingeschlafen und ich hatte mich vor den Fernseher gelümmelt, mir eine Flasche Wein geöffnet und Chips gefuttert. Der erste entspannte Abend seit langem. Normalerweise wäre diese Doku nicht meine bevorzugte Sendung gewesen, doch irgendwas hatte mich daran gehindert umzuschalten. Also hatte ich mir alles gemerkt und war nun stolz, mein Wissen Fibi aufs Auge drücken zu können. »Damals war der Tag vor Allerheiligen das Ende des keltischen Jahres. Die Menschen glaubten, dass nur an diesem Tag das Reich der Toten mit dem der Lebenden verschmelzen kann und die Toten sich lebende Seele suchen, um unsterblich zu werden. Um von den Geistern des Jenseits nicht erkannt zu werden, verkleideten sich die Menschen und versuchten so die Toten zu vertreiben. Je gruseliger, desto besser.«

»Aha«, nuschelt Fibi, während sie mir den Lidstrich zieht. »Und warum willst du dich dann nicht ordentlich schminken lassen?«

»Weil ich daran nicht glaube, Fibi«, erwidere ich. »Ich hoffe sogar, dass mir vielleicht der ein oder andere Tote begegnet und mir sagt, wie es im Jenseits ist.«

»Ha, ha, sehr witzig. Du hast 'nen Knall, Anja. Das weißt du, oder?« Fibi kichert und ich brumme zustimmend. Nicken darf ich ja nicht.

»Klar weiß ich das. Deswegen bist du auch meine beste Freundin, Fiona.« Den Schlag auf den Oberarm, der meine Worte begleitet, nehme ich schmunzelnd hin.

»Wenn du mich noch einmal Fiona nennst, dann ist Schluss mit Freundschaft, blöde Kuh.« Sie grinst. »So, fertig, euer Gnaden. Mehr Hexe geht nicht.«

»Danke.« Ich stehe auf und betrachte mich im Spiegel. Hat sie wirklich super hinbekommen.

»Na, gefällst du dir?«, fragt sie hoffnungsvoll.

»Och ja, geht schon«, witzle ich. »Besser wird mein Gesicht nicht. Die dunklen Ränder um die Augen vom Schlafmangel machen sich allerdings wirklich gut.«

»Ja, finde ich auch. Das nächste Mal gehst du ganz einfach als Geist. Dauert auch nicht so lange. Bettlaken über den Kopf und gut ist.« Wir lachen schallend und ich drücke ihr vorsichtig ein Küsschen auf die Wange.

»Hast du fantastisch gemacht«, gebe ich zu. »Nun zu

dir. Was willst du machen?« Fibi kramt, auf mein Stichwort hin, in ihrer Tasche, zieht das Smartphone heraus und zeigt mir ein Bild aus dem Internet, das sie sich gespeichert hat.

»So in etwa, habe ich es mir vorgestellt.«

»Wow. Na, da hast du aber noch einiges zu tun«, gebe ich zu bedenken. »Fang an. Derweilen hole ich uns eine Flasche Sekt, wenn du magst. Bisschen vorglühen schadet nicht.«

»Logo. Klaus kommt auch erst in …«, sie wirft erneut einen Blick auf ihr Telefon, um die Uhrzeit abzulesen, »… ungefähr einer Stunde. Er hat mir versprochen uns mitzunehmen. Ist ja nicht so weit. Gut, dass du mittlerweile hier wohnst.«

»Ich würde eher sagen: gut, dass die Party, zu der wir gehen, im Nachbarort ist. Wusste gar nicht, dass es auf dem Land auch Feierwütige gibt.«

Nur durch Zufall hatte ich die Vorankündigung gelesen, die als großes, weißes Schild am Rande der Bundesstraße aufgebaut worden war und Fibi spontan angerufen. Natürlich war sie sofort Feuer und Flamme gewesen, hatte mich überredet, mit ihr hinzugehen und angekündigt, danach bei mir zu nächtigen. Ohne langes Zögern hatte ich gestern zugesagt. Und nun sitzen wir hier und ich kann nicht mehr zurück. Eigentlich hasse ich Halloween. Warum ich Fibi trotzdem angerufen habe, kann ich beim besten Willen nicht mehr sagen. Vielleicht, weil das mein letzter Auftrag war an diesem Tag und ich endlich mal wieder mit meiner besten Freundin feiern gehen will. Dass es ausgerechnet zu so einer ›Gruselfeier‹ sein muss, habe ich nicht bedacht.

15 – Gruselige Überraschung

»Danke, Klaus für`s Mitnehmen«, sage ich, mich vom Rücksitz des kleinen Wagens hievend.

»Keine Ursache, Mädels. Man sieht sich.« Er zwinkert uns zu und ich hoffe, dass es nicht so kommen wird. Klaus ist ein neuer Arbeitskollege von Fibi, knapp fünfzig Jahre alt und Single. Warum er keine Frau oder Freundin hat, wundert mich nicht. Er ist ein waschechter Nerd, verbringt die meiste Zeit in seinem Büro, ernährt sich vermutlich hauptsächlich von Junk-Food und kennt das Tageslicht offenbar nur aus Erzählungen. Es grenzt beinahe an ein Wunder, dass er auch zu dieser Party geht. Ob er sich Hoffnungen bei Fibi macht? Mich gruselt es allein bei der Vorstellung. Sollte es so sein, und er wirklich Chancen bei ihr haben, müsste ich ein ernstes Wörtchen mit ihr reden. Plötzlich fängt Fibi hemmungslos an zu kichern und kann kaum aufhören. Habe ich meine Gedanken laut ausgesprochen oder warum bricht sie hier schier zusammen?

»Fibi?«, frage ich neugierig. »Würdest du mich auch an deiner Heiterkeit teilhaben lassen? Fibi! Menno! Habe ich was verpasst?« Ich halte sie zurück, bevor wir die Scheune betreten, die für diesen Abend so gruselig geschmückt wurde, dass ich nur staunen kann.

»Anja ... ich ... ich habe gerade ...«, japst Fibi und Tränen stehen in ihren Augen. Das schöne Make-up.

»Was`n los? Will auch lachen.« Fibi holt einige Male tief Atem und beruhigt sich langsam.

»Ich musste da gerade an eine Begebenheit denken, die mir als Kind passiert ist«, presst sie hervor.

»Erzähl schon!«

»Also gut. Hör zu. Damals war ich ungefähr vierzehn Jahre alt und hatte einen Bruder namens Jason. Also den Bruder habe ich immer noch, aber ...« Sie beginnt schon wieder zu gackern.

»Ja, schon kapiert. Weiter.«

»Also damals war er acht und wir waren zusammen mit einigen seiner Freunde auf dem Spielplatz. Irgendwann an einem Maitag. Es war warm und sonnig, die Bienen summten und ...«
»Och, Fibi. Ich will nicht deine ganze Lebensgeschichte hören. Komm zum Punkt.«
»Hey, das sage ich doch sonst zu dir immer, Anja.« Jetzt kann auch ich mir ein Lächeln nicht verkneifen. Stimmt auffallend. »Gut, ich mache es kurz. Wir waren also draußen und Jason starrte plötzlich auf die Rückenlehne einer Holzbank. Er konnte seinen Blick gar nicht mehr abwenden. Also bin ich hin und hab geschaut, was es denn da so Wichtiges zu sehen gibt. Und, ob du`s glaubst oder nicht ... wir starrten auf zwei Marienkäfer, die es heftig miteinander trieben.« Erneut lacht sie laut auf, beruhigt sich dann aber. »Schade, dass es damals noch keine Handykameras gab. Ich hätte es zu gerne gefilmt.« Verstehe ich gut.
»Und weiter?«
»Jedenfalls fragte mich dann mein Bruder, was die da machen. Tja, was sagt man da, als große Schwester? Anlügen wollte ich ihn nicht, aber für die Aufklärung war eindeutig Mama zuständig.« Ich nicke. »Ich habe ihm dann erklärt, dass sie heftig kuscheln und schmusen, damit irgendwann Babys entstehen. Klar, pädagogisch nicht wertvoll, aber was soll ich machen.« Mittlerweile grinse auch ich über das ganze Gesicht.
»Sehr geil, Fibi.«
»Ach warte, geht ja noch weiter. Ich habe ihn dann von dem Geschehen abgelenkt und er ging wieder spielen. Irgendwann später sah ich ihn, wie er mit einem Stock auf den Boden trommelt. Natürlich ging ich hin und fragte, was er da macht. Er hat mich mit großen Augen angestarrt und gesagt, dass die Käfer schon wieder »Kuscheln« und er nicht will, dass kleine Babys entstehen.«
»Wow. Na, der war ja nachhaltig beeindruckt.« Ich kichere bereits.
»Ja, war er. Und als er größer war und seine erste Freundin hatte, habe ich ihn damit aufgezogen. Ich

musste nur mit dem Kochlöffel auf die Tischplatte klopfen, damit er heiße Ohren bekam.« Erneut bahnt sich ein helles Lachen über ihre Lippen. »Und nun ... stell dir mal den Klaus vor ... wie er ... auf dem Rücken wie ein Käfer ... und wir beiden mit dem Stock ...« Gut, das war`s. Jetzt laufen auch mir die Tränen über die Wangen und ich muss meinen Bauch festhalten. Ich stelle mir das bildlich vor und kann kaum noch atmen. Fibi ergeht es ebenso. Wir klammern uns aneinander fest und japsen nach Luft. Erst einige Minuten später, als wir uns wieder beruhigt haben, schaffen wir es, uns aufzurichten.

»Boah, Fibi, wie fies. Du weißt schon, dass ich dieses Bild nie wieder aus meinem Kopf bekomme, oder?«

»Klar weiß ich das. Du wolltest es hören. Also, Süße, denk an mich, wenn das nächste Mal ein Käfer japsend an deinen Hintern stößt.« Erneut überkommt uns ein Lachflash. Ich liebe meine Freundin sehr. Morgen habe ich bestimmt Muskelkater im Bauch. Besser als Fitnessstudio, ehrlich. Was würde ich nur ohne dieses verrückte Huhn machen. Bei ihr ist selbst das Kopfkino ein Hollywoodfilm.

»Nun komm schon, Anja. Lass uns endlich da rein gehen. Ich habe Durst. Oder willst du hier festwachsen?« Fibi hängt sich bei mir unter und gemeinsam betreten wir die alte Scheune, die für diesen Abend geschmückt wurde. Überall sehe ich leuchtende Kürbisse, mehr oder weniger gruselig verkleidete Menschen, die sich an der langen Theke tummeln oder auf der großen Fläche vor dem DJ-Pult zu basslastiger Musik tanzen und beeindruckend echte Spinnweben, die in den Ecken angebracht sind. Die Veranstalter haben sich richtig Mühe gegeben und ich staune nicht schlecht, als ich neben Fibi an die Bar trete und die Drinks sehe, die auf dem Tresen stehen. Der Barkeeper versteht sein Handwerk. Von giftgrün über leuchtend orange ist alles dabei. Aus manchen Gläsern steigt sogar Rauch auf.

»Was ist das denn?« Fibi zuckt nur mit den Schultern.

»Keine Ahnung. Sieht aber gut aus, oder? Willst du so einen haben?« Entsetzt schüttle ich den Kopf, sodass mein Hut beinahe herunterfällt.

»Ganz bestimmt nicht. Wer weiß, was die da reinmischen. Ich glaube, ich bleibe bei Sekt. Oder Bier. Da weiß ich wenigstens was drin ist.«

»Nun sei keine Spielverderberin.« Fibi beugt sich über den Tresen und bestellt zwei ›blutige Maries‹.

»Hier«, sagt sie wenig später und drückt mir ein Glas mit rotem Inhalt in die Hand. »Ist nur Lebensmittelfarbe, also keine Angst.« Sie kichert wie eine Hexe. Ich greife trotzdem zu. Dann stoßen wir auf einen schönen Abend an.

»Siehst du das Skelett da vorne«, raunt sie mir ins Ohr und zeigt mit dem Kopf auf einen Mann, in ein gruseliges, hautenges Kostüm gehüllt, der von fünf Frauen belagert wird.

»Klar. Der ist schließlich nicht zu übersehen. Ist wie eine Splatter-Szene im Fernsehen. Es ist so scheußlich, doch du kannst nicht wegsehen.«

»Irre, was? Entweder, der hat seine Fanbase bereits mitgebracht oder das Kostüm ist so eng, das man sein bestes Stück sehen kann.« Fibi kichert und wackelt mit ihren schwarz gefärbten Augenbrauen. »Komm, lass uns mal checken, ob ich mit meiner Theorie recht habe«. Sie schiebt ihren Arm unter meinen und zieht mich mit sich. Gut, ich muss ehrlich zugeben, dass ich auch neugierig bin und so lasse ich mich nur zu gerne von ihr führen. Langsam schleichen wir uns, in gebührendem Abstand, um die Menschentraube herum und ich erstarre, als ich den Mann erkenne, der sich dort so anbiedert. Nein, nicht auf Grund seiner hervorstechenden Männlichkeit, die man wirklich durch den hautengen Anzug bestens sehen kann, sondern wegen seinem markanten Gesicht. Alex! Was zum Teufel macht der denn hier? Zufall oder Schicksal? Die Frage stellt sich in meinem Leben nicht zum ersten Mal.

»Siehst du das, was ich auch sehe?«, schreit Fibi mir beinahe hysterisch ins Ohr, da wir uns in der Nähe der riesigen Boxen befinden, und fängt lauthals an zu lachen. »Ich glaub`s ja nicht. Wie geil ist das denn? Wenn das mal kein Wink des Schicksals ist, Anja. Geh` hin und ...«

»Aber ganz bestimmt nicht«, schreie ich ebenso laut zurück. Ich kann meine eigenen Worte kaum verstehen. Kunststück, wir stehen nun direkt vor einem der großen Lautsprecher.

»Warum nicht?«

»Weil ich keinen Bock auf diesen Typen mehr habe, Fibi«. Gut, das stimmt nicht ganz. Es ist noch nicht lange her, da hätte ich mich in diesem Augenblick an ihn herangeschlichen und ihn für mich beansprucht. Meine Schmetterlinge im Magen tanzen und meine Hände sind feucht. Wie gehabt. Ich weiß nicht, warum dieser Typ so eine Wirkung auf mich hat. Ob es was mit Magie oder einfach mit Hormonen zu tun hat, ist mir schlichtweg schleierhaft. Doch mein gesunder Menschenverstand – hatte ich den jemals? - hält mich davon ab. Und natürlich meine innere Stimme. Ich kann beinahe fühlen, wie sie den Kopf schüttelt.

»Lass uns gehen!«, brülle ich, doch genau in diesem Augenblick wird die Musik schlagartig leiser und meine Stimme ist weithin zu hören. Super Timing, Anja, ganz toll. Ich stöhne auf, als sich das Skelett, oder besser gesagt Alex, zu mir herumdreht. Seine blauen Augen mustern mich und nur einen Sekundenbruchteil später glimmt Erkennen in ihnen auf.

»So, Ladies, ich muss mal eben jemanden begrüßen«, höre ich seine alkoholisierte, dunkle Stimme und er setzt sich in Bewegung.

»Aber du kommst doch wieder, oder?«, höre ich die piepsige Stimme einer seiner ›Fans‹ und mir wird übel. Meinen Gedanken an Flucht kann ich vergessen. Da muss ich jetzt durch.

»Da musst du jetzt durch, Anja«, sagt Fibi, als hätte sie meine Gedanken gelesen und drückt aufmunternd meinen Arm. »Ich gehe mal eben rüber an die Theke. Wenn was ist, dann schrei.« Sie kichert, wohlwissend, dass sie mich bei diesem Lärm, der mittlerweile wieder herrscht, niemals hören würde.

»Danke, Freundin«, raune ich ihr sarkastisch zu.

»Nichts zu danken. See you, Baby.« Ihr Kichern hallt in meinen Ohren wider.

»Hey, Anja, Baby. Nice. Du siehst super aus. So als Hexe, meine ich. Ich habe dich echt vermisst«, lallt Alex, sich breitbeinig vor mir aufbauend und ich bemerke unwillkürlich, dass sein Kostüm wirklich so eng sitzt, dass man seinen riesigen Schwanz sehen kann. Ich kenne seine Größe ganz genau und weiß, dass er nicht mit einer Banane oder einem zusammengerollten Taschentuch nachgeholfen hat.

»Hi, Alex. Was machst du hier?«, stelle ich die dümmste aller möglichen Fragen. Doch ich will es schließlich wissen. Normal ist das nicht, dass er ausgerechnet heute hier auftaucht. Mitten auf dem Land, so viele Kilometer von der Großstadt entfernt.

»Geil, was? Hätte nie gehofft, dich hier zu treffen. Muss wohl Schicksal sein.« Er grinst mich schief an und sein alkoholisierter Atem schlägt mir entgegen. »Ein Kumpel hat mich eingeladen. Er wollte mal sehen, wie die Ladies vom Land so feiern. Die sollen nicht so zickig sein, wie die bei uns in der Stadt. Stimmt das?« Er grinst noch etwas breiter, bevor sich seine Miene schlagartig verdunkelt. Fast so, als hätte jemand das Licht ausgeknipst. »Außerdem hatte ich keine Lust, Emma über den Weg zu laufen.«

»Emma? Warum nicht?« Noch so eine dämliche Frage. Ich kenne die Antwort doch ganz genau, verdammt.

»Weil die Alte abgehauen ist. Weißt du doch, Anja-Baby. Mit diesem Ökifutzi.« Stimmt, hatte er mir neulich geschrieben. »Aber weißt du, was der Hammer ist?« Ich schüttle den Kopf. Woher soll ich das wissen?

»Nein! Was?«

»Lass uns verschwinden, ist mir hier zu laut. Dann erzähl ich es dir.« Ist das nun ein Trick, um mich in einer dunklen Ecke zu verführen? Will ich das denn? Erneut zerren Verstand, Verlangen und mein Herz an

160

meinen Gedanken und ich stöhne innerlich auf. Noch bevor einer von den dreien die Oberhand gewinnt, hakt er sich bei mir unter und zieht mich mit sich. Damit wäre die Sache wohl klar.

Wenige Augenblicke später sitzen wir auf zwei Heuballen in einer ruhigeren Ecke des Raumes. Alex hat unterwegs noch zwei Pappbecher Whisky besorgt und drückt mir nun einen in die Hand.

»Das einzige, was man hier saufen kann. Diese roten Cocktails sind echt scheußlich.« Ich muss ihm recht geben. Nebeneinander hocken wir nun da, beobachten die Menschen und das Schweigen zwischen uns ist beinahe greifbar. Was wird das hier?

»Also, dann erzähl mal von Emma«, beginne ich das Gespräch und nippe an meinem Plastikbecher. Absoluter Stilbruch, dieses Getränk aus so einem Gefäß zu trinken und nicht aus einem dicken Glas, doch ich versteh nur zu gut, dass sie hier keine Gläser verwenden. Erstens wäre der Aufwand die Dinger wieder einzusammeln horrend und zweitens ist die Verletzungsgefahr so deutlich reduziert.

»Was soll ich sagen?« Alex seufzt auf, schüttet den Inhalt seines Bechers in einem Zug hinunter und blickt weiter in die Ferne. Seine Gedanken scheinen bei Emma zu sein und ich kann beinahe körperlich spüren, wie sehr er sie vermisst.

»Wie ist das alles passiert?« Seine Fassade, die er normalerweise so gut zur Schau stellt, bricht in diesem Augenblick zusammen. Ebenso wie sein Körper. Wie ein Häufchen Elend kauert er nun neben mir, das Gesicht in den Händen vergraben und seine Schultern zucken. Weint er? Alex? Ein dicker Kloß macht sich in meinem Hals breit und ich weiß nicht, wie ich damit umgehen soll. Wo ist der starke Typ hin, der mich normalerweise in einer dunklen Ecke um den Verstand gevögelt hätte. Hat Emma sein Herz gebrochen?

»Weißt du, Anja«, beginnt er leise und ich habe Mühe ihn zu verstehen. »Emma hat mir auf unserer Hochzeitsreise erzählt, dass sie mit dem Typen geschlafen hat. Nur wegen des Kindes, hat sie gemeint. Sie hat mir auch erklärt, dass ich nicht zeugungsfähig bin.« Er schnieft hörbar, hebt seinen Kopf und blickt mich mit verquollenen Augen an. »Sie hat gesagt, dass ich nur mit heißer Luft schieße und sie sich doch so sehr ein Baby wünscht.«

Uff. Das ist hart. Das kann sie doch nicht sagen. Innerlich schüttle ich über Emma den Kopf.

»Ja, das hat sie mir erzählt«, gebe ich zu, doch Alex hört meine Worte scheinbar nicht, denn er fährt fort, ohne darauf einzugehen. »Und dann habe ich ihr eine Ohrfeige gegeben. Anja, glaube mir, ich wollte das nicht!« Nun schreit er beinahe und ich zucke erschrocken zusammen.

»Du hast Emma geschlagen?«, frage ich entgeistert.

»Ja. Aber nur ein einziges Mal. Glaube mir, Anja. Und ich bereue es zutiefst. Doch sie hat mir in diesem Augenblick meine Männlichkeit genommen. Verstehst du?« Ich nicke langsam.

»Sie hat gesagt, ich sei nur eine ›Luftpumpe‹.« Das letzte Wort sagt er so gekränkt, dass ich mir ein Lachen nur mühsam verkneifen kann. Ach Emma, was hast du getan?

»Verstehst du, Anja? Sie hat mich als Schlappschwanz dargestellt!«

»Hmm.«

»Danach hat sie mich am Strand stehen lassen, irgendwas von Scheidung gebrüllt und dass sie sich das nicht gefallen lässt und ist zurück ins Hotelzimmer gerannt. Ich kam gerade noch rechtzeitig, um zu sehen, dass sie die Koffer gepackt hat und abhauen wollte.«

Oha. Dramatisch.

»Und du hast sie nicht zurückgehalten?«

»Doch. Ich habe es wirklich versucht. Glaube mir. Ich habe ihr gesagt, dass sie das Baby nicht abtreiben lassen müsste, obwohl es von einem fremden Mann ist, dass sie es behalten könne. Doch sie hat mir nicht zugehört. Da habe ich sie am Arm gepackt und ...« Ich bin komplett schockiert.

»Alex? Das ist nicht dein Ernst, oder? Das hast du so

nicht getan.«

»Doch. Und dann habe ich ... ach, scheiße, Anja. Ich habe Mist gebaut. Totaler Blackout, verstehst du? Ich habe sie aufs Bett geworfen und sie ... also, ich wollte ihr zeigen, dass ich sehr wohl in der Lage bin ...«

»Alex!« Nun brülle ich seinen Namen, springe auf und stelle mich vor ihn. »Du willst mir nicht sagen, dass du sie vergewaltigt hast, oder?« Sein Schweigen und das Schluchzen sind mir Antwort genug. Ich kann es nicht fassen. Vollkommen entgeistert lasse ich mich auf dem Boden nieder, der Schmutz und die Kälte sind mir in diesem Augenblick egal, und schütte den Whisky in mich hinein. Das Brennen in meiner Speiseröhre vertreibt den Kloß nur mühsam.

»Und nun hat sie ihr Baby verloren«, nuschelt er mit tränenerstickter Stimme und mir wird schlecht. Was soll ich darauf sagen? Dass er der größte Arsch ist, den ich kenne? Vielleicht wäre das sinnvoll. Einfach aufstehen und gehen? Auch das wäre nachvollziehbar. Doch ich kann mich nicht bewegen und bleibe einfach hocken. Tausend Gedanken schwirren durch meinen Kopf, doch ich kann keinen von ihnen greifen.

»Was soll ich nun machen?« Alex blickt mich an.

»Was du machen sollst? Fragst du mich das jetzt wirklich?«

»Ja. Ich brauche deine Hilfe, Anja-Baby.« Und nun reicht es. Das letzte ›Anja-Baby‹ war eindeutig zu viel. Ich springe hoch, baue mich vor ihm auf und mein Gesicht ist wutverzerrt.

»Alex! Du bist der größte Arsch, den ich kenne. Der mieseste und hinterhältigste Typ der Welt. Nicht nur, dass du deine Verlobte monatelang mit mir betrogen hast, nein, du hattest noch weitere ›Fickhäschen‹. Du hast Emma benutzt, hintergangen und gedemütigt. Und dann wirfst du ihr auch noch vor, dass sie sich selber um ihr Kind kümmert, das ihr so viel bedeutet ...«

»Aber sie hat mich auch betrogen«, wirft Alex schnaubend dazwischen.

»Ja, aber auch nur deswegen, weil sie dieses Baby

wollte, verdammt. Das war keine Liebe! Das war nur ein Deal. Sie wollte dir nicht sagen, dass du es nicht bringst. Sie hat dich trotzdem geheiratet und ...«

»Aber sie hat gesagt, ich bin ein Schlappschwanz!« Nun ist Alex auch aufgesprungen und steht mir schwankend gegenüber. Sein Gesicht ist ebenso wutverzerrt wie meines.

»Das bist du auch!«, schießt es unbedacht aus mir heraus und ich warte beinahe darauf, dass ich nun auch eine Ohrfeige von ihm bekomme. Oder Schlimmeres. Doch nichts passiert. Sekundenlang starrt er mir in die Augen. Sein Körper ist zum Zerreißen gespannt und seine Hände zu Fäusten geballt.

»Ach, leck mich! Ihr Weiber seid doch alle gleich! Erst einem die große Liebe vorspielen und dann mit dem Nächstbesten ins Bett springen.«

Ich bin so perplex, dass ich keine Worte finde. Wie konnte ich diesen Typen nur jemals gut finden? »Ich bin froh, dass ich deinem Markus die Augen geöffnet habe. Der war echt verknallt in dich, weißt du? Jetzt nicht mehr. Gut so.«

»Du hast was?« Was hat er eben gesagt? Ich verstehe kein Wort. Was hat Markus damit zu tun?

»Tja, Anja-Baby«, sagt Alex, richtet sich zu seiner ganzen Größe auf und von der Aggressivität ist nichts mehr übrig. Eher wirkt er auf mich wie eine bösartige Schlange. Seine Augen funkeln und Speichel läuft ihm über das Kinn. »Ich habe deinen Markus getroffen. Im Krankenhaus. Bei Emmas Fehlgeburt. Da habe ich ihm gesagt, dass er dich vergessen kann und du nun wieder mit mir fickst. Geil, was? Er hat es auch sofort geglaubt. Dieser Idiot. Geschieht euch ganz recht! Das war meine Rache für die Demütigung am Strand, damals. Du erinnerst dich?« Sein schiefes Lächeln ist so hinterhältig, dass sich mir mein Magen umdreht. Das hätte ich niemals von ihm gedacht. Ich habe ihn wirklich gemocht.

»Das hast du nicht ...?!«, stottere ich mit schwerer Zunge und halte mit Mühe meine Galle zurück, die mir in diesem Augenblick die Speiseröhre hinaufschießt.

»Oh doch, Anja-Baby. Das habe ich. Und ich bereue es nicht. Auch nicht, dass ich Emma geschlagen und missbraucht habe. Auch nicht, dass sie ihr Baby verloren hat und ...« ›Batsch‹ macht es, als meine flache Hand auf seiner Wange landet. Ich kann es nicht verhindern. Noch nie in meinem Leben habe ich jemanden geschlagen. Doch dieser Typ vor mir lässt mich meine Hemmungen und meinen Anstand vergessen. Wie besessen prügle ich auf ihn ein. Mein Knie landet in seinen Weichteilen, mein Ellenbogen auf seinem Rücken. Wie ein Taschenmesser klappt er zusammen und bleibt liegen.

»Du Arschloch, du Drecksack, du Wichser!«, brülle ich unaufhörlich. »Du hast Emma doch gar nicht verdient! Du bist das Allerletzte!« Ich stehe mit geballten Fäusten vor ihm und Tränen rinnen an meinen Wangen hinunter. »Steh auf, du Wichser!«, schreie ich, doch Alex reagiert nicht. Ich sehe nur seinen Rücken. Seine Schultern beginnen zu zucken. Weint er?

»Ach, Anja-Baby. War das alles? Meinst du wirklich, deine kindischen Schläge könnten mich verletzten?« Er hat sich herumgedreht und sitzt nun auf dem Boden. Mit einem schmerzverzerrten Lächeln blickt er zu mir hoch. Ich hätte nicht übel Lust, ihn noch einmal in sein Gesicht zu treten. Meine hochhackigen Schuhe würden einen tollen Abdruck hinterlassen. Doch soweit kommt es nicht. In genau diesem Augenblick schlingen sich zwei Arme um meine Hüfte und Fibi zerrt mich aus seiner Reichweite.

»Anja, lass es. Der Arsch ist es nicht wert«, flüstert sie mir ins Ohr und hält mich ganz fest. Mein Herz rast und das Adrenalin lässt mich zittern.

»Aber er hat ...«, beginne ich mit bebender Stimme, doch sie unterbricht mich.

»Ich weiß. Habe es gehört. Komm mit, Anja. Er wird seine Strafe noch erhalten. Glaube mir. Doch nicht von dir. Lass uns gehen.«

Ich verstehe nicht, wie Fibi so ruhig bleiben kann.

Kapiert sie denn nicht, dass Alex ein unschuldiges Kind getötet hat? Kapiert sie nicht, was für ein Arschloch er ist?

Wenig später stehen wir an der Bar, halten beide einen Drink in der Hand und meine Hände zittern noch immer. Wortlos hat mich Fibi hierher geschleift und uns etwas Starkes zu trinken bestellt.

»Setz dich.« Fibi schiebt mir einen Hocker unter den Hintern. »Bevor du mir zusammenbrichst.« Und sie hat recht. Meine Knie schlackern und mir ist kotzübel.

»Danke, Fibi«, presse ich mühsam heraus und sie streicht mir zärtlich über meinen Arm.

»Alex ist ein Schwein. Ich kam gerade um die Ecke, als er dir das mit Emma erzählt hat. Hab dich gesucht, mir Sorgen gemacht. Zu Recht, wie sich herausstellte«, beantwortet sie meine stumme Frage, warum sie plötzlich da war.

»Oh ja.« Ich schütte den Whisky in mich hinein. Das brauche ich jetzt. Der scharfe Alkohol beruhigt meine flatternden Nerven und ich atme mehrere Male tief durch. Noch immer kann ich nicht wirklich begreifen, was ich gerade erfahren habe. Wie konnte ich mich nur so sehr in diesem Mann täuschen? Vor einem knappen Jahr war er noch mein Held, hat mich vor Florian beschützt. Und nun soll er zum Mörder geworden sein? Emma tut mir so unendlich leid. Ich nehme mir vor, sie baldmöglichst anzurufen und mich nach ihrem Zustand zu erkundigen. Doch was mich noch viel mehr irritiert, ist die Aussage bezüglich Markus. Was hat er damit gemeint? Was hat er ihm gesagt?

»Ich muss dringend mit Markus reden«, sage ich zu Fibi und will aufspringen. »Er muss wissen, dass Alex Lügen verbreitet. Er muss … er soll ...«

»Ja, mach das, Anja. Aber nicht mehr heute. Ich glaube, wir sollten jetzt einfach nach Hause gehen. Es ist wirklich genug passiert. Schlaf dich aus, komm runter und dann ruf Markus an. In deinem jetzigen Zustand bringt das nichts.« Fibi hat recht. Wie so oft. Ich muss erst einmal mit mir selber klar kommen und meine

Gedanken sortieren.

»Okay«, nicke ich. »Doch nach Hause zu Rosa will ich noch nicht. Ich könnte nun ohnehin nicht schlafen. Lass mich ein bisschen runterkommen und dann fahren wir, einverstanden?«

»Was hast du vor, Anja?«

»Ich werde jetzt kurz ans Meer gehen und … keine Ahnung. Abschalten. Bin in einer halben Stunde wieder da.«

»Ja, mach das, Anja.« Fibi nimmt mich spontan in den Arm. Ihre Berührung tut mir unheimlich gut, lässt jedoch auch meine Tränen wieder fließen. Ich will hier nur weg. Langsam löse ich mich aus ihrer Umarmung, stehe schwankend auf und atme tief durch.

»Aber nimm deinen Mantel mit, Herzchen. Den habe ich vorhin zur Garderobe gebracht. Hier ist der Zettel.« Fibi drückt mir den Abholschein in meine kalte Hand und nickt mir zu. »Pass auf dich auf. Bis gleich«, flüstert sie mir ins Ohr und drückt mir einen Kuss auf die Wange. Ich bedanke mich mit einem schiefen Lächeln.

16 – Abschied

Kurze Zeit später stehe ich am Strand und blicke auf die dunklen Wellen. In der Ferne blinkt das Licht eines Leuchtturms und ein kühler Wind weht das Gelächter einiger Feiernden herüber. Der Weg war nicht weit. Hier am Strand geht es mir sofort besser. Ich betrachte die blinkenden Sterne über mir und kann sogar den ›Großen Wagen‹ erkennen. Zum Glück ist es eine außergewöhnlich warme Nacht. So um die zehn Grad schätze ich. Dennoch ziehe ich meinen dicken Mantel fester um mich. Mit den hohen Schuhen ist es wirklich schwer durch den Sand zu laufen und so beschließe ich, mich auf die nächste Bank zu setzen. Auch von hier aus habe ich einen schönen Blick über das tiefschwarze Wasser. Ganz langsam beruhigt sich meine Seele, und die Verspannung in meinem Magen löst sich etwas. Ich lasse meine Gedanken fließen. Warum hat Alex sich so sehr verändert? Was ist nur mit ihm geschehen? Ich kann das alles nicht begreifen. Aber muss ich das denn? Es ist nicht mehr mein Problem. Zumindest dann nicht, wenn ich es nicht zu meinem mache. Er war lange Zeit ein wichtiger Teil meines Lebens. Doch nun ist diese Phase endgültig vorbei. Das habe ich zwar schon mehrmals gedacht, doch heute habe ich sein wahres Gesicht gesehen. Ob das an Halloween liegt oder am Alkohol ist mir im Moment ziemlich egal. Ich muss endlich aufhören, in der Vergangenheit zu leben. Irgendwer sagte mal, dass wir nur die schönen Momente im Gedächtnis behalten. Das war auch bei Alex so. Wie gerne erinnerte ich mich an unser erstes Mal in Emmas Küche an Silvester. Das ist nun beinahe ein Jahr her und so vieles ist dazwischen geschehen. Er hat mich vor Florian in Schutz genommen und mir seine Freundschaft angeboten. Doch was ist diese Freundschaft wert? Gar nichts. In Gedanken spucke ich dieses Wort aus. Er hat nicht nur mich verletzt, sondern auch die Frau, die er vorgab so innig zu lieben. Ein tiefer Seufzer dringt aus meiner Kehle. Ich will nicht mehr über ihn nachdenken. Die Vergangenheit begrabe ich genau heute und hier. An diesem Strand. Die Zukunft ist wichtiger. Vielleicht eine Zukunft mit Markus? Mein Herz macht einen kleinen Hüpfer, als ich an ihn denke. Er ist so vollkommen anders als Alex. Er hat mir damals Zeit gegeben, mich für die Beziehung zu entscheiden, war nicht nur auf Sex aus. Auch wenn dieser fantastisch war. Ich merke, wie sich ein kleines Lächeln auf meine Lippen schleicht. Was ist nur passiert, dass wir uns so aus den Augen verloren haben? Warum hat er mich in München sitzen lassen und sich danach nicht mehr gemeldet? Lag das wirklich nur an Alex? War ich ihm nicht einen Anruf wert? Mein Kopf schmerzt und ich presse die Hände gegen meine Schläfen. Eine bleierne Müdigkeit macht sich plötzlich in meinen Gliedern breit und ich wünsche mir in diesem Augenblick nichts mehr, als in meinem warmen Bett zu liegen, die Decke über den Kopf zu ziehen und zu schlafen. Die Sterne, die ich noch bis eben gesehen habe, sind komplett verschwunden und Nebel zieht über das Wasser heran. Ich beginne am ganzen Körper zu zittern. Was ist das? Warum ist es plötzlich so kalt? Ich versuche aufzustehen, doch irgendetwas hält mich davon ab.

»Bleib noch ein Weilchen«, vernehme ich plötzlich eine weibliche Stimme neben mir und erschrocken drehe ich mich herum.

»Wer sind Sie?«, frage ich die Frau, die sich neben mir auf der Bank niedergelassen hat und aufs Meer blickt. Sie ist vollkommen in Weiß gehüllt. Selbst ihre Haare und ihr Gesicht haben keine Farbe. Oder bilde ich mir das alles nur ein? Was, zum Teufel, passiert hier? Einerseits will ich schreiend weglaufen, da mir diese Person Angst einjagt, andererseits hält mich irgendwas davon ab, mich auch nur einen Millimeter zu bewegen.

»Hab keine Angst, kleine Anja«, sagt die Stimme in weichem Tonfall und wendet mir nun ihr Gesicht zu. Ich blicke in wundervolle, blaue Augen, die ich sogar bei dieser Dunkelheit erkennen kann. Sie scheinen von innen heraus zu leuchten.

»Woher kennen Sie meinen Namen?« Natürlich habe ich Angst. Und wie.

»Erkennst du mich nicht, Kind? Ich bin es, Oma Hanni.«

»Wenn das ein übler Scherz sein soll, dann finde ich den nicht lustig.« Was ist das hier? Ein böser Traum?

»Ja, ein Traum ist das schon. Oder zumindest etwas Ähnliches.« Die Dame lächelt mich liebevoll an. Hat sie meine Gedanken gelesen? Ich beginne am ganzen Leib zu zittern. Panik! Doch dann legt mir die Frau, die ungefähr so alt wie ich zu sein scheint, eine Hand auf meinen Arm und augenblicklich beruhige ich mich. Eine unglaubliche Wärme macht sich in meinen Adern breit und tiefer Frieden erfüllt mich. Ein unbeschreibliches Gefühl.

»Oma Hanni? Aber wie …?« Gut, das ist ein Traum. Mein Traum. Ich sitze auf einer Bank am Meer und träume. Was auch sonst.

»Habe keine Angst, Liebes. Ich will dich nicht erschrecken. Ich will es dir erklären, so gut ich kann. Ich … also ich ... Hast du eine Frage?«

»Eine?« Ich lache auf. »Jede Menge. Doch die wichtigste zuerst: Meine Oma Hanni ist alt und krank, liegt in einem Altenheim und sitzt nicht als junge Frau neben mir. Wie kommen Sie darauf …?«

»Anja, Liebes. Beruhige dich. Ich bin es wirklich. Ich bin tot.«

»Ja nee, ist klar.« Erneut will ich aufspringen. Keine Chance.

»Deine Schwester wird es dir nachher erzählen, wenn du nach Hause kommst. Ich bin vor einiger Zeit ganz friedlich eingeschlafen. Endlich. Dein Opa hat mich abgeholt und ...«

»Was machst du dann hier? Wo ist Opa?« Tränen schießen mir in die Augen und ich spüre tief in mir, dass diese Frau die Wahrheit sagt. Mein Widerstand wird von Sekunde zu Sekunde kleiner und ich sacke in mich zusammen.

»Ich wollte noch nicht mit ihm gehen. Jedenfalls nicht heute Nacht. Du weißt, dass heute an Halloween der Schleier zwischen den Welten so dünn ist, dass manche Geister den Weg zurück in die Realität schaffen?« Ich nicke. Hatte ich das nicht vorhin erst Fibi erklärt und mir gewünscht, dass ich einen Geist treffe? Na super. So viel zum Thema ›Wunscherfüllung‹. »Du bist mein kluges Mädchen, Anja. Du hast viel mehr Wissen in dir, als dir bewusst ist. Du musst es nur endlich zulassen und deinem Herzen vertrauen.« Die weiße Frau, Oma Hanni, nimmt mich in die Arme und ich spüre eine Mischung aus Kälte und Herzenswärme, die so eigentlich unmöglich ist.

»Aber warum bist du so jung?«

Oma lacht. »Weil ich in diesem Alter deinen Opa kennen und lieben gelernt habe. Ich wollte einfach noch einmal jung sein. Zumindest für diese eine Nacht. Und ich kann dir sagen, dass es sich wirklich fantastisch anfühlt. Ich habe keine Schmerzen mehr, Anja. Das ist so wunderbar.« Ich nicke wieder. »Ich wollte dich noch ein letztes Mal sehen, dich berühren und dir sagen, dass es mir jetzt so gut geht, wie schon lange nicht mehr. Bitte, sei nicht traurig, Anja-Kind.«

»Aber Oma! Wie soll das gehen? Ich vermisse dich jetzt schon, obwohl du noch hier bist.«

»Ich weiß, mein Herz. Und das ist auch ganz normal, dass du Zeit zum Trauern brauchst. Doch bitte nicht zu lange.« Sie lächelt mich an und streicht mir eine Haarsträhne aus dem Gesicht. Noch immer ist es vollkommen still um uns herum. Der Nebel verschluckt offenbar jeden Laut. »Natürlich darfst du trauern, musst es sogar. Doch wenn ich dir ein Zeichen gebe, dann lasse mich los, okay? Ich kann nicht gehen, wenn du mich hier gedanklich festhältst. Das weiß ich aber auch erst, seitdem mir dein Opa das erklärt hat.«

»Wie meinst du das?«

»Es ist schön, wenn du an mich denkst. An die schönen Momente deiner Kindheit, an die Weisheiten die ich dir versucht habe beizubringen oder auch an mein lächelndes Gesicht. Doch nicht mit Trauer im Herzen.

Sei glücklich, dass wir so viele Jahre auf dieser Erde miteinander verbringen konnten. Ich werde irgendwo auf meiner Wolke sitzen und dich beobachten.« Erneut lacht Oma Hanni. »Schöner Gedanke, oder? Ob es wirklich so sein wird, das kann ich dir jetzt nicht sagen. Aber ich werde da sein, wenn deine Zeit vorüber ist. In vielen Jahren. Dann werde ich deine Hand nehmen und dich in die Ewigkeit begleiten. Bis dahin lass mich mal sehen, was man dort alles anstellen kann und ob die Engelchen wirklich so nett sind, wie man uns hier immer weismachen will.« Nun schleicht sich auch ein Schmunzeln auf meine Lippen.

»Ach, Oma Hanni. Wie werde ich dich und deine Sprüche vermissen.«

»Lege dir eigene Sprüche zu, die du deinen Kindern weitergeben kannst.«

»Aber ich weiß doch nicht einmal, ob ich überhaupt Kinder haben werden.«

»Wirst du. Zwei Stück.«

»Echt?« Ich richte mich ruckartig auf. »Woher weißt du das? Mit wem?« Oma Hanni lacht erneut und ich habe das Gefühl, dass sie noch ein wenig durchsichtiger geworden ist.

»Ich weiß es einfach, Liebes. Vertraue deiner alten Oma. Und gib deinem Markus eine zweite Chance. Er liebt dich wirklich. Ich weiß es jetzt ganz genau. Bereinige deine Vergangenheit und sei bereit für die Zukunft. Das ist alles, was ich dir noch sagen kann. Ich muss jetzt wirklich gehen. Wir werden uns noch ein letztes Mal sehen, Kind. Wenn es soweit ist, wirst du es wissen. Dann lasse mich gehen. Versprich mir das!«

»Ja, ich verspreche es dir.« In diesem Augenblick ist mir bewusst, dass sie die Wahrheit sagt. Ich weiß jetzt genau, was zu tun ist.

»Ich liebe dich, mein Kind.« Oma Hanni ist nur noch ein weißer Schatten neben mir. Plötzlich fühle ich etwas Hartes in meiner Hand. Als ich meine Augen senke, um zu sehen, was das ist, erkenne ich eine goldene Kette mit einem Anhänger. Oma Hannis Kette. Ich kenne sie genau. Immer hatte sie diese getragen und nur zum Duschen abgelegt. Ich streiche zärtlich mit der Fingerkuppe meiner linken Hand über den Marienkopf und spüre die Tränen über meine Wangen rinnen.

»Vergiss deine Versprechen nicht, Kind«, höre ich ihre Stimme in meinem Kopf und schluchze auf. Oma Hanni ist tot. Ich weiß es.

»Anja! Da bist du ja. Mensch Mädchen. Kurz hast du gesagt. Jetzt ist es bereits nach Mitternacht. Wo warst du denn?« Fibis Stimme dringt an mein Ohr und ich blicke auf. Der Nebel hat sich zurückgezogen und ich bin ebenfalls zurück in der Realität. Was war das eben? Wirklich ein Traum? Nein. Ich fühle die Kette in meiner Hand und spüre die Tränen auf meinen Wangen. Fibi hat mich erreicht und setzt sich neben mich auf die Bank. Auch sie spürt, dass ein besonderer Zauber in der Luft liegt, denn sie sagt kein Wort, blickt nur mit mir hinaus aufs Meer.

»Oma Hanni ist heute Nacht gestorben«, flüstere ich irgendwann und sie dreht ihren Kopf zu mir.

»Woher weißt du das?«

»Sie war gerade hier und hat es mir gesagt.«

»Magst du darüber reden, Anja?«

»Ja.« Eigentlich hätte ich wissen müssen, dass Fibi mich nicht auslacht, wenn ich so etwas sage und doch bin ich erstaunt. Jeder andere hätte mich für bescheuert gehalten. Leise beginne ich ihr alles zu erzählen, woran ich mich erinnern kann und zeige ihr zum Abschluss die Kette. Ohne ein Wort nimmt mich Fibi in den Arm und wiegt mich sanft hin und her. Ich liebe sie wirklich.

Flieg kleine Seele,
fliege dahin -
auch wenn ich ohne dich
sehr einsam bin.

Lass die Schmerzen
nun einfach gehen -
ich schau in den Himmel
dort werd ich dich sehen.

Du fliegst wie ein Licht
in dunkler Nacht
und leicht wie ein Engel
der über mich wacht.

Flieg kleine Seele,
gehe voran
und irgendwann später
folg ich dir dann.

17 – Ode an die Freude

Die folgende Woche war eine der schlimmsten, die ich bis dahin erlebt habe. ›Wenn eine Liebe zerbricht, ist das wie ein kleiner Tod‹, habe ich mal irgendwo gelesen. Jetzt lernte ich den ›großen Tod‹ kennen. Ich war so froh, dass Fibi in dieser Nacht bei mir geblieben ist, neben mir in Bett lag und mich getröstet hat. Rosa war noch wach, als ich heimkam und saß tränenüberströmt auf dem Sofa. Um kurz nach Mitternacht, also ungefähr zur gleichen Zeit, als Oma Hanni mich besuchte, hatte Rosa den Anruf unserer Mutter erhalten. Oma Hanni war an einer Lungenentzündung gestorben, die man zu spät erkannt hatte. Genau um 22:22 Uhr hatte sie ihren letzten Atemzug getätigt, wie die Schwester unserer Mutter erklärte. Meine Eltern waren sofort in die Klinik gefahren und konnten Oma noch ein letztes Mal sehen. »Sie sah sehr friedlich aus«, bestätigte Mama.
»Jetzt ist sie endlich bei Opa«, hatte ich Rosa zugeflüstert und diese hatte nur genickt. Am nächsten Morgen riefen wir bei einem Bestattungsunternehmen an und regelten alles, was es zu beachten gab. Oma Hanni hatte vorgesorgt. Das Grab war bezahlt, ebenso wie die gesamte Beerdigung. Oma hatte bestimmt, in welchem Sarg sie in der Erde ruhen wollte, welche Blumen diesen schmücken sollten und auch die Lieder bestimmt, die auf der Beisetzung laufen würden. Nur das Sterbebildchen mussten wir noch vorbereiten. Am letzten Besuchstag hatte ich ein schönes Bild von ihr geschossen, das wir nun verwendeten. Außerdem brachte meine Mutter ein Testament mit, das Oma bereits vor einigen Wochen verfasst hatte. Die Erbfolge war klar geregelt. Rosa, Mama und ich bekamen je ein Drittel des Geldes, das vom Hausverkauf übrig geblieben war. Ebenso wurde ihr Schmuck aufgeteilt und die restlichen Wertgegenstände. Mir war das alles ziemlich egal. Ich hatte ihre Kette, die ich nie im Leben

mehr hergeben und als Erinnerung tragen würde. Fibi stand mir zur Seite, so gut es ging und wir telefonierten stundenlang. Teilweise heulte ich mich bei ihr aus, teilweise musste sie mich zum Lachen bringen. Ich zwang sie regelrecht dazu. Es war ihr nur recht.

»Deine Oma Hanni hat nicht gewollt, dass du so traurig bist«, bestätigte sie mir immer wieder, wenn ich daran zweifelte, ob es gut war, jetzt schon wieder über so belanglose Themen wie Arbeit und Liebesleben zu diskutieren. »Du musst dich ablenken, sonst wirst du bekloppt, Anja.« Ablenken? Ja, sicher. Doch wollte ich das? Wollte ich mich nicht lieber dem Schmerz hingeben? Aber wäre das nicht sehr egoistisch? Natürlich vermisste ich sie. Jede Sekunde des Tages. Aber Oma hatte mir bestätigt, dass sie es jetzt besser hatte und glücklich war. Dann sollte ich mich mit ihr freuen, oder? Warum war das Leben nur so kompliziert? Fibi versuchte mich nach bestem Wissen und Gewissen abzulenken und erzählte mir von ihrem neuesten Internetflirt. Ich schaffte es tatsächlich zu lächeln. Zumindest ein oder zwei Mal.

Heute ist die Beerdigung. Sechs Tage nach ihrem letzten Atemzug wird sie um elf Uhr zu ihrer Ruhestätte geleitet und hat endlich ihren Frieden. Ich stehe vor dem Sarg und blicke auf den geschlossenen Deckel. Viel kann ich nicht sehen, denn meine Tränen verschleiern mir die Sicht. Ich kann einfach nicht aufhören zu weinen. Kurz denke ich an Markus. Es wäre jetzt so schön, wenn er hier wäre und meine Hand halten würde. Doch er ist nicht hier, weiß vermutlich nicht einmal, dass Oma Hanni gegangen ist und wie dunkel die Welt um mich herum gerade scheint. Meine Eltern stehen neben mir. Mama erträgt alles, soweit möglich, mit Fassung. So viele Menschen sind gekommen, die ich nicht einmal kenne und sprechen uns ihr Beileid aus. Ich schüttle Hände, nicke und versichere, dass es mir gut geht. Was für ein Witz! Wie soll es mir gut gehen? Meine Oma ist weg. Weg für immer. Am liebsten würde ich es ihnen ins Gesicht brüllen, doch ich weiß, sie würden mich nicht verstehen. Also starre ich nur geradeaus. Lächeln schaffe ich wirklich nicht. Es ist, als wären meine Gesichtsmuskeln festgefroren. Doch irgendwie prallt das auch alles an mir ab. Ich stehe neben mir, lasse das ganze Theater über mich ergehen und heule mir an Fibis Seite die Augen aus. Kann mir beinahe zusehen, wie Fibi mich am Arm greift und mich langsam Richtung Aussegnungshalle zerrt.

»Komm, wir müssen rein.« Ich setze mich neben sie auf einen Stuhl in der ersten Reihe. Meine Mutter sitzt auf der anderen Seite und wir halten uns an den Händen. Geben uns gegenseitig Halt, um nicht komplett in der Dunkelheit zu versinken. Vor uns, leicht erhöht auf einem Podest, steht nun der Sarg. Die Halle ist riesig. Plötzlich beginnen die ersten Töne der ›Ode an die Freude‹ und ich schluchze auf. Eine Szene, die noch nicht so lange her ist, schießt mir in den Sinn. Damals war ich bei Oma Hanni im Krankenhaus. Sie saß auf ihrem Bett und ich stand auf dem Balkon. Meine Mutter war damals auch dabei.

»Sag mal, Kind«, begann Oma Hanni irgendwann. »Kannst du dich noch erinnern, wie wir die ›Ode an die Freude‹ immer gemeinsam gesungen haben?« Ich lächelte und nickte.

»Natürlich. Auch kann ich mich daran erinnern, wie du in deinem Wohnzimmer standest und zu den Klängen aus der voll aufgedrehten Stereoanlage dirigiert hast.« Sie lachte auf.

»Oh ja, das war wundervoll, Kind.« Spontan sang ich, auf dem Balkon stehend, die Zeilen, die mir so tief in die Seele gebrannt waren. Oma Hanni blickte mich an und ich sah die Tränen in ihren Augen. Dieser Augenblick war irgendwie magisch. Hätte ich nur damals schon gewusst, was ich heute weiß. Doch zu diesem Zeitpunkt wusste niemand, was die Zukunft brachte. Oder doch. Vielleicht ahnte es Oma Hanni.

»Alte Menschen wissen, wann ihre Zeit gekommen ist, Anja-Kind«, sagte sie mal zu mir, doch ich nahm es nicht wirklich wahr. Erst jetzt, in diesem Augenblick, in dem ich auf den Sarg starre und alles wie ein Film an mir vorüber läuft, erinnere ich mich. Eine Gänsehaut nach der anderen überzieht meinen Rücken, meine Arme, meine Kopfhaut. Und plötzlich wird es magisch. Ich kann Oma Hanni sehen, wie sie, als weiße Frau, über den Sarg schwebt und zu den Klängen der Hymne dirigiert. Natürlich sehe ich sie nicht wirklich mit den Augen, doch mit meiner Seele. Sie lächelt glücklich.

»Vergiss deine Versprechen nicht«, höre ich ihre Stimme irgendwo in meinem Kopf und meine Tränen versiegen. Ich höre einfach auf zu weinen. Als die letzten Töne verklingen, schwebt Oma Hanni nach oben, durch die Decke und … ist verschwunden. Ich kann es nicht besser erklären. Will ich auch nicht. Es ist ein Gefühl der Wärme, das tief in meinem Inneren ein kleines Licht entzündet hat und für immer bleiben wird. So, wie Oma Hanni immer in mir bleiben wird, solange ich lebe.

Der Sarg wird von vier schwarz gekleideten Männern aus der Halle getragen und wir gehen hinterher zum Grab. Welche Worte der Pfarrer für Oma spricht, verstehe ich nicht. Ich ruhe tief in mir. Keine weitere Träne rollt über meine Wangen. Am Rande bemerke ich, wie meine Tante beinahe vor dem Grab zusammenbricht und von ihren Töchtern gestützt werden muss. Ich habe nicht viel Kontakt zu ihr, fühle mich nicht dazu in der Lage sie zu stützen. Meine Mutter hingegen hält sich wirklich tapfer. Doch ich weiß, dass sie weinen wird, wenn sie alleine zu Hause ist, nach dem ›Leichenschmaus‹, zu dem wir nun gehen. Ich habe nie verstanden, warum man sich nach so einer traurigen Veranstaltung noch zusammensetzen muss, um gemeinsam Kuchen und Kaffee zu sich zu nehmen. Nach ungezwungener Plauderei ist mir wirklich nicht zumute. Doch meine Eltern bestehen darauf, weil ›es sich ebenso gehört‹. Kurz bevor ich als Vorletzte die hölzernen Türen der nahegelegenen Gaststätte öffne, drehe ich mich noch einmal herum. Warum kann ich nicht sagen. Nur so ein Gefühl. Fibi ist hinter mir, doch ich blicke an ihr vorbei. »Ist das Markus da hinten?« Meine Stimme ist so leise, dass Fibi sie nur mit Mühe verstehen kann.

»Wo?« Sie hat mich gehört und dreht sich nun auch herum. Doch der Schatten, den ich zu sehen geglaubt habe, ist hinter einer Baumgruppe verschwunden.

18 – Auf dem Weihnachtsmarkt

Die Wochen fliegen dahin und ich mit ihnen. Mal wieder ist es kurz vor Weihnachten und ich wohne noch immer bei Rosa. Ich weiß, dass ich nur geduldet bin, dass mich meine Schwester allerdings niemals auf die Straße setzen würde. Dennoch ist das kein Dauerzustand. Ich suche im Internet nach Wohnungen, habe Fibi gebeten, die Augen offen zu halten und auch mein Chef weiß, dass ich eine neue Unterkunft brauche. Irgendwo am Meer. Doch ist das viel leichter gesagt als getan. Die Objekte, die unser Immobilienbüro anbietet, sind mir zu teuer. Oder zu groß. Oder beides. Es ist wie verhext. Mehrere Male habe ich bereits Oma Hanni um Hilfe gebeten. Dämlich, ich weiß. Was soll meine Oma im Himmel hier ausrichten? Wir Menschen sind komisch. Glauben nicht an Gott oder Ähnliches, doch in ausweglosen Situationen fangen wir an zu beten. Ich bilde da keine Ausnahme.

»Gib deine Suche an das Universum ab und lass los. Du weißt doch, was ich immer sage.« Fibi sitzt neben mir auf meinem Bett und ich klappe den Deckel meines Laptops zu.

»Alles kommt, wie es kommen soll. Think pink. Ja, Fibi, ich weiß. Aber manchmal ist das eben nicht so leicht.«

»Wer hat gesagt, dass das leicht ist?« Ich seufze auf.

»Niemand, schon klar.«

»Eben, und nun mach dich fertig. Ich will endlich auf den Markt, bevor der ganze Glühwein weg ist.« Sie kichert verhalten. Fibi ist extra den weiten Weg zu mir gekommen, um mich aus meiner ›Vereinsamung‹ zu retten.

»Aber ich habe ehrlich keine Lust auf Spaß und gute Laune, Herzi. Lass uns doch einfach hier bleiben und ...«

»Nein, Anja. Ich verstehe dich und deine Trauer.

Glaube mir. Habe ich alles auch schon durch. Doch nach über einem Monat kannst du mal wieder unter Leute. Du verkriechst dich hinter deinem Computer, bearbeitest Daten und lässt niemanden an dich ran. Heute ist der dritte Advent und wir waren noch nicht einmal auf einem Markt.«

»Muss ich auch nicht haben, Fibi.« Ich weiß ihre Bemühungen wirklich zu schätzen, doch kann ich einfach nicht über meinen Schatten springen.

»Papperlapapp. Auf jetzt. Zieh dich warm an und lass uns dahin. Wenn es dir nicht gefällt, dann können wir ja wieder gehen.«

»Dann können wir auch gleich hier bleiben. Ich weiß, dass ich eine Spaßbremse sein werde und du keine Freude mit mir hast.«

»Ja, und? Ich will einen Glühwein. Das ist alles. Und wehe, den verwehrst du mir.« Ich muss trotz allem lächeln. Fibi kann dermaßen hartnäckig sein, dass ich einfach nicht anders kann, als mich stöhnend von meinem Bett zu erheben.

»Also gut, du Nervensäge. Aber nur einen Glühwein und dann gehen wir wieder.«

»Und eine Bratwurst.«

»Übertreib nicht gleich so, Fibi.« Schmunzelnd steht auch meine Freundin auf, nimmt mich kurz in den Arm und gibt mir dann einen Klaps auf den Po.

»Los jetzt. Ist schon kurz vor fünf.«

»Warum hast du es denn so eilig? Der Markt hat doch bis acht Uhr geöffnet.«

»Das wirst du dann schon sehen«, grinst Fibi breit und ich seufze erneut auf. Fibi und ihre Überraschungen. Wenn ich sie nicht so lieben würde …

»Sag mal, Fibi«, beginne ich, als wir zwischen den festlich geschmückten Buden hindurch schlendern. Es riecht nach gebrannten Mandeln, Zuckerwatte, Glühwein und Bratwurst. Überall brennen Lichter und ein besonderer Zauber liegt über dem Ganzen. Mir ist zwar nicht wirklich nach Weihnachten, denn Oma Hanni fehlt mir extrem, doch ich kann mich der

Anziehung nicht widersetzen. Ich weiß, dass meine Oma das begrüßen würde, könnte sie mich jetzt lächelnd über den Markt spazieren sehen. Aber sie kann es nicht. Wird es nie wieder können. Oder doch? Meine leise Stimme im Hinterkopf flüstert mir zu. *Unsere Oma lebt in uns. Sie will, dass wir glücklich sind. Also tun wir ihr diesen Gefallen. Sei das Licht und erhelle die Welt. Du hast ein Versprechen gegeben, also halte dich daran.* Wann meine innere Stimme so vernünftig geworden ist, kann ich nicht sagen. Sie meldet sich nur noch selten zu Wort. Bis vor wenigen Monaten war das ganz anders. *Ich weiß es doch*, flüstere ich ihr in Gedanken zu. *Dann fang an!* Noch einmal seufze ich auf und hebe meinen Kopf. Also gut. Dann versuche ich eben wieder zu lächeln. Vielleicht geht es mir dann auch wieder besser. *So ist richtig. Lass uns Lächeln.*

»Was wolltest du wissen, Anja?« Fibi unterbricht meine Gedanken und ich blicke sie fragend an. Ja, was eigentlich?

»Ach so, stimmt. Sag, wie läuft es denn zur Zeit mit deinen Männern? Gibt es etwas, das ich wissen sollte?« In meiner Stimme schwingt ehrliches Interesse mit. Nicht so, wie in den vergangenen Wochen, als Fibi mir ihre Geschichten erzählte. Zu dem Zeitpunkt dienten sie lediglich der Ablenkung und zogen wie Wattewolken an mir vorbei. Nett zu hören, aber nicht greifbar.

»Hey, Süße. Willst du wirklich meine neueste Geschichte hören? Interessiert sie dich?« Fibi klingt erstaunt, dreht mich zu sich herum und blickt mir in die Augen. In ihren kann ich das Flackern des Feuers erkennen, das zu unseren Füßen in einer Schale brennt.

»Sei das Licht und erhelle die Welt«, flüstere ich. »Auch wenn es vielleicht nur ein mickriges Teelicht ist, das in mir brennt.«

»Oh, Anja! Ich freue mich so. Ich werde dir helfen aus diesem Teelicht das Strahlen einer 500 Watt Birne zu machen, okay?« Ich muss über ihre Worte schmunzeln.

»Ja. Aber langsam. Überfordere mich nicht. Langt schon, dass ich es versuchen will.«

»Ja. Versuchen wir es.« Sie lässt mich los, ergreift meine Hand und zieht mich hinter sich her zu einem Glühweinstand. »Das erhellt von innen«, zwinkert sie mir zu und ich lächle. Das erste, echte Lächeln seit über einem Monat.

»Also gut, was genau soll ich dir erzählen«, beginnt Fibi, als wir mit unseren Tassen in der Hand an einem kleinen Tisch stehen und vorsichtig an der Feuerzangenbowle nippen. Meine letzte habe ich an Silvester vor einem Jahr getrunken. Wie sehr sich meine Welt doch verändert hat, ich mich verändert habe. Irgendwie bin ich erwachsener geworden. Zumindest sagt das Rosa. Ich verdränge die Gedanken an Alex, die unweigerlich hochkommen. Noch immer habe ich mich nicht bei Emma gemeldet, nehme mir aber vor, das nachzuholen. Ganz bald. Sie hat ebenfalls einen Menschen verloren. Auch wenn ich nicht nachvollziehen kann, wie es ist, schwanger zu sein und dann das kleine Würmchen auch noch zu verlieren.
»Anja? Wo bist du wieder mit deinen Gedanken?« Fibi schnippt mit den Fingern vor meinem Gesicht herum und ich zucke zusammen.
»Bin da. Wie war deine Frage?« Fibi lacht.
»Du wolltest von meiner neuesten Errungenschaft wissen, Herzi.« Ach ja, genau. Ich nicke und wende mich ihr ganz zu.
»Schieß los«, fordere ich sie auf.
»Vor knapp zwei Monaten war ich bei einer Wahrsagerin.« Jetzt muss ich lachen.
»Du?«
»Ha! Na endlich. Sie lacht wieder.« Ups, stimmt. Es kam aus meinem Innersten und fühlte sich sehr gut an. Vielleicht bin ich wirklich auf dem Weg zurück ins Licht.
»Ja, ja.« Ich winke ab. »Erzähl weiter.«
»Okay. Also sie sagte, dass mir der Mann meiner Träume bald über den Weg laufen wird. Ich muss nur die Augen offen halten. Und ich kenne ihn bereits, weiß aber noch nicht, dass er mein Schicksal ist.«

»Hmm. Das klingt ja sehr vage.«

»Jepp, das dachte ich auch. Ich habe meine Augen immer offen, Anja. Du kennst mich. Na, jedenfalls konnte ich damit nichts anfangen, bis ...« Sie grinst so breit, dass ich bereits ahne, dass sie Amors Pfeil durchbohrt hat.

»Bis was?«

»Du kannst dich noch an Cornelia erinnern?«

»Sicher. Mit ihr waren wir doch in der Disco. Dort habe ich den Gutschein gewonnen, der irgendwie mein Schicksal gelenkt hat.« Damals ahnte ich nicht einmal, wozu dieser Ausflug gut gewesen war. Kurz darauf war ich mit Markus zusammengekommen. Hach ja, Markus.

»Genau. Und mit ihr war ich auf einem Speed-Dating.« Fibi kichert, als sie meine großen Augen sieht. »Was denn? Irgendwie muss ich doch Männer außerhalb des Internets kennenlernen. Man sagt, dass es sich innerhalb von sieben Sekunden entscheidet, ob Menschen sich sympathisch sind und zusammen passen.« Ach ja. Na dann.

»Und? Hast du dort deinen Traummann gefunden?«

»Nee.«

»Wie, nee?« Ich bin baff. Warum erzählt sie mir das dann?

»Aber auf dem Heimweg.« Fibi grinst so breit, dass ich befürchte, sie verschluckt gleich ihre Glühweintasse. Mitsamt Inhalt.

»Herrgott Fibi. Nun lass dir doch nicht jedes Wort aus der Nase ziehen.«

»Ja, schon gut, Miss Ungeduld. Noch `nen Glüh?« Ich nicke, sie besorgt uns zwei frische Getränke und fährt wenig später fort: »Also, wir waren natürlich sehr aufgedreht nach dieser Aktion. Dass kannst du dir vorstellen.« Jepp, kann ich. »Deshalb sind wir lachend und schwatzend in die S-Bahn gestiegen, um noch etwas Trinken zu gehen. Und da war er dann. Rick.« Ich stutze. Den wichtigsten Teil hat sie verschluckt, oder habe ich was verpasst?

»Wo war der?«

»In der S-Bahn, Anja. Wo sonst.« Klar ... wo sonst. Warum frag ich nur? Gespielt genervt verdrehe ich die Augen und Fibi lacht erneut. »Ernsthaft. Er saß in der Bahn, wir haben uns gesehen und es hat sofort gefunkt. Blickkontakt, sieben Sekunden ... du verstehst?«

»Hmm. Und weiter?«

»Wir haben uns die ganze Fahrt über Blicke zugeworfen. Heimlich natürlich.« Natürlich ... »Und als wir ausgestiegen sind, kam er uns hinterher. Wir haben uns vorgestellt und gingen dann gemeinsam in eine Bar. Dort haben wir die ganze Nacht lang Darts gespielt, gelacht, getanzt und getrunken. Kurz vor dem Morgengrauen nahm ich ihn mit nach Hause. Das war einer der schönsten und romantischsten Spaziergänge, die ich je erlebt habe. Die Sterne über uns, die Lichter der Straßenlaternen um uns herum und Rick neben mir. Die Stadt erwachte gerade zu neuem Leben und ich ... ja, ich auch. Er hat mir die Augen geöffnet. Irgendwie.« Sie kichert. Dachte, ihre Augen seien bereits offen gewesen? »Neue Liebe, neues Leben, oder so ähnlich. Du kennst den Schlager? Ja, und jetzt sind wir zusammen.« Oha. Meine Augen müssen handtellergroß sein.

»Einfach so?«

»Jepp, einfach so. Ich will es jetzt wissen, Anja. Ich habe mich von allen Plattformen im Internet abgemeldet. Und er auch.«

»Und wann war das? Wie lange geht das schon? Warum hast du mir nichts gesagt?« Jeden Kram hat mir Fibi erzählt, doch das Wichtigste nicht? Warum?

»Das war kurz nach der Beerdigung deiner Oma. Ich wollte dir nichts sagen, weil ... einfach, weil ich es für falsch hielt. Erstens wollte ich erst testen, ob Rick nicht auch wieder nur ein Strohfeuer ist. Und zweitens wollte ich dich nicht mit meinem ›Liebesglück‹ belasten.«

»Aber du hast mir doch von deinen Flirts erzählt?« Ich bin erstaunt. »War das alles gelogen?«

»Nein. Das war alles vorher gewesen. Nach dieser

Nacht gab es nur noch Rick. Die anderen Dates waren unwichtig geworden.« Ach, deshalb hatte sie so emotionslos davon erzählen können. Wird mir das auch klar.

»Und? Wie ist er? Wieder ein Strohfeuer?«

»Oh nein! Er ist göttlich.« Oha. Doch so schlimm?

»Bedeutet?«

»Bedeutet, dass er alles für mich macht. Neulich ist er extra hundert Kilometer Umweg gefahren, um mich zehn Minuten zu sehen. Süß, gell?« Ich nicke. Ja, sehr. »Wir telefonieren stundenlang und es kommt mir vor, als wären es nur Minuten. Wir essen gemeinsam von einem Teller und ich ekle mich nicht davor.« Das ist wirklich erstaunlich! Normalerweise hasst sie solche Aktionen. Nicht mal bei mir macht sie da eine Ausnahme. »Ich denke ständig nur an ihn und vermisse ihn, wie niemanden vorher.« Uff. Meine Freundin hat`s echt erwischt. Ich freue mich ehrlich für sie. Auch wenn sich ein kleiner Stich der Eifersucht in meinem Magen breitmacht. Sie hat ihre Heimat gefunden. Und ich? Ich habe Markus einfach so gehen lassen. Wegen was genau? Wegen einem Missverständnis. Ganz bestimmt. Ich kann mir doch unsere Liebe nicht nur eingebildet haben. Augen öffnen, sagte Fibis Wahrsagerin. Vielleicht sollte ICH mal mein Herz öffnen und meinen beschissenen Stolz über Bord werfen, verdammt. *Na endlich. Wird ja auch Zeit.* Meine innere Stimme seufzt auf. Aus einem inneren Reflex heraus, ziehe ich mein Smartphone aus der Tasche.

»Weißt du was, Fibi? Ich rufe Markus jetzt einfach an. Ich glaube, es ist an der Zeit.« Bilde ich mir das ein, oder sieht Fibi erschrocken aus.

»Und? Was willst du ihm sagen? Meinst du nicht, dass es besser wäre, wenn ihr euch live sehen würdet? Auge in Auge, sozusagen?«

»Ja, sicher. Aber dazu muss ich ihn erst einmal anrufen und mich mit ihm verabreden.« Ich blicke auf mein Display. Was ist das denn? Ich weiß genau, dass ich mein Handy vorhin aufgeladen habe. Jetzt zeigt der

Akku nur noch mickrige zwanzig Prozent. Wenn ich jetzt telefoniere, dann bricht die Verbindung nach zehn Sekunden ab. Scheiß Technik. Es ist einfach zu kalt! Da macht mein Akku regelmäßig schlapp. Warum nur habe ich den mobilen Akku nicht mitgenommen? Seufzend stecke ich es wieder ein. Dieses Mal jedoch in die Innentasche meines Mantels. Dort ist es etwas wärmer. Vielleicht erholt sich der Akku wieder und ich kann mein Vorhaben später in die Tat umsetzen. Spätestens jedoch, wenn ich wieder zu Hause bin. Das nehme ich mir fest vor. Schluss mit Kindergarten. Ich will meine große Liebe zurück! Wenn er es nur auch will. Wenn es nicht zu spät ist.

Es ist wirklich wunderschön hier. Wir stehen mittlerweile nahe der kleinen Bühne. Die haben sogar Liveauftritte von Bands. Im Augenblick singen die Männer eines Seemannschors. Ich mag diese Art von Musik. Ebenso, wie ich das Meer liebe. Es ist einfach ein Stück Heimat für mich, das ich ganz tief in meinem Herzen trage. Insgeheim bin ich Fibi wirklich dankbar, dass sie mich hierher geschleppt hat. Zwischen all den lachenden Menschen kann ich meine Sorgen … nein, nicht vergessen. Aber sie erscheinen mir etwas weniger dunkel. Ich sollte mir noch ein Geschenk für Fibi überlegen. Sie liebt Weihnachten wie ein kleines Kind. Hatte sie mir neulich mal erzählt.
»Was wünschst du dir eigentlich von mir zu Weihnachten?«, frage ich Fibi und sie sieht mich stirnrunzelnd an.
»Dass du wieder lachen kannst, Herzi. Das wäre mein schönstes Geschenk.« Hach, was habe ich nur für eine selbstlose Freundin. »Na, und vielleicht einen silbernen Kettenanhänger, ein paar Pralinen und neue Dessous.« Nun lachen wir beide.
»Die Dessous lass dir lieber von deinem neuen Freund schenken, Fibi. Geh mit ihm einkaufen und ...« Ich breche ab, denn ein scharfer Schmerz durchzuckt meine Brust. Markus. Bilder von unserem gemeinsamen Einkauf in München kommen mir in den

Sinn und Tränen schießen mir in die Augen. Seit fast drei Monaten haben wir nun keinen Kontakt. Das ist genau die Zeit, die wir zusammen waren. Er ist mir so fremd geworden. Ob ich ihn jemals gekannt habe? Ob ich ihn irgendwann doch noch kennenlernen werde? Erneut nagen Zweifel an mir. Ich habe es Oma Hanni versprochen und ich werde es tun. Ich vermisse ihn so schrecklich. Ganz egal, was passiert ist. Er wird seine Gründe gehabt haben, damals so Hals über Kopf zu verschwinden. Oma hat gesagt, dass er mich liebt. Also glaube ich ihr. Warum sollte ein Geist lügen?

»Anja. Sieh mal.« Fibi reißt mich mal wieder aus meinen Gedanken und ich blicke auf. Ist der Seemannschor schon fertig? Ups. Habe ich gar nicht mitbekommen. Jetzt stehen zwei Damen auf der Bühne und singen Weihnachtslieder. Klingt echt gut, was sie da von sich geben. Die eine singt, die andere steht hinter dem Keyboard.

»Komm, lass uns etwas näher hingehen.« Fibi zupft mich an meinem Mantel. »Ich kenne die beiden. Sandra war mal mit mir in einer Klasse und Caro ist ihre Schwester. Sie nennen sich ›SaRo‹. Habe sie schon lange nicht mehr live erlebt.« Wen Fibi alles kennt. Sehr cool. Plötzlich macht sich ein verrückter Gedanke in meinen Gehirnwindungen breit. Vielleicht könnten die beiden meine Gedichte vertonen? Ob sie so etwas machen oder nur eigene Texte verwenden? Ich könnte sie später einfach mal fragen. Wobei … eigentlich wollte das ja Markus machen. Oh, Markus …

Eine Zeit lang tanzen wir direkt vor der kleinen Bühne, zusammen mit einigen anderen Frauen, zu bekannten Foxliedern und ich lasse los, höre auf zu grübeln. Ja, wirklich. Im Schein der vielen Lichterketten, die Musik in den Ohren, im Magen, im Herzen, bewege ich mich mit halbgeschlossenen Augen. Tanzen. Das sollte ich viel öfter machen. Auch allein. Fibi hatte mir damals gezeigt, wie schön das Leben sein kann. ›Think pink‹. Tanze, lache, sei das Licht. Genau das habe ich wieder vor. Und irgendwie spüre ich, dass Oma Hanni mir zusieht und lächelt. Die letzten Töne verklingen und Sandra, die Lady am Mikrophon, sagt etwas. Ich höre nicht wirklich hin, brauche eine Verschnaufpause. Meine zweite Tasse Glühwein ist bereits leer und ich blicke mich nach Fibi um. Ob wir noch einen trinken? Es ist kurz vor neunzehn Uhr und mir ist echt kalt. Trotz meiner Tanzeinlage.

»... Bühne frei. Genießt das Lied. Der Typ ist echt gut«, höre ich und Applaus brandet an mein Ohr. Was geht denn da ab? Ich drehe mich zur Bühne zurück ... und erstarre. Bin ich in einem Traum? Werde ich paranoid? Habe ich Halluzinationen? Zu viel Glühwein? Meine Knie werden weich und ich starre zu dem Mann hinauf, der nun dort oben Platz genommen hat. Nur mit einer Gitarre in der Hand sitzt er auf einem Hocker und sanfte Klänge dringen an mein Ohr.

Voll Sehnsucht
blicke ich hinaus aufs Meer.
Oh, kleine Fee, ich vermisse dich so sehr.
Dein Lachen, das mir gute Laune schenkt,
dein Mund, der sanft nur meine Tränen fängt
und der mir zärtlich sagt, dass du mich liebst.
Die tausend Küsse, die du mir gibst.

R:
Oh, meine liebe Fee, sag mir nur eins:
vermisst du mich, so wie ich dich?
Kommst du zurück? In ein Leben voller Glück?
Du und ich zu zweit.
Du und ich in Ewigkeit.

Wann wirst du wieder bei mir sein?
Wann fühle ich mich nicht mehr so allein?
Wann wird die Sonne wieder scheinen?
Wann werde ich endlich aufhören zu weinen?
Nur das Meer hört meinen Schrei.
Mein Herz ein Klumpen, schwer wie Blei.

R:
Oh, meine liebe Fee, sag mir nur eins:
vermisst du mich, so wie ich dich?
Kommst du zurück? In ein Leben voller Glück?
Du und ich zu zweit.
Du und ich in Ewigkeit.

Die leisen Töne verklingen, Applaus brandet auf. Als er geendet hat, stehen Tränen in meinen Augen. Ach was, ganze Sturzbäche rinnen über meine Wangen und ich schluchze auf. Fibi ist hinter mich getreten, umarmt mich jetzt, hält mich fest. Das brauche ich auch, denn sonst würde ich zusammenbrechen.

»Ich danke euch, Sandra, Caro, dass ich hier singen durfte. Dieses Lied habe ich selber geschrieben und vertont. Es ist für die Liebe meines Lebens. Anja. Ich hoffe, du verzeihst mir mein Verhalten und gibst uns noch eine Chance.« Die Welt hat aufgehört sich zu drehen. Ich halte unwillkürlich den Atem an, sehe alles wie durch einen Tunnel. Mein Herz schlägt so hart in meiner Brust, dass ich befürchte, gleich einen Herzinfarkt zu erleiden. Aber, wen stört`s? Der Arzt meines Vertrauens befindet sich nur wenige Meter von mir entfernt und wartet offensichtlich auf eine Antwort von mir. Doch ich kann nichts sagen, nicht einmal denken.

»Markus.« Meine Lippen formen das Wort und ich hauche es hinaus.

»Nun komm schon her und nimm sie in die Arme«, fordert Fibi ihn lachend auf. Zögerlich folgt Markus ihrer Anweisung, stellt seine Gitarre ab und die beiden Frauen stimmen das nächste Lied an. ›Last Christmas‹ glaube ich zu erkennen. Doch das alles nehme ich nur am Rande wahr. Markus klettert von der Bühne, tritt langsam auf mich zu und … ich falle in seine Arme. Endlich. Heimat. Meine Schleusen öffnen sich und ich weine herzzerreißend. Ich kann es nicht verhindern. Sämtliche aufgestauten Emotionen brechen sich Bahn und mit jeder Sekunde wird mir leichter ums Herz. Markus streichelt mir zärtlich über den Rücken, wiegt mich sanft hin und her.

Nach einer gefühlten Ewigkeit lässt der Tränenstrom langsam nach und ich schaffe es endlich, ihn anzublicken. In seinen Augen liegt so viel Liebe und Wärme, dass ich es kaum glauben kann.

»Meine liebe Fee«, flüstert er und unsere Lippen treffen sich wie automatisch zu einem leidenschaftlichen

Kuss. Oh Gott. Wie sehr habe ich ihn vermisst! Die Vergangenheit wird unwichtig. Nur der Augenblick zählt. Und dieser sollte ewig dauern. Doch wie alles Schöne endet er, wird durch ein lautes Räuspern gestört.

»Ich glaube, hier ist noch jemand, der dir mal »Hallo« sagen will«, ertönt Fibis Stimme. Die Zauberblase zerplatzt. Markus löst sich langsam von mir, hält mich aber weiterhin in seinen Armen.

»Ich halte dich, lass dich nie wieder los«, flüstert er mir ins Ohr. Ein Kribbeln macht sich auf meinem Körper breit und mir ist nicht mehr kalt. Mein inneres Licht ist erneut entflammt. Für Markus.

»Hi.« Ein Mädchen mit langen, blonden Locken steht neben Fibi und blickt mich an. Biggi? Das muss Markus` Tochter sein. Sie sieht ihrem Vater sehr ähnlich. Was macht sie hier?

»Hi«, sage ich höflichkeitshalber, ergreife ihre Hand und schüttle sie. Was soll das?

»Ich bin Biggi. Aber das hast du dir sicher gedacht, was?« Biggis Stimme ist zögerlich. Schwingt da Angst mit? »Ich bin hier, um … also ich wollte …«, stottert sie.

»Mensch, Markus. Nun hilf doch mal deiner Kleinen. Schließlich bist du nicht ganz unschuldig.« Fibi mischt sich ein und Biggi lächelt meiner Freundin dankbar zu. Noch immer stehen wir vor der Bühne.

»Ja. Gleich. Was haltet ihr denn davon, wenn wir in die Gaststätte dahinten gehen? Ich könnte jetzt etwas zu Essen vertragen. Und dort lässt es sich bestimmt auch besser reden. Anja? Was meinst du? Willst du mit mir gehen?« Diese Frage erinnert mich an eine, die er mir vor knapp einem halben Jahr gestellt hat. Damals habe ich »ja« gesagt.

»Darf ich ankreuzen? ›Ja‹, ›nein‹, ›vielleicht‹?«

»Liebste Anja, du weißt, dass ich ›nein‹ und ›vielleicht‹ nicht akzeptiere.« Auch er erinnert sich und die Schmetterlinge, die ich seit so langer Zeit verschollen glaubte, erheben sich wieder. Lächelnd nicke ich.

19 – ... und manchmal ist es anders, als es scheint

»Vier Schnitzel mit Pommes, dazu drei Cola-Weizen und ein Spezi«, ordert Markus bei der Bedienung. Wir befinden uns in dem kleinen Restaurant, unweit des Weihnachtsmarktes. Markus sitzt neben mir auf der Bank und hält meine Hand so fest, als hätte er Angst, dass ich aufstehe und wegrenne. Biggi und Fibi sitzen uns gegenüber.

»So, dann erklär doch deiner Liebsten mal, wie das alles passieren konnte. Und zwar nicht durch die Blume, sondern Klartext. Wenn sie was mit Blumen haben will, dann guckt sie Biene Maya. Und dafür ist sie eindeutig zu alt.« Fibi lehnt sich grinsend zurück. Woher sie nur immer diese Sprüche nimmt. Aber sie hat recht. Jetzt ist Zeit für Klartext. Allerdings frage ich mich ...

»Du weißt es schon?«

»Sicher, Anja. Was meinst du, wer das alles hier eingefädelt hat? Seit einiger Zeit stehe ich mit deinem Liebsten in Kontakt, erzähle ihm, wie es dir geht. Er hat mich praktisch dazu gezwungen.« Meine Freundin kichert. »Kannst du dir vorstellen, was für Schweißausbrüche ich hatte, als du dich so vehement geweigert hast mitzukommen?« Ja, kann ich mir gut vorstellen. Doch Fibi kann echt penetrant sein. Markus scheinbar auch.

»Ihr steht in Kontakt? Seit wann? Warum hast du mir nichts gesagt, Fibi? Hast mich so leiden lassen?«

»Meine liebe Anja.« Fibi räuspert sich und blickt mich ernst an. »Ich habe Markus über Email auf dem Laufenden gehalten, was du so machst und wie es dir geht. Er konnte frei entscheiden, was er mit den Infos anfängt. Er wusste, dass du umgezogen bist und auch das mit deiner Oma. Alles im Leben braucht seine Zeit. Das sage ich dir immer wieder, wie du weißt. Du musstest dir erst selbst bewusst werden, wie sehr du diesen Arzt hier liebst.« Sie nickt Markus zu.

»Ja, das hat sie mir auch erklärt. Deswegen habe ich dich nur beobachtet, mich nicht aufgedrängt. Aber bei der Beerdigung deiner Oma Hanni war ich da. Im Hintergrund. Und immer in Gedanken.« Ach. Also doch? Habe ich mich nicht getäuscht? Ich überlege, ob ich wütend werden soll. Sie haben mich beide hintergangen. Doch ich verstehe Fibis Verhalten irgendwie. Ich musste zuerst mit Alex abschließen. Komplett und unwiederbringlich. Das ist mir zum Glück gelungen. Und Fibi hätte mir gesagt, wenn auch Markus sich komplett von mir gelöst hätte. Oder? Ja. Da bin ich mir ganz sicher.

»Warum hast du mich in München sitzenlassen? Warum hast du dich nicht gemeldet? Warum ...« Ich wende mich Markus zu und blicke ihn fragend an.

»Daran bin ich schuld.« Biggi dreht ihr Glas Spezi, das eben gebracht wurde, nervös in der Hand.

»Du?«

»Ja. Ich hatte Papa gebeten nichts zu sagen.« Hä? Ich verstehe kein Wort.

»Dann will ich mal versuchen, es dir zu erklären, Liebling. Du hast bestimmt bemerkt, wie ich in unserem Urlaub immer wieder auf mein Handy geschaut habe, stimmt`s?«

Klar. Damit ging er mir schließlich tierisch auf den Nerv. Ich nicke. »Das war, weil ich in Kontakt mit Biggi stand. Sie ist diesen Sommer fünfzehn geworden und wollte das erste Mal auf eine Party gehen. Ihre Mutter hatte es ihr verboten. Da fragte sie mich. Ich wusste davon nichts und habe es erlaubt. Doch ich bat sie, mit mir in Verbindung zu bleiben, es nicht zu übertreiben und um Mitternacht wieder zu Hause zu sein. Das war an dem Samstag, als wir in München ankamen. Es schien auch alles in Ordnung gewesen zu sein. Sie schrieb mir am Sonntagmorgen, dass sie bei einer Freundin übernachtet hätte, dass die Party gut gelaufen wäre und sie nun ihren ersten Freund hätte.« Markus stockt, trinkt einen großen Schluck Bier. Biggi knetet ihre Finger und ich sage kein Wort. »Allerdings es war anders. Als sie am Montag in die Schule kam, war noch alles ganz normal. Doch im Laufe der Stunden änderte sich alles.«

»Was ist passiert?« Ein nervöses Flattern macht sich in meinem Magen breit.

»Holger hatte mich abgefüllt, mich dazu überredet mit ihm zu schlafen und alles auf Video aufgenommen. Das schickte er dann an alle Freunde und die gaben es immer weiter.« Die Stimme der Fünfzehnjährigen ist nur ein heiseres Flüstern.

»Ach du scheiße«, entfährt es mir und ich schlage die Hände vor den Mund. Wie es der Jugendlichen gegangen sein muss, kann ich nur erahnen.

»Ja, so kann man das sagen. Biggi hat es erst nach Unterrichtsende erfahren. Ihre beste Freundin hatte das Video auch bekommen und es ihr gezeigt. Grausam, sage ich dir.« Ich nicke. Mir fehlen die Worte.

»Sie rannte nach Hause, hat sich dann in ihrem Zimmer versteckt und wollte niemanden hören und sehen. Natascha rief mich an, weil sie das Verhalten unserer Tochter nicht verstand. Auch ich ahnte bis zu diesem Moment nichts von alldem. Natürlich habe ich versucht, sie zu erreichen, doch ihr Handy war aus. Am Dienstag war sie dann krank. Kopfweh, sagte sie zu ihrer Mutter. Wie sehr mein Kind gelitten hat, wusste keiner.« Er wirft Biggi ein Lächeln zu, doch diese blickt weiterhin starr auf ihre knetenden Hände.

»Und das geschah alles, während wir … also während wir unseren Urlaub genossen.« Ich bin echt schockiert.

»Ja. Ich hoffe, du verstehst mich nun etwas besser, kleine Anja.« Markus schenkt mir ein bezauberndes Lächeln. Ach, was war ich dämlich! Schuldbewusst nicke ich. »Und am Mittwoch platzte dann die Bombe. Natascha rief mich vollkommen verzweifelt an, weil Biggi erneut nicht in die Schule gehen wollte. Sie sah aus, wie ›der Tod auf Latschen‹. Zumindest drückte sich Natascha so aus. Wie nahe sie der Wahrheit kam, wusste zu dem Zeitpunkt niemand.« Erneut stockt er.

»Ich wollte nicht mehr leben. Hab mich im Badezimmer eingesperrt und versucht mir die

Pulsadern aufzuschneiden.« Biggis Worte sind gerade noch zu verstehen, doch schneiden sie mir in diesem Augenblick die Luft ab.

»Was?«

»Ja«, bestätigt Markus. »Meine Ex-Frau fand die Badezimmertür verschlossen vor, als sie gegen zehn Uhr nach Hause kam. Du musst wissen, dass sie ebenfalls im Krankenhaus am Meer arbeitet. Als OP-Schwester. Sie hatte ein komisches Gefühl und hat sich frei genommen. Gerade noch rechtzeitig fand sie Biggi, leistete Erste-Hilfe, alarmierte den Notarzt und rief mich dann an.«

»Natascha wohnt in eurer Nähe?« *Na super, Anja. Da erzählt man dir von einem Selbstmord und du bist eifersüchtig? Was soll das?* Meine innere Stimme ist wütend. Verständlich. Ob Markus es bemerkt hat? Jepp, hat er. Er presst meine Finger erneut zusammen und grinst mich schief an.

»Ja. Bis vor einem guten halben Jahr wohnten sie noch in Berlin, doch das Angebot vom Krankenhaus am Meer war einfach zu gut. Außerdem kann ich Biggi so öfter sehen. Und nein, sie wohnen nicht bei mir, süße Anja.« Ein Stein fällt mir vom Herzen und ich atme unbewusst auf.

»Aber warum hast du mir das nicht erzählt«, will ich wissen.

»Weil ich ihn darum gebeten habe.« Erneut meldet sich Biggi zu Wort. Sie ist aus ihrer Starre erwacht und blickt mich nun an. »Du kannst dir vorstellen, wie peinlich mir das alles war? Einerseits, dass es nicht geklappt hat, andererseits, dass ich meinen Eltern so einen Kummer gemacht habe. Es war wirklich eine Kurzschlusshandlung. Normalerweise bin ich nicht so. Doch ich war erst neu in der Klasse, wollte dazu gehören und dachte, dass Holger der Richtige ist.« Ich nicke verständnisvoll. »Meine Eltern haben mich dann von der Schule genommen und ich war für drei Monate in einer psychisch-somatischen Klinik. Der Aufenthalt tat mir wirklich gut.« Sie lächelt. »Jetzt bin ich auf einem Internat und fühle mich endlich wohl.

Das Video ist verschwunden, Holger wurde von der Schule geworfen. Papa hat das alles geregelt.« Ja, Markus, mein Held! Ich freue mich wirklich sehr das zu hören und dass es ihr offenbar wieder gut geht.

»Danke, Biggi. Danke, dass du mir das erzählt hast.« Ich greife über den Tisch nach ihrer Hand und sie lässt es geschehen.

»Ja, ich habe doch gemerkt, wie sehr Papa leidet. Er liebt dich wirklich.«

»Verrate mich doch nicht, Kind.« Auch Markus lächelt nun.

»Aber was hat Alex mit der Sache zu tun? Warum hast du dich nicht gemeldet? Ich habe dich wirklich vermisst, wie Fibi dir bestimmt gesagt hat und echt gelitten.« Die Fragen brennen mir auf der Seele.

»Also zu deiner Frage, warum ich mich nicht gemeldet habe … Liebste Anja, ich habe. Doch du hast nie zurückgerufen. Und irgendwann habe ich dann eben Fibi angeschrieben, wollte von ihr wissen, wie es dir geht. Zuerst wollte sie mir nichts sagen, doch dann habe ich ihr einen kleinen Einblick in mein Familienleben gewährt und sie gab nach.« Ups. Stimmt. Ich habe es schlicht verdrängt.

»Ja. Auch ich war zu dem Zeitpunkt im Stress. Umzug, Oma Hanni, neue Aufgaben im Büro und so weiter.«

»Ich weiß, Liebes. Fibi hat es mir erklärt.« Ach, hat sie? Ich werfe meiner Freundin einen Seitenblick zu und diese grinst.

»Jepp. Ich konnte das Trauerspiel nicht mehr mit ansehen. Du brauchtest Hilfe, Herzi. Und wehe, du bist mir böse deswegen. Dann haue ich dich.« Sie grinst mich schief an.

»Oh, Fibi! Nein! Wie könnte ich! Ich bin dir so dankbar!« Ich lasse Biggis Hand los und ergreife nun die von Fibi. Umarmen ist im Moment nur schwer möglich, wird aber nachgeholt.

»Ich habe übrigens noch was für dich.« Markus kramt in seiner Tasche und zieht meine Kette mit der Fee hervor. OH. MEIN. GOTT. Nur mit Mühe kann ich mir einen Schrei verkneifen.

»Woher …?«

»An dem Tag, als du vor meinem Haus warst und mich beobachtet hast«, er grinst schelmisch, »habe ich meine Ex-Frau getröstet. An diesem Tag hatten wir Biggi ins Internat gebracht.« Ich schlucke schwer. Hätte ich doch damals nur auf Rosa gehört und mit ihm geredet. Wie dämlich ich war …

»Ich habe sie im Staub gefunden und aufgehoben. Ich konnte einfach nicht glauben, dass es vorbei ist. Trotz der Worte von Alex.« Alex! Der Arsch. Wut durchfließt meine Adern.

»Was hat er dir gesagt?«

»Ich traf ihn eines Tages in der Klinik und er sagte mir, dass ich mir keine Hoffnungen mehr machen brauche, da er jetzt wieder … ähm, also dass ihr euch wieder trefft. Scheinbar hat er seine Frau begleitet, die einen Abgang hatte. Ich wollte ihm nicht glauben, doch ich traute mich auch nicht persönlich nachzufragen. Du bist schließlich nie ans Handy gegangen.«

»Ich habe Papa immer gesagt, dass es nur ein Missverständnis sein kann«, meldet sich nun wieder Biggi zu Wort. »Wie schön, dass ich recht hatte.« Sie grinst breit und ich grinse zurück.

»So, nun alles wieder klar zwischen euch?« Fibi richtet sich auf. In genau diesem Augenblick wird unser Essen gebracht. Oh ja. Alles gut. Und wie gut.

20 – Ende gut, alles gut

»Kannst du mir mal den Engel reichen?« Ich stehe auf einer Leiter, habe soeben den Baum – unseren Baum – geschmückt. Nur noch die Spitze fehlt. Markus tritt hinter mich und reicht sie mir hoch. Dann greift er mir um die Taille und hebt mich hinunter. Ein kurzes Déjà-vu überkommt mich. Ich sehe mich praktisch auf einer Leiter stehen. Doch nicht hier, sondern vor einem Jahr bei meinen Eltern. Damals fing alles an. Ich hatte Flo endlich hinter mir gelassen, eine neue Arbeit begonnen, träumte von Alex und einem neuen Leben. Und heute? Heute habe genau das, was ich mir immer erträumte. Ich wohne jetzt bei Markus. Der Umzug ging rasend schnell. Noch am Abend des Weihnachtsmarktes, als er mich und Fibi zu Rosa zurückbrachte, fragte er mich, ob ich bei ihm einziehen wollte. Sofort sagte ich zu. Vollkommen untypisch für mich, wie ich zugeben muss, aber ich war so aufgewühlt, dass mein Kopf mit Denken beschäftigt war, als mein Herz die Antwort gab. Meine innere Stimme jubelte, Markus jubelte und auch Biggi und Fibi waren kaum zu halten gewesen. Sie hatten mich umarmt und ich war richtig glücklich gewesen. Und heute, einige Tage später, bin ich es noch immer. Oder besser gesagt: ich bin so glücklich, wie nie zuvor. Ich lebe mit dem Mann meiner Träume in dem Haus meiner Träume am Meer. Noch vor einem Jahr hätte ich das nicht zu hoffen gewagt.

»Na, woran denkst du, kleine Fee?« Noch immer liege ich in Markus` Armen, fest an seine Brust gedrückt. Mein Zuhause, meine Heimat.

»Ich überlege, was wir noch alles machen müssen, bevor die Meute heute Abend hier einfällt.« Nicht ganz gelogen. Darüber habe ich während des Schmückens tatsächlich nachgedacht. Die hohe Nordmanntanne, die wir gestern kauften, erstrahlt nun im Glanz der lilafarbenen, pinkfarbenen und goldenen Kugeln, gepaart mit diversen elektrischen Kerzen. Echte sind uns beide zu gefährlich. Kurz muss ich an die Kindergeschichte der kleinen Tanne denken, die ich Noah letztes Jahr vorgelesen habe. In dieser Geschichte spielte ein kleiner Vogel eine tragende Rolle. In meinem eigenen Leben sind es die Möwen, die mich an Oma Hanni erinnern. Einerseits bin ich extrem nervös. Heute ist der Heilige Abend und alle meine Lieben haben sich für später angekündigt. Rosa, Robin mit Noah, meine Eltern und selbst Fibi mit ihrem neuen Freund. Auf den bin ich wirklich gespannt. Für Christl ist zu dieser Jahreszeit die Anfahrt einfach zu lang, aber sie hat uns versprochen, im neuen Jahr vorbeizukommen, um sich unser Haus am Meer anzusehen. Nur Biggi feiert mit ihrer Mutter und dessen Mann gemeinsam. Die werden wir erst morgen sehen. Mit so vielen Menschen habe ich Weihnachten noch nie gefeiert. Andererseits freue ich mich so sehr, dass ich es nicht in Worte fassen kann. Nur mein dümmliches Grinsen, das mir ins Gesicht getackert scheint, zeugt davon. Der einzige Wermutstropfen ist, dass Oma Hanni nicht dabei sein kann. Doch von ihr habe ich heute Nacht geträumt. Sie hat mich besucht und mir viel Glück mit Markus gewünscht. Sie hat mir gesagt, wie stolz sie auf mich ist, und dass ich endlich glücklich sein darf. Und genau das habe ich vor. In Gedanken ist Oma Hanni immer dabei. Ab heute beginnt mein neues Leben. Fibi erklärte mir mal, dass ich am besten vergessen kann, wenn ich alte Erfahrungen mit neuen überschreibe. Sie bezog sich auf das Fest zu Silvester, bei dem letztes Jahr die Affäre mit Alex begann. Dieses Jahr werde ich allein mit Markus feiern. Wir werden Essen gehen, gemeinsam das Feuerwerk betrachten und uns lieben. Immer und immer wieder. Hat er versprochen. Und ich freue mich wie irre darauf in den Armen des Mannes zu liegen, der mich wirklich liebt. Liebe und Erotik gehören für mich mittlerweile zusammen. Mein Verhalten von damals kann ich heute nicht mehr wirklich begreifen. Doch auch dazu hatte Fibi, der ich das sagte, wieder einen ihrer Ratschläge parat. »Das musste alles so

kommen, damit du zu der wirst, die du heute bist.«
Und ja, sie hat recht. Wie so oft.

»Meine Liebe, es ist gerade erst kurz vor zehn«, reißt
mich Markus aus meinen Gedanken und holt mich in
die Gegenwart zurück. Genau da gehöre ich auch hin.
Die Vergangenheit ist vorbei, die Zukunft beginnt.
»Das Fondue ist vorbereitet, der Nachtisch auch. Die
Geschenke sind verpackt, der Baum steht. Wir haben
also noch genug Zeit, um ins Bett zurückzukehren und
uns bedingungslos zu lieben.«
»Aber ich ...«, werfe ich halbherzig, doch mit einem
vorfreudigen Kribbeln ein. Ich habe keine Chance.
Markus hebt mich hoch, trägt mich auf seinen starken
Armen ins Schlafzimmer. Dann lässt er mich auf das
breite Doppelbett sinken und verschließt meine Lippen
mit einem zärtlichen Kuss.

Der Gottesdienst in der kleinen Kirche am Meer ist
wundervoll, lichtvoll, atemberaubend. Tausend Lichter
brennen, ein Chor singt und ich schwebe wie auf
Wolken. Markus hält meine Hand und ich wünsche
mir im Moment nichts sehnlicher, als dass mein Traum
eben kein Traum, sondern Wirklichkeit ist. Soeben
singen wir »Stille Nacht, heilige Nacht« und Tränen
rinnen über meine Wangen. Vor Freunde und
Rührung. Als das Lied beendet ist und alle die Kirche
verlassen, will ich zu unserem Auto zurück. In gut
einer Stunde kommt unser Besuch.
»Warte.« Markus hält mich am Arm zurück und ich
blicke in seine meerblauen Augen, in denen sich der
Schein der Kerzen spiegelt. Und noch etwas Anders?
»Aber wir müssen uns beeilen«, gebe ich zu bedenken.
»Noch haben wir Zeit, Miss Ungeduld.« Er grinst breit.
»Komm mit mir, ich will dir etwas zeigen.
Überraschung.« Was hat er vor? Ich beschließe, ihm
einfach zu vertrauen und folge meinem Helden. Es ist
knapp null Grad und ich trage einen dicken
Daunenmantel. So ist mir nicht kalt, als er seine Finger
mit meinen behandschuhten verschränkt und den Weg

über die Dünen zum Meer einschlägt. Was will er hier? Klar ist das romantisch, aber …

In der Ferne kann ich einen beleuchteten Weihnachtsbaum erkennen, den die Stadtverwaltung direkt auf dem Platz vor der Seebrücke aufgebaut hat. Ob Markus dorthin will? Ja, will er. Über uns glitzern tausend Sterne, der runde Vollmond geht gerade über dem Meer auf und es könnte nicht romantischer sein.

»Meine liebe Fee«, beginnt er, als wir neben dem Baum stehen und ergreift auch meine zweite Hand. »Wir haben einige turbulente Monate hinter uns. Ich liebe dich von ganzem Herzen und kann mir ein Leben ohne dich nicht mehr vorstellen. Wir haben uns geliebt, gelacht, gestritten und versöhnt. Wir haben Berge der Freude erklommen und Meere der Trauer durchquert, um ins Land unserer Träume zu gelangen. Dort sind wir jetzt angekommen. Du bist das Licht in meinem Leben, der Leuchtturm auf hoher See und mein Fels in der Brandung. Ich will dich beschützen, dich unterstützen und dich tragen, wenn du nicht mehr weiter kannst. Ich will meinen Weg mit dir gehen. Daher frage ich dich: Willst du mit mir gehen?« Ich muss schmunzeln. Markus kann so schrecklich kitschig sein, doch genau das liebe ich an ihm. Hoffentlich hört das nie auf. Auch diese besondere Frage ist zu einem ›Running-Gag‹ geworden. Ich liebe diese Frage.

»Ich weiß schon, dass du ein ›nein‹ und ›vielleicht‹ nicht akzeptierst. Also ›ja‹«, sage ich schmunzelnd. »Aber ich bin doch schon neben dir auf deinem Weg, mein Geliebter. Begleite dich, halte dich, liebe dich«, füge ich ebenso theatralisch hinzu. Was er kann, kann ich auch. Doch er setzt noch eines drauf. Er sinkt vor mir auf die Knie und mir stockt der Atem. Von unten blickt er mir in die Augen.

»Willst du noch einen Schritt weiter gehen? Willst du mich heiraten, süße Fee?« Bitte was? Habe ich mich verhört? Echt jetzt? Mein Herz rast, meine Augen werden schon wieder feucht und ich nicke heftig.

»Oh ja! Ich will! Ich will dich. Ohne Aber. Für immer und ewig.« Der Schrei einer Möwe, die in diesem

Moment auf der Spitze des Weihnachtsbaums landet, lässt mein inneres Licht erstrahlen. *Danke, Oma Hanni,* sage ich in Gedanken, während Markus sich aufrichtet, mich in seine Arme zieht und unsere Lippen zu einem endlosen Kuss verschmelzen. Ich liebe diesen Mann mehr als mein Leben. Ja, ich will für ihn leuchten und er für mich. Ich will die pinkfarbene Seite des Lebens mit ihm genießen und ihn in allem unterstützen. Ich will neben ihm gehen, seine Hand halten und gemeinsame Fußabdrücke am Strand unseres Lebens hinterlassen. Ich will! Wir wollen uns. Ohne Aber.

Unsere Lippen lösen sich wieder voneinander. Schade.

»Zu einem richtigen Antrag, meine liebe Fee, gehört aber auch ein Ring.« Er zieht den Handschuh meiner linken Hand herunter, greift in die Tasche seines Mantels und zieht ein kleines Kästchen heraus. Genau so habe ich mir meinen Antrag immer vorgestellt. Ich seufze auf. Die Schmetterlinge in meinem Magen vollführen einen irren Tanz. Mein Herz ist kaum zu beruhigen. Als Markus das Kästchen öffnet, ziehe ich scharf die Luft ein. Wow! Der Ring, den er mir an den Finger steckt, ist der schiere Wahnsinn. Der Brillant, in Platin gefasst, funkelt wie der hellste Stern am Nachthimmel. Er ist ein Traum. Mein Traum, der endlich Wahrheit geworden ist. Ohne weitere Worte ziehe ich Markus wieder zu mir heran und küsse ihn erneut. Ein Kuss für die Ewigkeit.

Kapitel 21 – Du bist mein Leuchtturm

»… und so frage ich Sie, Herr Markus Helfsberg, wollen Sie die hier anwesende Anja Leger zu Ihrer Ehefrau nehmen, sie lieben und ehren, bis ans Ende aller Zeit?« Ich stehe neben Markus im Trauzimmer des Leuchtturms und strahle mit der Sonne, die an einem wolkenlosen Himmel prangt, um die Wette. Es ist der zweite August und ich bin der glücklichste Mensch auf Gottes Erdboden. Oder knapp sechzig Meter darüber. Es war mein Wunsch gewesen, uns unser Eheversprechen auf diesem Leuchtturm zu geben. Er hat eine besondere Bedeutung für mich. Bereits als Kind war ich oft mit Oma Hanni und meinen Eltern hier gewesen. Wir waren den langen Weg durch die Salzwiesen bis zu diesem Turm spaziert und hatten uns bei fast jedem Wetter den Wind um die Nase wehen lassen. Dieser Turm bedeutet Freiheit, Zufriedenheit und Erdverbundenheit für mich. Als ich Markus das erzählte, war er sofort einverstanden gewesen. Natürlich war er das. Er ist der beste Mann, den ich mir wünschen kann. Mein Mann. Er holt mir die Sterne vom Himmel. Und das im wahrsten Sinne des Wortes. An Weihnachten hat er mich genau damit überrascht. Er ließ zwei Sterne taufen. Bis zu diesem Augenblick wusste ich nicht einmal, dass so etwas möglich ist. Doch Markus macht alles möglich. Er taufte einen Stern auf Oma Hanni. Im Zeichen des ›Großen Wagens‹. »Dieser Stern stand genau zu dem Zeitpunkt, als sie ihre irdische Hülle hier zurückgelassen hat und ihre Seele in den Himmel aufstieg, über dem Altenheim. Habe ich recherchiert. Nun wohnt sie ganz bestimmt dort oben. Und damit du sie immer sehen kannst und weißt, wo ihr Stern steht, habe ich den hellsten gewählt, der zur Verfügung stand. Deine Oma hat ihn verdient«, hatte er mir ins Ohr geflüstert, als mal wieder Tränen der Rührung an meinen Wangen hinunter liefen. Was für eine bezaubernde Idee. Ich bezweifle zwar, dass Oma Hanni dort oben auf einem Stern sitzt, aber allein der Gedanke ist unheimlich tröstlich. Die Urkunde, mit den genauen Daten und einem Foto des Sternenbildes, die es dazu gab, hängten wir noch am selben Abend ins Wohnzimmer. Über den Kamin, der gleich neben der beeindruckenden Bücherwand steht. Nicht, dass ich einen Stern gebraucht hätte, um an Oma Hanni zu denken. Sie war für mich in jedem Stern, jeder Muschel und jeder Möwe präsent. Immer in meinem Herzen. Doch das war noch nicht alles. Er ergriff meine Hand, öffnete die beiden Flügeltüren und wir traten nebeneinander auf den Balkon. Die Sterne funkelten noch immer, keine Wolke war zu sehen. In einer klaren Winternacht gibt es für mich keinen beeindruckenderen Ort auf dieser Welt. Die Sterne, die den Winterhimmel im Norden erleuchten, sind so zahlreich, dass man es kaum glauben kann. Beeindruckend, lichtvoll, wundervoll. Er zeigte mir zuerst den ›Großen Wagen‹ und ich schickte einen stummen Gruß zu Oma Hanni hinauf. Tief in mir spürte ich, dass sie lächelte. Dann stellte sich mein Held hinter mich und zeigte mir noch ein weiteres Sternbild.

»Siehst du dort die drei Sterne? Das ist der ›Orion‹. In diesem steht unser Stern. Unser Stern der Liebe, liebe Fee. Wie du sehen kannst, steht er genau heute über uns. Wenn ich mal nicht bei dir sein kann, dann blicke in den Himmel und denke an mich. Auch ich werde genau dorthin sehen und unsere Blicke werden sich treffen. Dann ist keiner von uns mehr alleine.« Mit Tränen in den Augen - was auch sonst? - hatte ich genickt. Mein Romantiker. Ich habe dieses Sternbild schon als kleines Kind geliebt, habe es ihm irgendwann mal erzählt und er wusste es noch. »Möge unser Stern der Liebe nie verglühen«, hatte ich ihm geantwortet und meinte es aus tiefster Seele. Die folgenden acht Monate waren die schönsten meines Lebens. Es war alles wie in einem nie endenden Traum, der mit dem heutigen Tag gekrönt wird. Heute, am Tag unserer

Hochzeit beginnt eine neue Ära. Ich habe alles hinter mir gelassen, was mich in der Vergangenheit belastet hat. Selbst mit Emma habe ich mich getroffen und versöhnt. Eigentlich Zufall. Doch irgendwie eher Schicksal. Sie staunte nicht schlecht, als ich ihr im Juni im Krankenhaus am Meer über den Weg lief. Ich übrigens auch. Eigentlich wollte ich Markus besuchen, doch alles kam anders. Emma war wieder schwanger, stand kurz vor der Geburt. Sie wollte das Baby in dieser Klinik zur Welt bringen, in der ihr erstes Kind gestorben war. Sie erzählte mir ihre Sicht der Dinge. Wie Alex sie behandelt hatte, dass sie sich von ihm getrennt und kurz darauf den Mann ihres Lebens kennengelernt hatte. »Hat alles so kommen müssen, Anja. Jetzt bin ich endlich glücklich.« Und das glaubte ich ihr sofort. Sie fragte mich, ob ich sie nach Hause fahren könnte, lud mich spontan auf einen Kaffee ein und ich tat ihr den Gefallen. Mit ihrem dicken Bauch traute sie sich nicht mehr hinter das Steuer, war mit der Bahn hierher gefahren. »Ich wohne jetzt am Rande der Stadt, in einem wirklich wundervollen Haus«, hatte sie mir erklärt und ich wollte diesen Ausflug mit einem Besuch bei Fibi und meinem Chef verbinden. Fibi sah ich zwar regelmäßig, aber ins Büro fuhr ich nur noch bei besonderen Anlässen. So ungefähr ein Mal im Monat. Ich hatte mich gut in meinen Job als Außendienstmitarbeiterin eingearbeitet und verwalte nun die Ferienwohnungen am Meer. Mein absoluter Traumjob. Ich war so baff, als ich erkannte, WO Emma nun wohnte, dass ich beinahe einen Unfall gebaut hätte. »Du wohnst in meinem alten Haus, Emma?« Ich trat gerade noch rechtzeitig auf die Bremse, bevor ich die Hecke von Frau Rehnig umfuhr.

»Ach, das war mal dein Haus?« Auch Emma schien sprachlos. Klar, sie war nie bei mir gewesen, in Oma Hannis altem Haus. Ich erzählte ihr die Geschichte, während wir hinein gingen. Emma hatte nicht viel verändert und ich war ihr innerlich sehr dankbar dafür.

»Unter dem Apfelbaum, der im Garten steht, hat mir

meine Oma immer Geschichten vorgelesen. Es war der Ort meiner Kindheit, Emma.«

»Oh, wie wundervoll. Mein Vater hat mir das Haus gekauft. Er hatte im Lotto gewonnen.« Sie kicherte und ich stimmte mit ein. Klang wie aus einem Roman. Aber so verrückt konnte nur die Realität sein. Deswegen war ihm der Preis auch egal gewesen. »Er wollte, dass sein Enkelkind in einer sicheren Umgebung aufwächst und einen Garten zum Spielen hat. Auch die Schule hatte er bereits für Helena ausgesucht.« Sie schluckte schwer. Helena war ihr erstes Kind gewesen.

»Auch Noel wird es hier lieben«, sagte ich ihr. Noel – Licht nach der Dunkelheit. Was für ein passender Name für den kleinen Wurm. Sogar Frau Rehnig sah ich, wie sie im Garten arbeitet. Ein kurzer Ausflug in meine Vergangenheit. Doch es tat nicht weh. Als wir unter dem Apfelbaum saßen und selbstgemachte Limonade tranken, sah ich sogar eine Möwe, die mir beinahe auf den Kopf geschissen hätte. *Danke, Oma Hanni.*

»Anja? Sag was!« Markus steht mir gegenüber und wartet auf mein ›Ja‹.

»Ja! Ja! Ja! Und ob ich will. Ich will dich. Ohne Aber!« Meine Stimme hat einen kräftigen Klang und ich sage es mit wahrer, innerer Überzeugung:

»Du bist mein Leuchtturm
auf hoher See,
wenn ich im Sturm
kein Land mehr seh'.

Du zeigst mir
mit deinem hellen Licht:
»Ich sehe dich,
vergesse dich nicht.«

Du bist bei mir,
in schweren Stunden.
Bei dir habe ich
meine Heimat gefunden.

Wir sind wie die Wellen
und der Wind.
Du zeigst mir,
wo meine Träume sind.

Meinen Weg will ich
mit dir gehen,
für immer und ewig
zu dir stehen.

Du und ich, für alle Zeit.
Du und ich, in Ewigkeit.«

»Oh, Anja. Meine Liebe des Lebens.« Markus, nun auch mit Tränen in den Augen, reißt mich an sich. Für diesen Trauspruch habe ich nicht lange überlegen müssen. Er entspricht genau der Wahrheit. Unsere Lippen treffen sich zu unserem ersten Kuss als Mann und Frau Helfsberg.

»Ähm, ja. Sie dürfen die Braut jetzt küssen.« Der Standesbeamte grinst.

»Dazu brauchen die beiden keine Aufforderung«, quitscht Fibi dazwischen und alle Anwesenden lachen. Sogar ich muss grinsen. Das klappt auch während des Kusses.

»Nun reicht`s aber wieder«, meldet sich auch meine Mutter und wir lassen voneinander ab. »Zum Knutschen habt ihr noch euer ganzes Leben lang Zeit.« Recht hat sie.

»Na, dann wollen wir mal ganz hinauf und die Aussicht genießen. Was, Frau Helfsberg.« Die Zeremonie ist beendet. Jetzt beginnt der gemütliche Teil. Markus ergreift meine Hand und strahlt mich an. Oh ja. Ich will mit ihm in den Himmel, ins Paradies. Und nie mehr zurück. Endlich habe ich mein ›Happy End‹. Oder ›Happy Beginning‹, je nachdem wie man es sehen will. Denn in mir wächst ein neues Leben heran. Ich weiß es seit gestern und will es Markus in wenigen Augenblicken auf der Aussichtsplattform des Turmes sagen. Ich freue mich schon jetzt auf seine Reaktion. Ich weiß, wie sehr er sich ein Kind mit mir wünscht. Ich hätte es ihm auch erst am Strand sagen können. Irgendwo unter Palmen auf unserer Hochzeitsreise, die wir ab morgen antreten werden. Vier Wochen hat er sich frei genommen und wir haben vor, alle Plätze zu besuchen, die wir schon immer sehen wollten. Ein Teil davon werden wir mit einem Kreuzfahrtschiff zurücklegen.

Wir betreten die Plattform und blicken auf das glitzernde, blaue Meer. Am Fuße des Leuchtturms wartet bereits die festlich geschmückte Kutsche, die uns bald ins Gasthaus bringen wird, in dem wir feiern werden. Nur im kleinen Kreis zwar, aber genau so haben wir es gewollt. Die wichtigsten Menschen sind hier. Unsere Familien, ebenso wie Fibi und ihr Freund Rick. Ein toller junger Mann, der meine Freundin auf Händen trägt. Auch sie hat ihr Glück endlich gefunden und die beiden planen bereits ebenfalls ihre Hochzeit. Und wenn Fibi dann auch schwanger wird, dann können wir unsere Kinder gemeinsam großziehen. Was für eine wundervolle Vorstellung. Möwen kreisen in luftiger Höhe, schreien mir zu, ich soll endlich meine Neuigkeit überbringen und ich folge ihrem Ruf. Ich wende mich Markus zu und strahle ihn an.

»Ich muss dir was sagen«, beginne ich. »Weißt du, was das ist?« Ich ziehe einen kleinen Strampler aus meiner winzigen, weißen Handtasche, die ich passend zum Kleid gewählt habe. Schon lange war es mein Wunsch, in eben jenem Brautkleid zu heiraten. Seitdem ich es bei Emmas Anprobe habe hängen sehen. Vor so langer Zeit. Es ist zwar nicht ganz so pompös wie ihres, das sie auf ihrer Hochzeit mit Alex vor mehr als einem Jahr trug, aber ebenfalls ein Traum in Weiß. Schulterfrei, mit Perlen am Brustansatz, einem langen Rock, der, wenn ich mich später auf der Feier beim Walzer drehen werde, weit schwingen wird. Bereits mit Fibi bei der Anprobe ausprobiert. Markus trägt einen dunkelblauen Anzug, ein weißes Held und schwitzt. Trotz des kühlen Windes hier oben. Und der Schweißfilm auf seiner Stirn wird noch etwas größer, als er das winzige Kleidungsstück in meiner Hand sieht.

»Ist … ist es das … das, was ich denke?«, stottert er und ich nicke.

»Ja, mein Held. Wir werden Eltern.«

»OH. MEIN. GOTT, Anja. Danke, Danke, Danke!« Er freut sich wie irre.

»Warum dankst du mir?«, frage ich frech grinsend.

»Soweit ich mich erinnern kann, warst du nicht ganz unbeteiligt an der Aktion.« Er lacht auf, reißt mich in seine Arme und wir küssen uns innig.

»Ich liebe dich, meine Frau. Von ganzem Herzen. Für immer und ewig«, sagt mein Mann feierlich, dicht an meinen Lippen, als wir auf dem höchsten Punkt des Turmes stehen und über die Weite des Meeres blicken. In unsere gemeinsame Zukunft.

Ende

Danksagung

Wie bei jedem Buch möchte ich mich auch hier bei meinen Lesern bedanken. Aber nur kurz, versprochen. :)

Ich Danke allen Lesern, Freunden, Fans, die meine geschriebenen Werke lesen, darüber reden und sogar rezensieren. Genau DAS ist nämlich nicht mehr selbstverständlich. Ihr seid die BESTEN!

Ein herzlicher Danke geht auch an meine lieben Testleserinnen, die mir mit Rat und Tat zur Seite standen. Ute, Sandra, Cornelia, Claudia - ohne Euch gäbe es dieses Buch nicht.

Ein sehr herzlicher Dank geht auch an meine Cover-Lady :). Ich weiß, es war nicht leicht mit mir. Danke für Deine Geduld und Mühe, liebe Bonny Bendix.

Natürlich danke ich auch meiner Familie, die mich so sehr unterstützt. Nur durch Euch kann ich meinen Traum leben!

Ich versprach doch, dass es kurz werden würde ;) Wobei ... etwas muss ich noch loswerden:

Danke an Alle, die Anja, Alex, Emma, Fibi die letzten drei Jahre begleitet haben. Ich hoffe ihr hattet viel Spaß, Spannung und auch die ein oder andere erotische Stunde. Mit einem lachenden und einem weinenden Auge lasse ich meine Protagonisten ziehen. Jetzt müssen sie ohne mich und Euch auskommen. Ich hoffe sehr, sie schaffen das. :)